講談社文庫

法月綸太郎の消息

法月綸太郎

講談社

contents

目次・各話扉イラスト　yoco
扉・目次デザイン　坂野公一（welle design）

THE NEWS OF NORIZUKI RINTARO

BY NORIZUKI RINTARO

法月綸太郎の消息

THE NEWS OF NORIZUKI RINTARO

BY

NORIZUKI RINTARO

白面のたてがみ

今は亡きシャーロック・ホームズ氏の示唆に富む事件調査について、我々は創意豊かな作者にいくら感謝してもし足りないほどであるが、その中で、ホームズ氏はただ二回だけ、熱烈な彼の信奉者ですら首をかしげかねない愚行に手を染めているように思われる。しかも、奇妙なことだが、その二つの事例に先立って、ホームズ氏自身が作者の軽はずみな思いつきにそれとなく警告を発しているのだ。

「気がつきましたか？　途中で〝彼〟が急に〝私〟に変わっている。筆者が書きながらつい自分の文章に感情移入して、クライマックスではとうとう、主人公と自分とを同一視してしまっている。その証拠ですよ」

とはいえ、このような揚げ足取りをするのは、サー・アーサー・コナン・ドイルの文学的偉業に対する敬意を著しく欠くものであろう。とりわけサー・アーサーの武骨な試みが活字になる数ヵ月前に、アガサ・クリスティー夫人の『アクロイド殺し』が発表されているという事実に相応の注意を向けるのであれば。一九二六年、クリスティー夫人の問題作が探偵小説界に一大論争を巻き起こしているさなかに、ほかでもないサー・アーサーがワトスン医師の主観的記述を排して、名探偵自身の手になる事件記録という、いささか小説的興趣に乏しい語り口を採用したのは、はたして偶然なのだろうか？

　ところで、この物語の主人公である法月綸太郎君には、以前からささやかな持論があった。いやしくも作家探偵と名乗る者なら、目の黒いうちに一度はシャーロック・ホームズにまつわる謎に取り組まなければならない、というものである。しかしながら、極東の島国に生を享けた彼のもとに、ジョン・H・ワトスン医師の未発表の事件記録が持ち込まれることなど望むべくもなかったし、ホームズにまつわる新たな謎を解き明かそうとしても、ありとあらゆる鉱脈はすでに掘り尽くされ、既製品として市場に出回っている。日進月歩の勢いで量産されるシャーロッキアンの研究論文とホームズの「知られざる」新冒険の洪水は、とうの昔に彼の持論を木っ端のように押し流してしまっていた。

　だから、この先も名探偵の代名詞であるホームズと知恵比べをしたり、あるいはその産みの親であるサー・アーサーの胸中をあれやこれやと詮索することはあるまい。馬齢を重ねるに従って、綸太郎はそんなあきらめの境地に達しかけていたのだが、ある日、思いもよらない形で年来の宿願を果たす機会が訪れた。

以下に書き記すのは、その尋常ならざる一件にまつわる顚末である。

1

「つかぬことをうかがいますが、法月さんはシャーロック・ホームズに詳しいですか」

と飯田才蔵が言った。電話の背景音で、いつものファミレスからだとわかる。

「これでも推理作家の端くれだから、ひと通りの知識はあるよ。だいぶ錆びついてはいるけれど、事件のタイトルぐらいなら全部そらで言えると思う」

「それなら立派なものですよ」

なんだか偉そうな口ぶりだ。綸太郎はあくびを嚙み殺しながら、

「で、今日は何の用事だい？」

「ちょっと面白いものを手に入れましてね。法月さんなら絶対興味があると思うんで、今から見にきませんか」

時計を見ると、ちょうど昼飯時である。このところ仕事で家に閉じこもりがちだったので、気晴らしに出かけるのも悪くないが、暇を持てあましていると思われたら心外だ。綸太郎はわざと気のないそぶりで、

「ふうん。面白いものって、ホームズ関連のお宝か何かかい」

「お宝かどうかは見る人によりますけど、ちょいとばかしいわく付きと言いますか、どうしても法月さんに見てもらいたくて。いつものとこにいるんで、ほんの三十分でいいから付き合ってくれませんか。絶対に失望させませんから」

期待をあおるだけあおって、飯田は通話を切った。

自称よろずジャーナリストの飯田才蔵は、ライターくずれの何でも屋だ。むやみに顔が広くて、素性の怪しい裏情報に通じている。ネット怪談の追跡取材が殺人事件に発展したり、グループ企業のお家騒動に首を突っ込んで事態をこじれさせたりと、キナ臭い揉めごとを嗅ぎつける才能（？）の持ち主で、自分の手に負えないネタにぶつかると、綸太郎の好奇心に訴えて出馬を乞うのが常だった。

今回もその手の誘いなのだろうが、電話の声の端々に普段とちがう響きがあった。話半分としても、いわく付きと言うからにはただのお宝自慢ではなさそうだ。そういうところでは嘘のつけない男なのである。

こざっぱりした服に着替えて、綸太郎は家を出た。飯田が根城にしている中野坂下のファミレスまで、車で三十分ほど。秋分の日の振替休日で、そこそこにぎわっている店内に目を走らせると、いつもと同じテーブル席に見なれた飯田の姿があった。

「せっかくの休みにお呼び立てしてすみません。今日はおごりますよ」

と生意気なことを言う。せいぜい高いものを頼んでやろうと、綸太郎はメニューを隅々までチェックしたが、急に馬鹿らしくなってヘルシーかつ丼を注文した。

「それで、絶対に失望しないお宝とやらは？」

綸太郎があごをしゃくると、飯田はいつになくきりっとした顔つきで、

「驚かないでくださいよ。実はこないだ、堤豊秋の未発表原稿を手に入れたんです」

「堤豊秋の？」

驚くというより、胸がざわつく名前だった。綸太郎は唇をすぼめて、

「――懐かしいな。あれからどれぐらいだっけ」

「六年になります。法月さんには内緒にしてましたが、六月の命日に七回忌の集まりというのがあって、こっそりもぐり込んできたんですけどね」

さらっと言ってのける飯田に、綸太郎は目を丸くして、

「そんな無茶をして大丈夫か。七回忌で集まるのは、コアな信者ばかりだろう。そういう連中から見たら、きみやぼくは親の仇みたいなものじゃないか」

「そんな大げさな。別に何か手出しをしたわけじゃないから、恨まれる筋合いはないですよ。まあさすがに、彼が倒れたその日に亀戸のセミナーハウスに居合わせたことは、自分からは口に出しませんでしたが」

「そりゃそうだ。にしても早いな。あれからもう六年か」

　堤豊秋はかつてオカルト研究家として名声を博していた人物である。古今東西の神秘思想に通暁し、独自のニューエイジ思想を説いた彼の著作は、バブル期から二〇〇〇年代にかけて、カルト的な読者の人気を得ていた。風水師、霊能者、前世カウンセラー等、さまざまな肩書きを使い分け、有名作家やアーティスト、セレブ経営者にも熱心なファンが多かったという。

　政官界への影響力が取り沙汰される一方で、経歴には謎が多く、黒い交遊の噂が絶えない人物でもあった。イカサマ師呼ばわりされることは珍しくなかったし、フリーメイソンの幹部を名乗る詐欺集団との関係を疑われ、警視庁にマークされたこともある。本人の刑事告訴には至らなかったものの、M資金まがいの架空融資話の箔付けに、堤豊秋の著書やセミナー資料が用いられたケースは一度や二度ではなかった。

　うろんな噂は聞いていたが、倫太郎が堤に会ったのは一度だけ。きっかけを作ったのは飯田だった。当時、飯田は堤豊秋の周辺調査を進めており、取材の過程で耳寄りなネタをつかんだ。成長著しい総合美容グループの女性会長に取り入って、怪しげな輪廻転生思想を吹き込み、会社の後継者問題に介入しようとしているらしい。

　会長の甥から相談を受けた倫太郎は、飯田と亀戸のセミナーハウスに乗り込んで、前世療法のセッションに不正がないか監視することになった。ところがセッション終了後、堤が講師控え室で倒れ、昏睡状態で救急搬送される。そのまま意識を回復することなく、翌日の午前中にあっけなく息を引き取った。死因は脳梗塞で、事件性はなかったが、堤に洗脳された会長が殺人未遂を引き起こすという最悪の事態を招いたのである。

「死んでからしばらくは、いろんな噂が飛びかっていたのにな」

綸太郎はかつ丼をつつきながら、六年前のことを思い出して、

「CIAの超能力部隊がテレパシー攻撃で暗殺したとか、遺品がオークションにかけられてものすごい値がついたとか。ライフワークの大著が出版されるという話も聞いたけど、じきに立ち消えになったんじゃないか」

「あのへんの噂は全部デマですよ。騒がれたのは一瞬で、今では著作も手に入らない」

「ああ。生きていたら七十過ぎだが、七回忌を迎えて何か新しい動きでも？」

「これっぽっちも。断続的に取材は続けてるんですが、最近は弟子も信者も先細りで。そもそも死ぬ前から本業はジリ貧だった。晩年は健康面も含めてだいぶ厳しかったようで、落ち目になった話しか聞きません。取材すればするほど、こっちが哀しくなってくる」

長期にわたる取材の対象に肩入れしてしまうのはありがちなことだが、飯田の口からそんな感想が出てくるとは思わなかった。見かけによらず、義理堅い男なのだ。

「動きがないといっても、未発表原稿が見つかったんだろ？」

「もとからお蔵入りだったやつですよ。七回忌の集まりで知り合った関係者を通じて、遺族が引き取った原稿の一部を見せてもらいましてね。その中にちょっと面白そうな草稿があって、コピーを取らしてもらったんですが」

「それがホームズ関連のお宝か。書かれた時期は？」

「亡くなる二年ぐらい前、ホームズ愛好家の団体から講演依頼があって、そのために準備した原稿だとか。堤の体調不良で講演は取りやめになったそうですが、実際は例の詐欺集団との関係で、警察に目をつけられたのが中止の理由らしい」

「身から出た錆か。堤のことだから内容も当てにならないな。『チベットの死者の書』とか、そこらへんのオカルト談義じゃないか」

「チベット？〈大空白時代〉のことですか」

綸太郎はうなずいた。〈大空白時代〉とはライヘンバッハの滝で死んだと思われたホームズが、「空き家の冒険」で復活するまでの三年間のことだ。その間、ホームズはチベットを旅してダライ・ラマと会ったことになっているが、飯田は首を横に振って、

「それとはちがいます。オカルトはオカルトなんですが、もっと芸が細かい」

「芸が細かいというと？」

「シャーロック・ホームズ・シリーズ全六十編の中に、ワトスン博士が登場しない、ホームズの一人称で書かれた作品があるでしょう」

「『白面の兵士』と『ライオンのたてがみ』のことだな。どちらもコナン・ドイル晩年の作品で、第五短編集『ホームズの事件簿』に入ってる」

綸太郎が即答すると、飯田は調子に乗った口ぶりで、

「さすがわかってらっしゃる。堤の草稿は、どうしてその二編がホームズの一人称で書かれたのか、という問題を扱っているんです。なかなか興味深いでしょう？」

「フム。たしかに興味深いテーマだが――」

綸太郎は箸を置いた。シャーロック・ホームズのいわゆる「聖典」は、ワトスン医師の書いた事件記録のことを指す。ところが、ホームズ物語の中には、ワトスンが語り手を務めない例外が存在するのだ。三人称で書かれた「最後の挨拶」と「マザリンの宝石」、ホームズの一人称で綴られた「白面の兵士」と「ライオンのたてがみ」の四編である。

三人称の二編については、それほど頭を悩ませる余地はないだろう。「最後の挨拶」はホームズ物語のエピローグに当たる特別な作品で、三人称形式にも作劇上の意味がある。また「マザリンの宝石」は、舞台で上演された一幕物の戯曲を原作者のドイルが小説化したもので、中盤の展開がワトスンの一人称になじまない。

　問題はあとの二編、ホームズの一人称作品である。「白面の兵士」はワトスンが再（々）婚して新居を構え、ホームズがひとりになっていた時期の、「ライオンのたてがみ」は探偵業から引退したホームズがサセックスに隠遁（いんとん）した後の事件とされている。作中にワトスンが登場しないのはそのためだ。

　ホームズは「白面の兵士」の冒頭で、自ら筆を執った理由として「これまでさんざんワトスンに、書き方がうわすべりだと言ってやったり、きっちりと事実や数字だけを伝えるのでなく大衆のうけを狙（ねら）っているとやりこめたりしてきたからだ。『自分で書いてみたまえ、ホームズ！』と、ワトスンはやり返してきた」云々（うんぬん）と言い訳しているが、あまり説得力はない。二編ともホームズの卓越した能力が発揮された事件とは言いがたいし、ストーリーや語り口も彼の鋭い知性を感じさせないからである。

　ホームズが口述筆記したと見る向きもあるが、青年時代に解決した事件をワトスンに語った「グロリア・スコット号」や「マスグレイヴ家の儀式書」と比べても、物語る力には雲泥の差がある。ゆえに完全な捏造（ねつぞう）、とする説も根強いのだが……。

「だとしても、オカルト研究家の出る幕じゃないだろう。率直に言わせてもらえば、亡くなる数年前の作品だから、ドイルは筆力の衰えを目先の変化でカバーするつもりだったのでは？　それなら堤にとっても、他人事（ひとごと）ではなかったのかもしれないが」

「けっこうキツいことを言いますね」

飯田はちょっと寄り目になりながら、気を引くような口ぶりで、

「でも、法月さんは大事なことを忘れてますよ。堤がその二作に注目したのは、晩年のドイルが心霊主義にハマっていたことと関係がある。いきなりホームズの一人称で書いたのは、ドイル自身がホームズの肉声を聞いたからじゃないかというんです」

「ホームズの肉声？　どういう意味だ」

「当時、心霊主義の普及に努めていたドイルは日常的に交霊会を開いていた。そういう会にホームズの霊が現れて、自分が解決した事件の話をしたとすればどうです？」


心霊主義は十九世紀に起こった社会運動で、死後の魂の存在を信じ、霊界との交信が可能であると主張する疑似科学的な信仰だ。名探偵ホームズの産みの親がこの思想にどっぷりハマって、世界中のファンを困惑させたことはよく知られている。

一八五九年生まれのコナン・ドイルは、若い頃から心霊現象に関心を持っていた。サウスシーの開業医時代、友人の誘いで交霊会に参加したこともあるが、結果には不満で、当時は疑いの方が勝っていたようだ。それでも心霊主義に関する文献を読みあさり、九三年には以前から交流のあった〈心霊現象研究協会〉に正式入会している。アルコール依存症で精神療養施設に入っていた父チャールズの死から一ヵ月後のことだった。

一九一四年、第一次世界大戦が起こり、二番目の妻ジーンの弟マルコムや妹ロティの夫オールダムなど、ドイルの身内でも戦死者が相次いだ。マルコムの霊からメッセージを受け取ったのをきっかけに、ドイルは心霊主義者に「転向」する。一六年、心霊学雑誌「光」に声明文を発表すると、心霊主義の伝道者として講演旅行を開始。一八年にはソンムの戦いで負傷した長男キングズリーが病死し、ドイルの使命感はいっそう強まった。イギリス中を講演して回った後、二〇年代にはオーストラリア、フランス、アメリカ、アフリカを歴訪している。熱狂的な歓迎と冷笑的な批判が寄せられる中、ジーンが自動書記の霊媒能力に目覚め、ドイルにとって最大の理解者兼協力者となった。

一九二〇年には、悪名高い「コティングリー妖精事件」が起きる。ドイルは二人の少女がこしらえた稚拙なトリック写真を真に受け、妖精についての記事を「ストランド」誌のクリスマス特集号に発表。二二年には『妖精物語：実在する妖精世界』を出版する。英国の大衆は唖然とし、ホームズの産みの親が「悲しい見せ物」になってしまったことを嘆いた。心霊主義を支持する同志たちですら、ドイルの欺されやすさにあきれて距離を置くようになったが、ドイル自身は死ぬまで少女たちの証言を信じていたという。

この頃、ドイルは「脱出王」と呼ばれたアメリカの奇術師、ハリー・フーディーニと知り合い、家族ぐるみの親交を結んだ。二二年、ドイル夫妻はアメリカ旅行中に交霊会を催し、フーディーニの亡き母の霊を呼び出すが、疑り深いフーディーニは交信を否定、ドイルとの友情も決裂する。心霊主義をめぐる二人の反目は、二六年十月末にフーディーニが急死するまで続いた。

同年、ドイルはチャレンジャー教授シリーズの第三長編『霧の国』を刊行。この問題作のラストで、チャレンジャー教授はそれまでの否定的な態度を改め、心霊主義を真実と認める。さらにドイルは心霊主義の研究者レスリー・カーナウの協力を得て、二巻の大著『心霊学の歴史』の出版にこぎ着けた。「ストランド」誌に「白面の兵士」（十一月号）と「ライオンのたてがみ」（十二月号）が掲載されたのも、同じ二六年の出来事である。

「やれやれ。シャーロック・ホームズの霊言と来たか」

綸太郎はげんなりしたが、飯田はまんざらでもなさそうな面持ちで、

「目のつけどころは悪くないと思いますけどね。少なくともこのタイミングで、いきなりホームズの一人称が出てきたことに単純明快な説明がつく。ホームズ本人の霊がそう言うんだから、そのまま書き起こすしかないでしょう」

「無茶なことを言うなよ。二番煎じのパロディじゃあるまいし、堤は本気でそんな与

太話を発表するつもりだったのか？」

　綸太郎が問い詰めると、飯田ははぐらかすように首をすくめて、

「二番煎じって、何か元ネタでもあるんですか」

「最近の聖典研究のことはよく知らないが、ホームズ・パロディには先例がある。『シャイロック・ホームズの冒険』という連作で、この世を去った名探偵がアパートのスチーム暖房機を通じて、霊界からモールス信号を送ってくるんだ」

「ええっと、それはギャグなんですよね」

「もちろん。作者はJ・K・バングズというアメリカのユーモア作家で、霊界のホームズはシェークスピアの正体を突き止めたり、リップ・ヴァン・ウィンクルのアリバイを崩したり、ジョージ・ワシントンの嘘を暴いたりする。本家ホームズが『最後の事件』で死んだという前提で書かれた連作で、一九〇三年に『空き家の冒険』が発表されると、ホームズは霊界から忽然と姿を消してしまうのさ」

「やりたい放題だな。原作者から怒られなかったんですか」

「いや、ドイルとは前から交流があったみたいでね。一八九四年のアメリカ旅行の際、ドイルはバングズの自宅を訪れて、夜遅くまでホームズとワトスンについて語り合ったそうだ。バングズも心霊学に関心があったというから、原作者公認だったんじゃないか」

「なるほど。堤豊秋もその本を読んでいたのかな？」

「邦訳が出たのは堤の死後だけど、噂ぐらいは聞いていたかもしれない。ただ、知っていても知らん顔をしただろう。もし交霊会にホームズの霊が現れたとしても、それをそのまま小説にしたら目も当てられないことになる。バングズの先例がある以上、本家ドイルの作品でも冗談と受け取られかねない」

「それはそうかもしれませんね」

「そもそも心霊主義を信じることと、ホームズの霊の実在を信じることには大きな隔(へだ)たりがある。原作者のドイルにとって、シャーロック・ホームズは架空の存在にすぎなかったんだから。交霊会にディケンズやコンラッドの霊が現れたと主張したことはあるけれど、作中のキャラクターとは話がちがう。それどころか、想像上の人物の霊の存在を認めるのは、心霊主義への冒瀆(ぼうとく)に等しい。堤の説は根本的に無理があるよ」

ついムキになって否定すると、飯田はしれっとした顔で、

「それは法月さんの言う通りです。というか、堤自身、実際にホームズの霊が出現したという可能性は途中で否定しています。そのかわり、ドイルの前に現れたのは、医学生時代の恩師だったジョゼフ・ベル博士の霊ではないかと主張してるんですよ」

2

（堤豊秋の草稿より）

晩年のコナン・ドイルがどれほど欺されやすく、分別を失っていたとしても、シャーロック・ホームズの霊などという矛盾に満ちた存在を受け入れたとは思えません。ですが、彼の前に現れたのが偉大な名探偵のモデルであり、生涯にわたって敬愛の念を持ち続けた実在の人物の霊だったとすればどうでしょうか？

皆さんもよくご存じの通り、ドイルはシャーロック・ホームズというキャラクターを創造するに当たって、医学生時代の恩師ジョゼフ・ベル博士をモデルにしました。ベル博士はスコットランドの名門、エディンバラ大学医学部の講師で、『外科手術の手引き』の著者であり、また一八九三年にスコットランド西部のアーガイルで起きた「アードラモント事件」などで、たびたび警察の捜査に関与し、法医学の発展に寄与した偉人です。

ドイルが初めて会った時、博士はまだ三十九歳。長身で眼光鋭く、角張った顔立ちで、ワシ鼻、声は甲高く（かんだか）、強いエディンバラなまりの話し方をする人物でした。ドイルが医学部の二年生を修了する頃、ベル博士は彼を病棟の助手に抜擢し、自分のやり方を間近で観察させたそうです。後にドイルはこう語っています。

「（ホームズの人物像は）わたしの恩師ジョー・ベルをイメージした。鋭い風貌、風変わりなやり方、細部まで言い当てる不思議な技を思い出した。彼が探偵だったとすれば、探偵という魅力的だが途轍もない仕事を、まさしく科学に近いものに仕立てたに違いない」

一八三七年生まれのベル博士は、一九一一年十月に七十三歳でこの世を去りました。恩師の死は、ドイルに大きな喪失感をもたらしたのでしょう。同じ年の「ストランド」誌十二月号に「レディ・フランシス・カーファクスの失踪」を掲載した後、ドイルは二年ほどホームズ物を書いていません。一九一三年の暮れにやっと発表された新作のタイトルは、「瀕死の探偵」というものでした。その四年後、一九一七年の「最後の挨拶」で、ドイルはホームズ物語にいったんピリオドを打っています。

それからさらに九年の時を経て、おそらく一九二六年の夏から秋までのどこかで、ドイルはベル博士の霊との交信に成功したものと思われます。恩師との再会に、ドイルはこの上ない喜びを感じたにちがいありません。「白面の兵士」と「ライオンのたてがみ」は、博士の霊が語った尋常ならざる出来事をもとに書かれた作品と推測する所以です。

話がドイルの医学生時代に戻りますが、ベル博士の講義は独特で、その「不思議な技」は名探偵ホームズの作者に強烈な印象を与えました。「見たものに注意するという訓練」を積むことの重要さを強調するため、博士は学生たちの目の前に初見の患者を連れてこさせ、その非凡な観察力と推理によって患者の素性を言い当ててみせたのです。ドイルは自伝の中で、次のような例を回想しています。

「さて諸君、これはまじめで卑しからぬ人なのに、はいってきても帽子をとらない。軍隊ではそうするのが普通であるが、これは除隊してまがないから、一般市民の風習になれるひまがなかった。見たところ威力があるし、明らかにスコットランド人だ。バルバドスといったのは、この人の訴えている病苦は象皮病であるが、この病気は西インド地方のもので、イギリスにはない」

興味深いことに「白面の兵士」の冒頭、ホームズがジェイムズ・M・ドッド氏なる依頼人の軍歴を言い当てる場面は、これとそっくりな調子で描かれているのです。

「見るからに男ぶりのいい紳士が入ってこられて、お顔がイングランドの太陽じゃ絶対に無理なくらいみごとに日焼けしていらっしゃるうえ、ハンカチはポケットに入れずに袖口(そでぐち)につっこんである。どこにいらしたのか見分けるのはたいして難しくないですよ。あなたは短いあごひげをはやしていらっしゃるから、正規兵ではないということですね。服の裁断のしかたは馬に乗る人のものだ。ミドルセックスについては、すでに名刺を見せていただいて、スロッグモートン街の株式仲買人でいらっしゃるとわかっています。ほかの連隊のはずがない」

会ったばかりの相手の職業や経歴を即座に言い当てるのは、『緋色（ひいろ）の研究』以来、ホームズ物語の典型的なパターンですが、「白面の兵士」でのやりとりは、まるでエディンバラ大学医学部の講義に先祖返りしたかのようです。だとすれば、作者がホームズらしさを強調するため、いかにも彼が口にしそうな台詞（せりふ）を並べたというより、一人称の真の語り手はホームズのモデルになったベル博士であると考えるべきではないでしょうか？

「白面の兵士」と「ライオンのたてがみ」が、ジョゼフ・ベル博士の霊の語りをホームズの一人称に置き換えたと考えるもうひとつの根拠は、この二つの物語がいずれも犯罪を扱ったものではなく、一種の症例報告にほかならないということです。

「白面の兵士」はボーア戦争で南アフリカから帰還した兵士が、戦地でレプラ（ハンセン病）に感染したために身を隠していたけれども、それは誤診だったとわかる話です。ホームズの絵解きの後、著名な皮膚科医であるソーンダース卿（きょう）がこう告げます。

「疑似レプラ、もしくは魚鱗癬（ぎょりんせん）の、はっきりした症例です。肌が鱗（うろこ）みたいになる、見た目のよくない治りにくい病気ではありますが、完全に治せますし、うつることはまずありません」

これは皮膚疾患に関する専門的な知識を活かした物語で、魚鱗癬にはichthyosisという語が当てられている。ギリシャ語で「魚のような症状」という意味です。現代の目から見ると、誤解と偏見に基づく不正確な部分もありますが、発表当時の医学水準からすればやむをえないものですし、ドイルの自伝の読者なら、ベル博士が患者の経歴を推理する際、しばしば皮膚疾患を手がかりにしていたことを思い出されるでしょう。作中でホームズは「ランセット」や「ブリティッシュ・メディカル・ジャーナル」といった誌名を口にしていますが、「ランセット」はベル博士が定期的に寄稿していた医学雑誌なのです。

「ライオンのたてがみ」にも同じことが言えます。ホームズは殺人事件と疑われた変死体が、実は恐るべき毒針を持つサイアネア・カピラータというクラゲに刺された事故死であることを突き止める。ここでも重要なのは、死体の皮膚を詳しく観察することです。

「おびただしい数の糸に触れると、皮膚にまっ赤な筋ができる。よく見ると、細かい点々というか粒々が並んでいて、そのひとつひとつがまるで真っ赤に焼けた針のように神経をいたぶる」

ドイルは有名な博物学者J・G・ウッドの著作『野外生活』を引き合いに出していますが、ホームズの推理は隠遁した名探偵より、患者の症状を診断する外科医にこそふさわしい。ドイルの自伝によれば、ベル博士は教え子が書いた「これら探偵小説をひどく面白がり、いろいろと思いつきを話してくれさえした」そうですから、生前と同じように、博士の霊がこの二編の元となるエピソードをドイルに告げたと考えれば筋が通ります。

では、なぜドイルはベル博士の霊が出現したことを公表せず、それをシャーロック・ホームズの物語として発表したのでしょうか？

これにはいくつかの可能性が考えられます。一番ありそうなのは、当初ドイルはこの二編をありのまま、恩師の霊との交信記録として発表するつもりだったけれども、「ストランド」誌の編集部に反対されて、ホームズの一人称に書き直したというものです。

一九二〇年代のドイルは、心霊主義の普及活動に多額の私財を投じていました。「最後の挨拶」で有終の美を飾ったホームズが隠退生活から引っぱり出されたのは、その活動資金を得るために、最も確実で手っ取り早い手段だったからでしょう。

しかもドイルは古巣の「ストランド」誌に大きな借りがありました。心霊主義の正当性を広く訴えるために書いた『霧の国』は、同誌の一九二五年七月号から翌年の三月号に連載されたものですが、その間、ホームズ作品の執筆は完全にストップしていました。「ストランド」誌の担当編集者H・グリーンハウ・スミスが、ドイルにホームズの新作を強く求めたことは想像にかたくありません。一九二六年当時、『霧の国』と『心霊学の歴史』という二つの大きな仕事を片づけたばかりのドイルにとって、グリーンハウ・スミスの要求を呑むことはそれほど苦痛ではなかったように思われます。

ですが、ドイルが恩師の霊の語りをホームズの一人称に置き換えた背景には、もう少し複雑な葛藤があったかもしれません。ドイルは常々、ホームズのモデルは恩師のジョー・ベルだと公言していましたが、ベル博士自身は別の考えを持っていました。

「コナン・ドイル博士は天才的な想像力によってほとんど無から多くを生み出した。昔の恩師のひとりを温かく思い出し、たくみに描写してくれたのだ」

ベル博士がこのように述べたのはけっして謙遜ではなく、教え子の業績を正当に評価しようとする医学者らしい態度の表れだったはずです。あるいはこう言い換えてもいいでしょう――モデルといっても、自分はせいぜい触媒の役割を果たしたにすぎない。ホームズという人格の非凡さは、そのほとんどが作者自身から発したものなのだ、と。しかしドイルは恩師が示した謙虚な反応に、じれったい思いを隠しませんでした。彼はベル博士に宛てた手紙に、次のように記しています。

「シャーロック・ホームズが存在するのはたしかにあなたのおかげです。小説では主人公をあらゆる境遇に置けるという点で有利ですが、主人公の推理分析は外科病棟であなたが見せたことの結果であり、誇張はありません」

忘れてはならないのは、晩年のドイルが探偵小説の作家としてではなく、宗教改革者として歴史に名を残したいと願っていたことです。心霊主義に身を捧げたドイルにとって、現世的な科学と論理を体現する名探偵の存在は、ますます重荷になっていたにちがいありません。だとすれば、恩師の霊との交信をホームズの語りに書き直したのも、一種の逃避行動だったのではないでしょうか？　ベル博士とホームズを完全に同一化することで、ホームズを自分から切り離し、精神的なバランスを保とうとしたわけです。

私の持ち時間もあとわずかになりました。「白面の兵士」と「ライオンのたてがみ」を発表してから四ヵ月ほど後、「ショスコム荘」をもって、ドイルはホームズ・シリーズの完全終了を宣言します。それから三年後の一九三〇年七月七日、コナン・ドイルは家族に看取られて霊界へ旅立ちました。死の三年前に刊行された『ホームズの事件簿』の「まえがき」からの引用で、この講演を締めくくることにしましょう。

「もしホームズが最初からいなかったら、わたしはこれ以上の仕事をしてこられなかったろう。ただ、もっとシリアスな著作について認めてもらううえで彼が若干のお荷物になったということは、あるかもしれない。

そんなわけで読者諸君、今度こそほんとうにシャーロック・ホームズとお別れするときがやってきた。これまで長いあいだのご愛読に感謝するとともに、みなさんが日常の煩わしさから解放されて気分転換する一助に、この冒険物語がなったことを願うのみである」

＊

「ね、なかなか芸が細かいでしょう？」

草稿のコピーから目を上げると、飯田がしたり顔で聞いてくる。

「まだこなれてないところはあるし、飛躍も多いですけど、議論のたたき台としては十分成り立ってる。そう思いませんか」

「まあね。恩師の霊が現れたという具体的な根拠が見当たらないのは致命的だが、あの堤にしては上出来の部類だろう。亡くなる二年ぐらい前に書いたと言ったっけ」

「ええ。二〇一〇年の後半だと思います」

綸太郎はコピーの束をテーブルでトントンとそろえた。ワープロソフトで打った原稿で、本文の後に参考文献がずらっと並んでいる。講演で朗読するだけならそんなリストは要らないのに、いかにも堤豊秋らしい見栄の張り方だと思った。

「おや、参考文献リストにダニエル・スタシャワーの『コナン・ドイル伝』が入ってる。エドガー賞を受賞した評伝の労作で、訳されたのもたしかその頃だ。堤もけっこう気合を入れて、ホームズ学を勉強していたみたいだな」

「そうそう、二〇一〇年の夏にはイギリス本国で『ＳＨＥＲＬＯＣＫ』の第一シーズンが放映されているんですよ。目ざとい堤のことだから、いずれホームズ・ブームが来ると当て込んで、せっせとネタを仕込んでたんじゃないですか」

「取らぬ狸の何とかってやつか。コナン・ドイルと心霊主義で一山当てようともくろんでいたのに、思わぬ横槍が入って全部パーになってしまったわけだ」

「講演が流れたのは、堤の自業自得ですけどね」

飯田はいささか未練がましそうな口ぶりで、

「さっきも言いましたが、その頃はすっかり過去の人になっていた。ネットの検証サイトなんかで昔の著作や発言のインチキが掘り返されて、完全に化けの皮がはがれてしまったせいですよ。背水の陣ではないけれど、もう一花咲かせるつもりだったにちがいない。講演が実現したら、ゲテモノ好きのホームズ・ファンが喜んで飛びついたでしょうに」

「ずいぶん入れ込んでるみたいだな。どこかで公開する当てでも？」

綸太郎が鎌をかけると、飯田は渋い顔をして、

「よっぽどのことがないと、遺族がOKしないでしょうね」

「遺族っていうと、妻子がいるのか？」

「いや、生涯未婚で子供もいませんが、腹ちがいの弟さんがいるんです。いろいろと家庭事情がややこしくて苗字もちがうし、堤は警察に目をつけられるような人物だったから、没後もあまり関係を公にしたくないみたいで。残された未発表原稿についても積極的に公開する気はないそうです」

「そうか。この原稿もよくコピーを取らしてもらえたな」

「それには理由がありまして。事情を説明する前に、最後のページを見てください。参考文献リストの余白に書き込みがあるでしょう」

綸太郎は言われたページを見た。さっきは読み飛ばしていたが、たしかに妙な書き込みの跡がある。こんなやつだ。（次頁参照）

「子供の落書きみたいだな。字の方は『星が月になる？』と読めるが」

「ですよね。書かれた時期は不明ですが、字のクセは堤本人のものだそうで。何かのメッセージじゃないかと、遺族も気になっていたらしい。そこにちょっと付け入るスキがありまして……。例の詐欺集団との関係で、堤にも相当の隠し資産があるという

噂が出回っていたでしょう」

飯田はずるそうな目つきをした。論太郎は鼻を鳴らして、

「そこらへんの噂は全部デマなんだろ」

「それはそうなんですが、瓢箪から駒が出ることもある。この原稿自体がお宝のありかを示す暗号になっていて、最後の書き込みはその手がかりかもしれませんよとほのめかしたら、向こうもおいそれとは聞き流せなかったようで。もし謎が解けたら見返りとして、未発表原稿の整理を任せてくれるというんです」

聞き捨てならないことを言う。論太郎は思わず顔をしかめて、

「それは半分詐欺じゃないか。お宝なんて存在するわけがないのに」

「そうでもないですよ。堤の原稿にはまだ書かれていない続きがあって、この書き込みがそのヒントかもしれない。ホームズ・ファンの度肝を抜くような新説を掘り当てることができたら、それはお宝と言っても嘘にはならないんじゃないですか」

悪びれたところのない返事で、どうやら本気でそう思っているらしい。今日呼び出したのも、埋もれたお宝ネタを掘り出すため、綸太郎の知恵を借りようという魂胆か。

まさか死後六年もたってから、堤豊秋と知恵比べをすることになろうとは！　飯田の思惑で動かされるのは癪だが、シャーロック・ホームズにまつわる謎とあれば受けて立たないわけにはいかない。綸太郎は心中密かに覚悟を決めて、

「お宝云々は別として、こっちの図は？　魚に足が生えたように見えるけど」

「知りませんか？　これたぶん、ダーウィン・フィッシュだと思うんですが」

「ダーウィン・フィッシュ？　進化論のダーウィンか」

「はい。アメリカ発祥の、キリスト教原理主義を批判するシンボルです。亀戸のセミナーハウスで倒れた時、堤は魚の形をしたペンダントを握りしめていたでしょう」

「あれの仲間か。イクトゥスとか、ジーザス・フィッシュとか言ってたっけ」

綸太郎は六年前、堤豊秋に聞いた話を思い出した。「イエス・キリスト、神の子、

救世主」を意味するギリシャ語の頭文字をつなげると、「イクトゥス」という語になる。ギリシャ語で「魚」を表す言葉であることから、ローマ帝国に迫害されていた初期のキリスト教徒は、信者どうしでメッセージを交わす際、しばしば魚のシンボルを用いたという。それがジーザス・フィッシュの由来だ、と誇らしげに堤は語っていた。

「ということは、これはジーザス・フィッシュへの当てつけなんだな」

あらためて念を押すと、飯田は堤そっくりの訳知り顔でうなずいて、

「聖書の創造論を信じる福音派のファンダメンタリストの向こうを張って、イクトゥスに足が生えたエンブレムやステッカーでダーウィンの進化論を応援するわけです。それは魚の腹にDarwinまたはEvolveと書くのが向こうのしきたりのようですが、それは省略したんじゃないかな」

そういえば、本文中にもichthyosisという単語があった。語源(魚)が同じだから、何か関係があるのかもしれないが……。綸太郎は釈然としない面持ちで、

「足の生えた魚と『星が月になる?』という疑問文は、どうつながる」

「それはまだ何とも。ただ、例のセッションの時も堤が言ってたでしょう、キリストを象徴する星座は魚座だって。だから『星が月になる?』というのも、占星術がらみじゃないですか」

「堤の考えそうなことだが、どうだろう。ホームズの誕生日は一月六日とされているから山羊座で、ドイルはたしか双子座だったはず。ジョゼフ・ベル博士の誕生日は？」

「いま調べます」

と言って、飯田はスマホを持ち上げた。しばらく画面を操作してから、

「ウィキペディアには一八三七年十二月二日生まれとありますね。射手座だから魚座とは関係ないか。本式のホロスコープだと、月の位置する星座が感情や無意識を支配するっていいますけど、そこらへんはもう素人の手には負えないからなあ」

飯田の声はだんだん尻すぼみになった。思いつきを口にしただけで、確たる根拠があるわけではなさそうだ。綸太郎はコピーを繰って頭から読み返してみたけれど、占星術や天文学と関連がありそうな文言は見当たらない。

「この書き込みだけだと漠然としすぎて、糸口がつかめないな。ホームズに詳しい同業者なら心当たりがあるから、この原稿を見せて意見を聞いてみようか」

そうするのがいちばん話が早いのだが、飯田はあわてふためいて、

「いや、それは勘弁してください。だって、もし堤の説がまだ誰も手をつけてない新ネタだったら、むやみに他人に教えるわけにはいかないじゃないですか。せっかく苦労して手に入れた原稿ですからね、法月さんにも秘密は守ってもらわないと」

綸太郎はため息をついた。ずいぶん了見の狭い物言いだが、仕事柄、飯田の気持ちもわからないではない。ニッチなネタにすぎないとしても、何年も地道な取材を続けてやっと見つけた原石なのだ。

「じゃあ、この件は宿題にしておこう。このコピーは借りていってもいいか」

「もちろん。くれぐれも部外秘でお願いしますよ」

「わかってるよ。何か思いついたら連絡する」

原稿のコピーを預かって、綸太郎は中野坂下のファミレスを後にした。

3

何か思いついたら連絡すると言ったものの、なかなかその機会は訪れなかった。

綸太郎も手をこまねいていたわけではない。ホームズ関連の資料に目を通し、ドイルと心霊主義の関わりをたどったり、堤豊秋と詐欺集団の関係について新たに判明した事実がないか、それとなく法月警視に聞いてみたりした。親父さんによれば、当の堤が死んでしまったため、とっくに関連捜査は打ち切られたという。隠し資産云々の噂も出所は堤自身だったようで、実態のないハッタリだと結論が出ていた。

飯田の方も手詰まりらしい。いちど様子伺いの電話がかかってきたけれど、お互いに報告することがないのを確認しただけで、何も進展がないまま一ヵ月が過ぎた。

もともと雲をつかむような話である。堤の解釈自体、手のこんだジョークみたいなものだし、落書き同然のメモに深い意味があるかどうかも疑わしい。飯田には悪いが、このネタは塩漬けになりそうだ、と綸太郎もさじを投げかけていたのだが……。

「たびたびお世話になったのに、すっかりご無沙汰してしまって」

センコさんこと、九段社の阿久津宣子があらたまった口調で言った。目白通り沿いの社屋に近い、昔ながらの喫茶店である。会うのは久しぶりだが、トレードマークのお菊人形みたいな黒髪とごつい黒縁メガネは健在だった。前の部署を離れて、現在は趣味・実用書系の編集部にいるという。

一緒に仕事をしたことはないけれど、彼女が新書編集部にいた頃、二度ばかり探偵仕事を引き受けたことがある。いずれも担当していた著者が巻き込まれた殺人事件で、そのうちの一件は堤豊秋と微妙な接点があった。事件には関与していなかったが、彼女が堤のことを毛嫌いしていたのはよく覚えている。

趣味・実用書の類とは縁がないので、今回もその手の揉めごとと相談だろうと身構えていたら、予想とちがった。阿久津はクリアファイルから企画書を抜き出して、

「『逆説の達人　チェスタトンの名言』というムックの企画を進めております。今

まで機会がありませんでしたが、今回はぜひ法月さんに原稿をお願いしたいんです」

「どこかで聞いたようなタイトルですね」

綸太郎が冷やかし半分に応じると、阿久津は苦笑まじりに、

「それは言わないでくださいよ。名言集というのは本を手に取ってもらうためのきっかけで、中身はもっと攻めたものになりますから。英米に比べると日本での知名度は今ひとつですけど、クリスチャンや保守論壇には昔からファンが多いし、ミステリーや幻想文学の分野でも新訳が相次いで、再評価の気運が盛り上がっているでしょう。最新の研究も含めて、チェスタトンの奥深い魅力を広く読者に伝えられるように、翻訳家の浅山志帆先生に監修をお願いしました。ヤングアダルトのファンタジーを訳しているアラフォー女性ですが、院生時代にチェスタトンの研究をされていたとうかがって」

「翻訳家の浅山さんですか」

綸太郎は及び腰になった。その反応を見て、阿久津が不思議そうに、

「お知り合いでしたか？」

「いや。面識はないんですが、前にちょっとお叱りを受けたことがあって」

何年か前、九段社の月刊誌「小説アレフ」の座談会で、チェスタトンのブラウン神父シリーズの話をしたことがある。その時、チェスタトンやロナルド・ノックスがカ

トリックに改宗したという話題に引っぱられて、うっかり『ナルニア国物語』のC・S・ルイスも無神論からカトリックへ転じたと発言し、それがそのまま活字になってしまった。

だが、ルイスが帰依したのは英国国教会（聖公会）で、ローマ・カトリックではない。翌月、別の雑誌のコラムで浅山志帆から事実誤認を指摘され、綸太郎は真っ青になった。畑ちがいとはいえ、作家としてはあるまじきミスである。

「――まだ『小説アレフ』が電子版に移行する前の話ですけどね。どうもそれ以来、苦手意識がありまして」

「そんなに気にする必要はないと思いますよ。だって法月さんを指名したのは、浅山先生なんですから」

「そうなんですか」

「ええ。以前から法月さんのお仕事に注目されていたそうですよ。『チェスタトンとシャーロック・ホームズ』というテーマで、ぜひ原稿を書いてほしいとおっしゃって」

「チェスタトンとホームズか。ニアミス案件だなあ」

「ニアミスって、ほかのお仕事とかぶりましたか？」

「いやいや、今のはひとり言です」

あわててごまかしたが、ニアミスと口走ったのは堤豊秋のホームズ原稿が頭をよぎったからである。もちろん、その件は飯田から口外を禁じられているし、阿久津の前で堤の名前を出したらやぶ蛇になりかねない。

それは抜きにしても、やりがいのある仕事だと思った。探偵小説の原点に立ち返るようなテーマだし、ある意味、浅山志帆から名誉挽回の機会を与えられたと言えなくもない。この企画にだいぶ入れ込んでいるのだろう、綸太郎が依頼を引き受けると、センコさんは小さくガッツポーズをした。

*

G・K・チェスタトンが創造したブラウン神父は、あらゆる面でシャーロック・ホームズをあべこべにしたような名探偵だ。団子のような丸顔の鈍くさい小男だが、凡庸な見かけに似合わぬ鋭い観察力と人の心を見透す直観の持ち主で、どんな犯罪者より悪に通じている。一九〇四年にチェスタトンと知り合い、カトリック改宗へと導いたジョン・オコナー神父がそのモデルとされている。

逆説の大家だったチェスタトンは、探偵小説の世界にも大いなるパラドックスを持ち込んだ。ホームズが標榜する「推理の科学」は「人間を外側から見ようと」するが、ブラウン神父の「直観型推理」はその対極にあるものだ。第四短編集『ブラウン神父の秘密』の表題作で、神父はホームズ式の探偵法を痛烈に批判しながら、次のように語る。「わたしは内側を見ようとする……そのわたしが、殺人犯の考えるとおりに考えるのです。殺人犯のと同じ激情と格闘するのです。やがてわたしには、殺人犯のからだの中に自分がいるのがわかってくる」「わたしは本当に殺人犯になるのです」

ブラウン神父だけではない。チェスタトンが初めて書いた探偵小説『奇商クラブ』（一九〇五年）にも、のっけからホームズ批判が出てくる。「あの男、なんていう名前だったかな？——ほら有名な物語に出てくる——そうそうシャーロック・ホームズさ。どんな些細なことでも何かしらの手がかりにはなる。それはたしかだが、えてしてそれは見当ちがいの結論へ導いてしまうんだ」

そうした批判を重ねる一方で、チェスタトンは終生、ホームズとその産みの親に対する愛情と敬意を持ち続けていた。未刊に終わったホームズ作品集のために十九点の挿絵を描いているし、亡くなる前年の一九三五年には「シャーロック・ザ・ゴッド」というエッセイをしたためて、過熱するホームズ研究が趣味の域を超え、凝り固まった妄想になりつつあることに警鐘を鳴らしているほどだ。

ブラウン神父シリーズから、ホームズとその産みの親への目配せを拾いだせば、枚挙に暇がないだろう。すぐ思いつくものだと、第三短編集『ブラウン神父の不信』に収められた「ブラウン神父の復活」は「最後の事件」と「空き家の冒険」を下敷きにしているし、同じく「ギデオン・ワイズの亡霊」で語られる断崖（だんがい）での格闘も、ライヘンバッハの滝で起こった出来事に別の真相を当てはめたふしがある。第五短編集『ブラウン神父の醜聞』の「古書の呪（のろ）い」に登場する心霊研究家のオープンショウ教授は、晩年のコナン・ドイルをモデルにしていることで有名だ。

実はホームズの「推理の科学」に対する批判も、額面通りには受け取れない。『ブラウン神父の秘密』は書き下ろしの表題作を加えて一九二七年九月に上梓（じょうし）されたが、同じ年の六月には『ホームズの事件簿』が出ているからだ。チェスタトンがホームズ式の探偵法を総括したのは、ホームズ物語が完結した直後のことなのである。その前年に、アガサ・クリスティーの『アクロイド殺し』がフェア・アンフェア論争を引き起こしたことからわかるように、当時イギリスの探偵小説界は長編主体の黄金時代を迎えていた。一方、シャーロック・ホームズとブラウン神父は第一次世界大戦前に流行した短編型の名探偵で、この頃はすでに時代遅れの存在になりつつあり、チェスタトンもそのことは十分承知していたはずである。

だからこのタイミングで、表舞台から退いたホームズとブラウン神父の探偵法を比較するのは、単なるマウンティングではありえない。むしろ偉大な先達（たた）であるホームズが、長きにわたる職業探偵としてのキャリアをまっとうしたことを称え、その労をねぎらうというのがチェスタトンの本心だったのではないか。

探偵小説の新潮流から取り残された二大名探偵という着眼は悪くない。綸太郎はその線で頼まれた原稿に取りかかったが、何か大事なことを忘れているような気がした。シャーロック・ホームズ対ブラウン神父という枠組みに頼りすぎると、そこからこぼれ落ちてしまうものがある。

「そういえば『詩人と狂人たち』にも、ドイル批判の文章があったな」

綸太郎はあぶなっかしく積み上げられた本の山を崩して、『詩人と狂人たち』を掘り出した。ちょっと前に新訳が出たのを手に入れたきり、読まないで放置していたものだ。奥付を見ると二〇一六年の本である。新訳が相次いで、再評価の気運が盛り上がっているという阿久津宣子の話もまんざら誇張ではなかった。

『詩人と狂人たち』は「ガブリエル・ゲイルの生涯の逸話」という副題をそえて、一九二九年に刊行された短編集だ。全八話からなる探偵譚で、詩人兼画家であるガブリエル・ゲイルが狂人の視点から物事をながめ、社会と個人の倒錯と狂気を暴いていく。ブラウン神父シリーズ以上に形而上学的な雰囲気が物語を支配し、とびきり不条理で幻想的な謎と論理が描かれる。

ドイルを名指しで批判しているのは、第三話「鱶の影」の書き出しだった。

今は亡きシャーロック・ホームズ氏の示唆に富む事件調査について、我々は創意豊かな作者にいくら感謝してもし足りないほどであるが、その中で、ホームズ氏はただ二回だけ、ある説明を本質的に不可能だとして排けているように思われる。しかも、奇妙なことだが、どちらの事例に於いても、優れた作者自身がその後彼の不可能事を可能と見なし、まぎれもない真実とさえ認めるに至った。

二つの事例とは、まず第一に「名探偵は、空飛ぶ物が犯した犯罪はついぞ知らないと明言している」(「ブラック・ピーター」)のに、「ドイツの飛行術の発達以来、愛国者にして戦史家であるサー・アーサー・コナン・ドイルは、空飛ぶ物が犯した数多の犯罪を目睹して来た」こと。もうひとつは「探偵は如何なる行為も霊魂や超自然的存在の所業に帰するべきではないと暗に仄めかしているが、現在のサー・アーサーはいとも積極的に、情熱さえ籠めて、さような行為者の存在を証言するのである」。この文章の前段は『バスカヴィル家の犬』でのホームズの言動を踏まえたものだが、後段がドイルの心霊主義への傾倒に苦言を呈しているのは明らかだろう。

ホームズ批判と論調が異なることに引っかかりを感じながら、綸太郎は「鱶の影」を再読した。原題は *The Shadow of the Shark* で、つい「シャーロックの影」と空目しそうになる。ずっと前に旧訳で読んだはずなのに、ほとんど内容を忘れていた。議論好きの詩人ゲイルは、学問芸術の庇護者として知られる裕福な奇人が、海辺の砂浜で殺されているのを発見する。ところが、砂の上には被害者のもの以外、いかなる足跡もついていなかった。「さまざまな説が提示され、その中には、先程述べた通り、飛行術に熱中する人々の説から心霊研究に熱中する人々の説まであった」というわけだが、もちろん真相はそのいずれでもない。

海辺で起こった怪奇小説風の不可能犯罪をゲイルが解決する「鱶の影」は、ブラウン神父シリーズに通じる正攻法の謎解き小説になっている。幻想的な色彩の濃い『詩人と狂人たち』の中でもわりと取っつきやすいエピソードだが、魚の顔をした怪人が出現する場面に差しかかったあたりから、綸太郎は徐々に落ち着かない気持ちになった。窓からのぞき込んだ顔の描写が、ドイルの「白面の兵士」を思い出させたからである。

「ただの顔です」と医師はこたえた。「しかし、そいつは――そいつは人間の顔のようではなかった。外へ出て、調べてみましょう」

［中略］

暗い窓ガラスに押しつけられて、それでもただ青白く光って闇の中から突き出していたのは、一つの大きな顔だった。最初のうちは、パントマイムに登場する緑の小鬼(ゴブリン)の仮面のようにも見えた。しかし、まったく人間の顔とは違い、両眼が大きく真ん丸で、ちょっと梟(ふくろう)のようだった。しかし、そのまわりにかすかに光って見える外皮は羽ではなく、鱗だった。(「鱶の影」)

「ゴドフリーは窓の外にいたんです、ホームズさん、窓ガラスに顔を押しつけるようにして。夜の庭をながめたと、先ほどお話ししましたね。そのときに、カーテンを少し開けたままだったんです。そのカーテンの隙間(すきま)に彼の姿がちょうどはまっていた。床の高さからすぐ窓になっていますので全身が見えましたが、目を釘付(くぎづ)けにされたのは彼の顔のせいです。紙のような白さ――あんなに白い顔をした人間を見たことがない。幽霊というのがあんなふうに見えるのかもしれませんね」(「白面の兵士」)

予感めいた奇妙な胸騒ぎを覚えながら、綸太郎はページを繰った。

やがてその予感が、確信に変わる瞬間が訪れた。死体発見シーンに記された二文字の単語に、目が釘づけになったのだ。堤豊秋の原稿に書き込まれた謎のメッセージが目の端にちらつき、ぎゅっと頭を締めつけられるような感じがした。

何度も深呼吸して、ガブリエル・ゲイルと友人のガース医師の対話と推理に集中する。だが、今度は「ライオンのたてがみ」という言葉が頭から離れない。

クラムは幾分身体をよじり、海岸に足を向けて仰向けに倒れていたが、左足から二、三インチ離れたところに海星（ひとで）がいた。彼の目を理由もなく釘づけにしたのがその生き物の輝くオレンジ色にすぎなかったのか、それとも、死体が海星さながら、五本ではなく四本の手脚を広げて大の字になっていることに、漠然と反復の観念を見出（みいだ）したためだったのかは、わからなかった。（「鱶の影」）

道は白亜まじりの粘土や泥炭土で、上りと下りの両方がある同一の足跡があちこちに見つかった。その朝、この道づたいに浜へ下りていった者はほかにはだれもいないのだ。一カ所に、指先を坂の上に向けて広げた手の跡を発見した。

これはつまり、かわいそうなマクファースンが上りながら倒れたということだろう。丸いくぼみもいくつかできていて、何度かひざをついてしまったことがうかがえる。坂道を下りきったところに、引き潮が残していったかなり大きな海水だまりがあった。（「ライオンのたてがみ」）

「とにかく、あの海星と、あれが浜のあんなに上の方へ飛んで行ったという偶然の出来事があったせいで、僕の心は潮の満干（みちひ）という方向に、そして殺人犯が水中を動きまわっていた可能性に向かったんだ。犯人がもし足跡をつけたとしても、波が洗い流してしまった。もし、あの赤い五本指の小さな怪物がいなかったら、僕はけしてそんなことを考えようとしなかったろう」（「鱶の影」）

「『ライオンのたてがみ』という言葉が頭から離れなかった。どこか思いがけないところで会ったことがあるとはわかっていたんですよ。この言葉があの生きものを指すことはもうおわかりでしょう。マクファースンが出会ったとき、あれはきっと水に浮かんでいたんだ。せいいっぱいの言葉だったんですよ、自分を死に追いやった生きもののことをぼくらに知らせるのには」（「ライオンのたてがみ」）

綸太郎は『詩人と狂人たち』と『ホームズの事件簿』を並べて、対応する箇所をチェックした。やはりそうだ。「鱶の影」は「白面の兵士」と「ライオンのたてがみ」を継ぎ足したような物語になっている。そのことに気づいたのは、堤豊秋の原稿に書き込まれた謎のメッセージのおかげだった。足の生えた魚の絵と「星が月になる？」というメモは、それぞれの類似点を示唆していたのである。

（1）足の生えた魚の絵：「鱶の影」はペリシテ人のダゴン崇拝をモチーフにしている。ダゴン、すなわち半魚人だ。「あの魚には脚が二本あって、それを使っていたよ」。狡猾な犯人はダゴン崇拝を犯行の目くらましに利用するため、魚の面をかぶって家の中をのぞき込む。一方、同じように窓から屋内をのぞき込んだ「白面の兵士」の顔は、皮膚が白っぽいまだら模様に色抜けして、魚の鱗のようになっていた。
半魚人とダーウィン・フィッシュ、そして魚鱗癬。
（2）「星が月になる？」：「鱶の影」と「ライオンのたてがみ」はいずれも海辺で起こった事件で、浜には被害者以外の足跡が見つからない。事件の真相は異なっているけれど、「鱶の影」ではヒトデ（海星）が解決の手がかりとなり、「ライオンのたてがみ」の犯人はクラゲ（海月）である。文字通り「星が月に」なったのだ。
類似点はそれだけではない。興味深いことに、チェスタトンは「鱶の影」でJ・G・ウッドの著作『海辺によくある物』を引き合いに出している。実は犯行に用いられた凶器も「海辺によくある物」なのだが、堤の原稿で指摘されていた通り、ドイルも「ライオンのたてがみ」で同じ著者の『野外生活』を参照していた。

注意していなければ、たぶん読み飛ばしていただろう。十九世紀のポピュラー・サイエンス作家、ジョン・ジョージ・ウッドはオックスフォードのメルトン・カレッジ出身で、英国国教会の牧師補と牧師を務めながら文筆活動を始めた。一八五六年から六年間、ホームズとワトスンが初めて出会ったセント・バーソロミュー病院で礼拝堂牧師(チャプレン)を務めた後、本格的な著述に没頭し、博物学の講演をして英国全土を回ったという。当時、ウッドの一般向け博物学書は英米で広く読まれていたようだが、「鱶の影」と「ライオンのたてがみ」の両方に同じ著者の本が出てくるのは、単なる偶然といえるだろうか?

いや、そうではあるまい。「鱶の影」を名指しのドイル批判で書き始めていることを考慮すれば、チェスタトンが意図的に目立つ手がかりを書き入れたと見る方が自然だ。筋金入りのホームズ読者だったチェスタトンは、名探偵の一人称で書かれた「白面の兵士」と「ライオンのたてがみ」に違和感と不満を覚えたにちがいない。ドイルの軽はずみな思いつきをたしなめるために、あえて不出来な二作を継ぎ合わせ、手のこんだパロディに仕立て直したのではなかろうか。

——堤豊秋もこれと同じ結論に達したにちがいない!

綸太郎は柄にもなく浮かれた気分で、さっそく飯田才蔵にそのことを伝えようとしたが、ふと奇妙な矛盾に気がついた。

チェスタトンが「白面の兵士」と「ライオンのたてがみ」を足し合わせて「鱶の影」を書いたとすれば、「海月」が「海星」になったことになる。それなら堤豊秋は

「月が星になる？」とメモしたはずだ。しかし堤のメモは、順番が逆だった。「鱶の影」の「海星」が「ライオンのたてがみ」の「海月」になった、と示唆しているのだ。

堤の勘ちがいかもしれないが、念のため『詩人と狂人たち』の書誌データを確認しておいた方がよさそうだ。ウェブのデータベースにアクセスして「鱶の影」の初出年代を調べると、予想に反する事実が判明した。

「鱶の影」が発表されたのは「ナッシュ」誌の一九二一年十二月号である。コティングリー村の妖精写真を真に受けたドイルの無分別な言動が世間を騒がせていた頃で、チェスタトンの批判もそれを踏まえたものだろう。ガブリエル・ゲイルの連作は、長期にわたって飛び飛びに発表されたため、一冊の本になるのに一九二九年までかかったのだ。「白面の兵士」と「ライオンのたてがみ」が「ストランド」誌に掲載されたのは一九二六年の暮れだから、チェスタトンの方が五年早い。

そうすると「鱶の影」がホームズの焼き直しということはありえない。それどころか、逆にドイルがチェスタトンの小説を自作に流用した可能性が出てくる。

そんなことがありうるだろうか？　綸太郎はもう一度時系列を整理した。

・チェスタトン「鱶の影」が発表されたのは、一九二一年十二月号。

・ドイル『霧の国』が刊行されたのは、一九二六年三月。
・チェスタトン『ブラウン神父の不信』の刊行は、同年六月。
・ドイル「白面の兵士」と「ライオンのたてがみ」は、同年十一、十二月号。

ポイントは『霧の国』と『ブラウン神父の不信』が相次いで刊行されたことである。

ドイルが『霧の国』でチャレンジャー教授を心霊主義者に転向させたのを目の当りにして、チェスタトンは強い危機感を抱いたのではないか。心霊主義の正当性を大衆にアピールするのに、シャーロック・ホームズほど強力な切り札は存在しないからだ。偉大な名探偵に同じ愚行をくり返させてはならないと心に期して、チェスタトンはホームズの「生還」をパロディ化した「ブラウン神父の復活」を新刊に書き下ろし、ドイルを牽制(けんせい)する。

《わたしはシャーロック・ホームズのようにいったん死んで、また生き返ることにしてもいい、もしそれが最上の方法ならば》

その意図を察したドイルは度重なる批判を封じるため、遺恨のある「鱶の影」に目をつけ、プロットを真っ二つに引き裂いてチェスタトンに突き返した。その二編、「白面の兵士」と「ライオンのたてがみ」をホームズの一人称で書いたのは、チェスタトンが「鱶の影」でドイルと作中の名探偵を一緒くたにしたことに抗議するためだろう。

だとしても――と際限なく広がる妄想に歯止めをかけて、綸太郎は自問した――サー・アーサー・コナン・ドイルはそんな腹芸のできる男だろうか？

4

「ホームズの一人称がチェスタトンへのクレームだったなんて、大発見じゃないですか」

綸太郎が持参した資料を繰りながら、飯田才蔵は興奮気味に言った。

十一月に入って最初の月曜日の午後。場所はいつものファミレスで、テーブルも前回と同じだった。調査結果を伝えるためにこっちが足を運ぶ義理はないのだが、河岸を変えると飯田の尻が落ち着かなくなるのである。

「これだけ状況証拠がそろったら、もう言い逃れはできませんよ。メモを書き残した堤豊秋も、草葉(くさば)の陰(かげ)でさぞかしご満悦だろうな」

「と言いたいところだがね。ドイルの性格から見て、そういう手のこんだ意趣返しをするとはちょっと考えづらいんだ」

綸太郎がトーンダウンすると、飯田は梯子をはずされたような顔をして、

「はあ。ドイルの性格というと？」

「コナン・ドイルは騎士道精神の権化のような正義漢だった。裏表のないまっすぐな人物で、世間一般の反感を買ってもおのれの信念を曲げようとはしなかった。第一次大戦中にサー・ロジャー・ケイスメントが敵国ドイツに密航し、アイルランド独立を画策したとして反逆罪に問われた際、彼と親交のあったドイルは、死刑執行の延期を求める嘆願書を起草している。外交官時代のケイスメントがコンゴとペルーで人道援助活動に心血を注いだことに、深い敬意と共感を抱いていたからだ。ケイスメントの裏切りに心を痛めながら、ドイルは友人の命を救うため全力を尽くした」

「あの、ぜんぜん話が見えないんですが……」

「ドイルが有力な知識人のサークルに回付した助命嘆願書に、チェスタトンも署名しているんだよ。一九一六年八月、努力の甲斐なくケイスメントは絞首刑に処せられたが、その時の恩義をドイルは忘れていなかったはずだ」

「あ、なるほど」

いったん相槌を打ってから、飯田はすぐにあごをしゃくって、

「でもそれは十年も前の話でしょう？　先に仕掛けたのはチェスタトンの方なんだし、どんな聖人君子だって、腹に据えかねるということはありますよ」

「いや、それは過去の話じゃなくてね。ちょうどこの時期、ドイルは冤罪で投獄されたユダヤ系ドイツ人、オスカー・スレイターの支援活動に取り組んでいた。ケイスメントの助命嘆願をした時と同様に、影響力のある友人や報道関係者に手紙を書き、公の場でスレイターの窮状を訴えて、世論の喚起に努めていたんだ。ドイルのことだから、十年前に署名をもらったチェスタトンにもあらためて協力を呼びかけていたと思う」

コナン・ドイルが現実の事件でもホームズさながらの名探偵ぶりを発揮して、無実の人間のために闘ったことはよく知られている。いちばん有名なのは一九〇三年、グレイト・ワーリー村で発生した家畜の連続殺害犯として逮捕・投獄されたジョージ・エダルジ青年の濡れ衣を晴らしたことだろう。裁判記録を読み、犯行現場を視察したドイルは、エダルジ本人と面会して彼の無実を確信。ペンの力を駆使して世論に訴え、〇七年には『ジョージ・エダルジ氏の物語』を出版して、真犯人が別にいることを明らかにした。

エダルジ事件が一段落した一九〇八年の暮れ、ドイルにとっての試金石となる事件が起こる。グラスゴーで裕福な老婦人が殺害され、オスカー・スレイターという常習犯罪者が逮捕されたのだ。捜査の不備が明らかだったにもかかわらず、法廷は有罪を宣告、死刑を減じて終身刑が言い渡された。一二年、ドイルは『オスカー・スレイター事件』を発表して彼の無実を主張したが、司法当局は再審請求を斥ける。冤罪を確信しながら、ドイルには打つ手がなかった。

風向きが変わったのは一九二五年、『霧の国』の最後の仕上げに取りかかっていたドイルのもとに、獄中のスレイター自身から無実を訴えるメモが届く。虐げられた者の叫びによって現世への関心を取り戻したドイルは、影響力のある友人や報道関係者に手紙を書き、同時に公の場でスレイターの窮状を訴えて、ふたたび世論の喚起に努めた。スレイターの釈放運動は、心霊の世界から現実の不正との闘いに復帰したホームズの産みの親の尽力もあって、着実に支持者を増やしていく。

一九二七年七月、ドイルの後押しを受けたグラスゴーのジャーナリスト、ウィリアム・パークが『オスカー・スレイターについての真実』を刊行したのをきっかけに、スクープ合戦が始まり、冤罪を立証する新事実が掘り起こされる。その年の十一月、スレイターはようやく釈放されたが、当局は誤審を認めようとしなかった。激怒したドイルは圧力を強化して裁判のやり直しを認めさせ、翌年七月に開かれた控訴審で、スレイターは二十年越しの無罪判決を勝ち取ったのである。

「当時、チェスタトンは反ユダヤ主義的な態度を取っていたが、冤罪疑惑が再燃した一九二七年八月、自ら編集するオピニオン紙『週刊GK』にユダヤ系ドイツ人のスレイターを擁護(ようご)する論説を発表している。これはネットで見つけたやつだけどね」

In Defence of a Jew と題された英文のプリントアウトを見せると、飯田は分別くさい顔をして、

「へえ。わざわざこういう記事を書いたのは、やはりドイルからの強い働きかけがあったからでしょうね」

「だと思う。実はそれ以前にも、チェスタトンは一九一九年に出版した『アイルランドの印象』という旅行記の中で、エダルジやスレイターを弁護したドイル自身の探偵活動を称賛しているんだ。それが本人の目に留まらなかったはずがない」

「そうか、ドイルの祖父はアイルランド出身の画家でしたっけ」

「うん。ドイルの一族は伝統的なアイリッシュ・カトリックの家系で、ドイル自身は若い頃に教義への信仰を捨てているけれど、人格形成の土台にはカトリックの気風が流れ込んでるんじゃないかな。いずれにしても、一九二六年当時、スレイターの釈放運動に専心していたドイルにとって、チェスタトンは支援を当てにしていた同志のひとりだったと考えられる。ドイルは裏表のないまっすぐな人物だから、頼りになる同志に底意地の悪いクレーム小説を差し出すような腹芸はできないはずだ」

「たしかに。このタイミングではありえないですね」

飯田はため息をつきながら、当てがはずれたみたいに肩を落として、

「だとしたら『鱶の影』と『白面の兵士』『ライオンのたてがみ』が似てしまったのは、単なる偶然の一致だったことになる。大発見どころか、堤豊秋の書き込みも見当はずれの妄想にすぎなかったというオチですか」

「いや、そう決めつけるのはまだ早い」

綸太郎はもっともらしくかぶりを振って、

「せっかくだから、堤の解釈にもう少し付き合ってやろうじゃないか。堤の説では『白面の兵士』と『ライオンのたてがみ』の二編は、ベル博士の霊から聞かされたエピソードをドイルが小説化したことになっている。仮に博士の霊が『鱶の影』を交霊会向けにアレンジした逸話を語ったとして、ドイルが元ネタの存在に気づかなかったとすれば、チェスタトンに遠慮する必要はさらさらない。堤の原稿と余白の書き込みにも矛盾は生じないだろう。だからといって、ベル博士の霊が本当に出現したと言うつもりはないけどね。当時はインチキ霊媒がいくらでもいたんだから」

「インチキ霊媒？」

察しのいいのが取り柄である。飯田は即座に話の先を読んで、

「何者かが死んだベル博士の名をかたって、意図的に『鱶の影』に似せた手柄話をドイルの耳に吹き込んだということですか」

「その通り。これなら堤の説とも整合性があるだろう？」

「そうかもしれませんが。でも、いったい誰がそんなことを」

首をかしげる飯田に、綸太郎はにやりとして、

「いちばん怪しいのはチェスタトン本人だ。さっき引き合いに出した『アイルランドの印象』という旅行記だけど、ほかにも気になる記述があってね。『死んだと思われていたホームズが復活した時、われわれ読者はみんな喜んだが、たとえホームズが本当に死んだとしても、またすぐにその帰還を祝うことになるだろう。心霊主義を支持する新たな普及運動にいそしむ姿を見るにつけ、サー・アーサー・コナン・ドイルなら、何はなくとも支配霊ホームズと霊媒ワトスンの喜劇（the comedy of Holmes as a control and Watson as a medium）で読者を喜ばせてくれると確信できるから』云々と書いているんだ」

「支配霊ホームズか。皮肉がキツいけど、堤が最初に考えた仮説と似てますね。プロファイリング的には犯人像にマッチするかもしれませんが、仮にチェスタトンがペテンを仕組んだ張本人だとして、なぜそんなややこしいことを？」

「シャーロック・ホームズの名誉を守るためだろうな」

綸太郎は真顔で答えてから、ちょっと間を置いて、

「一九二六年は『霧の国』と『ブラウン神父の不信』が相次いで出た年だ。ドイルが

『霧の国』でチャレンジャー教授を心霊主義者に転向させたのを目の当たりにして、チェスタトンは強い危機感を抱いたにちがいない。偉大な名探偵に同じ愚行をくり返させてはならないと心に期して、『ブラウン神父の復活』を新刊に書き下ろし、ドイルを牽制した——ここまではさっき話した流れと同じだ。だが、この短編にチェスタトンはもうひとつの意図を忍ばせていたのではないか」

「もうひとつの意図というと？」

「ひとことで言えば、犯行予告だな」

綸太郎はトリックの神様にネタばらしの禁を破る許しを乞うた（もう手遅れかもしれないが）。「ブラウン神父の復活」はホームズの「生還」を揶揄した短編である。新大陸へ布教活動に赴いたブラウン神父は、たちまちアメリカ大衆の人気者に祭り上げられてしまう。抜け目ないアメリカ人記者が神父の手柄話を新聞に掲載し、シャーロック・ホームズまがいの連載ストーリーを企画したからだ。うんざりした神父は連載を中断させるため、自分が死んだことにしてくれてもかまわないと手紙に書く。

アメリカ人記者はその手紙を利用して、神父を罠にかけようとする。暴漢に襲われたブラウン神父が死からよみがえるという奇跡をでっち上げた後、いかさま復活劇に神父が荷担していたという証拠を示して、カトリックの権威を失墜させようとしていたのだ。土壇場で陰謀を見抜いた神父は、自ら奇跡を否定し、かろうじてスキャンダルを免れる。

「犯行予告って、そういう意味か。カトリックを心霊主義に、ブラウン神父をコナン・ドイルに置き換えたらいいんですよね？」

先を促すように飯田が口をはさんだ。綸太郎は水っぽいコーラをすすってから、

「うん。チェスタトンはインチキ霊媒を雇って、交霊会にもぐり込ませたにちがいない。死んだベル博士の名をかたって『鱶の影』を流用した手柄話をドイルに聞かせ、彼がどんな反応を示すかテストしたんだ。もしドイルがベル博士の霊との対話を公表したら、その内容が自作短編の使い回しだと明らかにして、心霊主義がペテンであることを世間に知らしめる……。剽窃まがいの妄言で恩師の名誉を汚したと批判されれば、ホームズがチャレンジャー教授のように心霊主義者に転向する前に、ドイルはホームズ物語の筆を折るだろう。偉大なるホームズの名誉さえ守られれば、チェスタトンは満足だったはずだ」

「なるほど」

「ところが、ここで予想外のことが起こった。ドイルはベル博士の霊が語った手柄話を二つに分割し、ホームズの一人称に書き換えて『ストランド』誌に発表してしまったんだ。チェスタトンの目的はホームズの名誉を守ることだったので、ペテンの内幕を公表することはできない。チェスタトンはむずかしい立場に追い込まれてしまった

うえに、もうひとつの予期しない出来事に見舞われた。ハリー・フーディーニの急死だ」

「えっ？ ハリー、誰ですって」

「当時、最強のサイキック・ハンターと目されていた脱出王フーディーニだよ。一九二六年十月二十二日、モントリオールで公演中のフーディーニの楽屋を訪れた学生が、いきなり彼の胃を殴りつけた。フーディーニは腹部にパンチを受けてもびくともしないという演し物を得意としており、熱烈なファンだった学生はその芸が本物かどうかテストするために不意打ちを食らわせたんだ。ところが、殴り方が強すぎたせいでフーディーニは虫垂破裂を起こし、さらに腹膜炎を併発して、九日後のハロウィンにデトロイトの病院で死亡した。死因については諸説あるらしいが、公式にはそういうことになっている」

綸太郎が一息に告げると、飯田は目を白黒させながら、

「ちょっと待ってください、法月さん。何でいきなりフーディーニが出てくるのか、意味がわからないんですけど」

「そうか？ ドイルとフーディーニのライバル関係は有名だし、死んだのが十月末だから『白面の兵士』『ライオンのたてがみ』の発表時期にも近いんだけどな。舞台演出に詳しいフーディーニがインチキ霊媒のトリックを次々と暴いて、ドイルを始めと

する心霊主義者たちから忌み嫌われていたのを知らないわけじゃないだろう」

「知らないとは言いませんが、それとこれとは話が別では？　たまたま時期が近いからって、海の向こうのフーディーニまで巻き込むのは飛躍のしすぎじゃないですか。そりゃあ堤の仮説も大概ですけど、そこまで妄想の網を広げると、ありきたりな陰謀論と見分けがつかなくなりますよ」

地雷臭を嗅ぎつけたのか、飯田はいささか興ざめしたような口ぶりで言った。綸太郎はどこ吹く風と受け流して、

「そう堅いことを言わずに、もう少し話に付き合ってくれよ。フーディーニがドイルの愛読者だったことは言うまでもないけれど、同時に彼はチェスタトンの隠れファンでもあった。特にブラウン神父の『見えない男』が大のお気に入りだったそうでね」

「へえ。それは初耳ですが、ありそうな話ですね」

「それだけじゃない。フーディーニは『信じがたい偶然の一致』と題された短い記事で、チェスタトンが一九一三年に発表した戯曲『魔術』について言及している。マジシャン団体のパーティーで『魔術』の中で起こる不思議な現象とそっくりな経験をしたことがあると述べているんだ。こうした発言から見て、フーディーニが以前からチェスタトンの作品に職業的な関心を持っていたことがうかがえる。おまけにフーディーニとチェスタトンは同じ一八七四年生まれで、十五歳年長のコナン・ドイルに対し

て、いずれもアンビヴァレントな感情を抱いていた。そこでちょっと想像をたくましくしてみよう。もしチェスタトンがドイルに一泡吹かせるためにインチキ霊媒を雇うとしたら、フーディーニに助言を求めるのが最善の選択だったと思わないか」

「チェスタトンがフーディーニに？　二人は知り合いだったんですか」

飯田がいぶかしそうに問う。綸太郎は無頓着にかぶりを振って、

「それはどうかわからない。ただ可能性の問題として、有能なインチキ霊媒を紹介してくれとチェスタトンに頼まれたら、フーディーニは協力を惜しまなかったはずだ。一九二四年以降、心霊主義をめぐるドイルとフーディーニの対立は激化の一途をたどり、新聞の投書欄を通じて罵倒合戦をくり広げていたのだから。わからず屋のドイルの鼻を明かす絶好のチャンスと見て、フーディーニは強力な助っ人を英国に派遣したにちがいない。尻尾をつかまれないよう、チェスタトンは霊媒との接触を控え、いかさま交霊会の段取りもほとんどフーディーニの指示に任せていたんだろう。ところが、ドイルに仕掛けた罠がそろそろ実を結ぶかと思われた頃、突然フーディーニの訃報が舞い込んで、チェスタトンはびっくり仰天した。仲介役のフーディーニがいなければ、ベル博士の名をかたった霊媒と連絡を取ることすらできない。チェスタトンは手も足も出ない状況に追い込まれた」

飯田は小鼻をふくらませて、ウーンとうなった。だいぶ文句のありそうな面持ちだ

が、とりあえず最後まで付き合うことに決めたらしい。話の上澄みだけさらったような、当たりさわりのない問い方で、

「最後までドイルは、恩師の霊がいかさまだと気づかなかったんですかね？」

「気づかなかったと思うし、万一疑いを持っても絶対にいかさまを認めなかっただろう。ただ『白面の兵士』と『ライオンのたてがみ』を書いた時点で、ドイルが筆力の衰えを十分すぎるほど自覚していたことも確かだ。むしろベル博士の霊が現れたことで、やっと気持ちの整理がついたのかもしれない。ほどなくして、ドイルは『ストランド』誌の一九二七年三月号にホームズ物語の終了を告げる文章を載せ、翌月の『ショスコム荘』で有終の美を飾った。ドイルの決断を目にして、チェスタトンはほっと胸をなで下ろしたにちがいない。シャーロック・ホームズは最後まで死者の霊や超自然的存在などに目もくれず、偉大な名探偵としてのキャリアをまっとうしたのだから。そうと決まれば、もはやドイルに仕掛けたペテンをわざわざ公にする必要はない。フーディーニを巻き込んだことだって、文字通り死人に口なしで、秘密が漏れる心配はないだろう。チェスタトンはすべてを自分ひとりの胸にしまい込むと、同じ年の八月、ドイルへの義理を果たすため、オスカー・スレイターを擁護する論説を発表した——以上が晩年のドイルとチェスタトン、それにフーディーニまで巻き込んだ、知られざる『から騒ぎ』の全貌（ぜんぼう）というわけだ」

綸太郎が話を締めくくると、飯田はいったん開きかけた口を閉じ、視線をはずして宙にさまよわせた。黙り込んだまま頬杖（ほおづえ）をつき、空いた方の手の指でテーブルをトントンたたく。こちらも無言で見守っていると、やがて指の動きが止まった。

「ねえ、法月さん。今の話って、どこまで真に受けたらいいんですか」

「そんなふうに言われるなんて心外だな。ホームズ愛好家の度肝を抜くような新説を発掘したがっていたのはそっちだろう」

「だとしても限度ってものがありますよ。いちいちツッコむのは野暮かもしれませんが、やっぱりフーディーニのくだりは蛇足としか思えない。チェスタトンの単独犯行説で十分なのに、最後にいきなりトンデモ時空にワープして、全部台なしじゃないですか」

「それを言うなら、最初からトンデモだと思うけどね」

綸太郎がしらばくれると、飯田は口をすぼめてこっちをにらんだ。

「怪しいな。ひょっとして、フーディーニの話をでっち上げたのはわざとですか。チェスタトンが仕組んだように、ボクを試そうとしてません？」

綸太郎はにんまりした。鼻白（はなじろ）んだような言いぐさで、自分だけでなく、飯田もカモにされていたことが裏付けられたからである。

「まあ、そういうことになるかな。それより出発点に立ち返って、あらためて聞いておきたいことがある。堤豊秋の腹ちがいの弟さんのことなんだが――」

5

年が明けて一月の下旬、綸太郎は新橋のホテルで毎年催されている作家団体の新年パーティーに出かけた。若い頃はこういう集まりは敬遠していたものだが、歳を取るにつれて義理やしがらみが増え、サボってばかりはいられなくなった。

それでも肩身が狭いのは相変わらずである。不義理を重ねている編集者へのお詫び行脚が一段落して、やっと人心地がついたと思ったら、また誰かに声をかけられた。

おそるおそる振り向くと、お菊人形みたいな黒髪とごつい黒縁メガネが目に入る。

「先日はどうも、素晴らしい原稿をありがとうございました」

「いや、こちらこそ面目ない。予定を一週間も過ぎちゃって」

「余裕でセーフです。まだこれからという強者がいますから」

九段社の阿久津宣子だった。会社の同僚だろうか、さっぱりしたショートカットにフクロウみたいな目つきをした、小柄な女性と一緒である。

綸太郎が会釈すると、彼女も目礼で応じた。阿久津がそれを受けて、

「ご紹介が遅れました。監修をお願いした浅山志帆先生です」

「初めまして、翻訳家の浅山です。このたびはぶしつけな依頼を快く引き受けてくださって、本当にありがとうございます。それより何より、以前は失礼なことを書いてしまって申し訳ありませんでした。本当は先にお詫びしないといけなかったんですが……」

あらためて深々と頭を下げる。いきなりだったので、心構えができていなかった。

綸太郎はあたふたと頭を掻きながら、

「滅相もない。あれは完全にぼくの失言です。まちがいを指摘してもらって、こっちがお礼を言わないといけないぐらいですよ。ねえ、阿久津さん」

助け船を求めると、阿久津は平常運転のけろっとした口ぶりで、

「三月に本ができたら、執筆者の皆さんを招いて打ち上げの席を設ける予定なんですが、浅山先生がその前にどうしてもご挨拶をとおっしゃって。今日は法月さんもお越しになるとうかがったので、それでお連れしたんですけど——あっ！」

急に阿久津の目の色が変わり、背伸びするような格好になった。宴会場の人混みの中に知り合いの顔を見かけて、スイッチが入ったらしい。

「すみません、ちょっとはずします。用事がすんだらすぐ戻ります」

早口言葉みたいな言い方をして、バタバタと走り去った。

「××さんじゃないですか。まだ原稿を上げていない強者の」

綸太郎があっけに取られていると、浅山志帆がざっくばらんに言った。たしかに××氏（特に名を秘す）の仕事の遅さは業界随一だ。チェスタトン名言集に欠かせない人選とはいえ、監修者としても悩みの種なのだろう。綸太郎の顔を見て、先が思いやられるというようにため息をついた。

こういう展開になるとは思っていなかったが、向こうもしびれを切らしてここへ来たにちがいない。綸太郎は腹をくくると、なにくわぬ顔で、

「ぼくの原稿はお読みになりましたか？」

「ええ、もちろん。阿久津さんからすぐにデータを転送してもらって」

「恐縮です。差し支えなければ、率直なご感想をうかがえますか」

「とても面白く拝読いたしました。チェスタトン論としても出色だと思います。特に『ブラウン神父の秘密』で二大名探偵の推理法を比較するくだりが、旧時代の探偵小説へのレクイエムになっているという指摘にはハッとさせられました」

「お褒めにあずかって光栄です」

綸太郎が紋切り型で応じると、浅山はふいに真顔になって、

「ただ、ないものねだりになりますけど、法月さんならもっとマニアックに掘り下げた考察を入れてくるんじゃないかと期待もしていたんです」

「マニアックというと、たとえば『鱶の影』のドイル批判の部分とか？」

見返す浅山の目つきが鉤爪のように鋭くなった。フクロウは猛禽類に含まれる。

「そうですね。ドイルの『霧の国』と『ブラウン神父の復活』に言及したところも、ずいぶん手加減しているような感触がありました。枚数の都合かもしれませんが」

「手加減というより、ぼくの力不足でしょう。それで思い出しましたが、浅山さんのお父様は、亡くなったオカルト研究家の堤豊秋氏の弟さんだそうですね」

「よくご存じですね」

ぼそっと答えたきり、口をつぐんでそわそわと落ち着かない様子になった。性急さが裏目に出たかと思ったが、浅山志帆はむしろ気が楽になったような面持ちで、

「ここだと話し声がうるさいので、もっと静かなところへ行きませんか。阿久津さんもまだしばらくかかりそうな感じですし」

二人は宴会場からロビーへ移動した。離れ小島のように配置されたアンティーク椅子に腰かけると、浅山志帆は古いスパイ映画の謎めいた登場人物みたいに声を落として、

「ご承知だと思いますが、堤の伯父はいろいろと評判のよくない人物で、家庭の事情もあったせいか、以前から父とは絶縁状態でした。うちの父は文化庁の役人で、長く著作権課にいましたから、余計に伯父との関係は隠しておきたかったようです」

「そうでしたか。実は知り合いのライターを通じて、堤氏の未発表原稿を見せてもら

ったんです。亡くなる二年前に書かれた、シャーロック・ホームズに関する講演の予定稿なんですが、浅山さんもお読みになっていませんか」

「ホームズの一人称作品と、コナン・ドイルの心霊主義を結びつけた論考のことですね。それならわたしも読みました。伯父が死んだ後、残された蔵書と未刊原稿の一部を父が引き取ることになって、その中にあったものです」

「それなら話が早い」

綸太郎はもう遠慮しないで、単刀直入に聞いた。

「原稿の最後のページに、足が生えた魚の絵と『星が月になる？』という書き込みがあったでしょう。あれは堤氏ではなく、あなたが書いたんじゃないですか？」

浅山志帆は悪びれたふうもなく、さばさばした顔でうなずいた。

「さすがは法月さん、何でもお見通しなんですね。お察しの通り、あれは伯父の筆跡を真似（まね）てわたしが書いたものです。すぐに偽筆だとわかったんですか」

「いや、最初は疑いもしませんでしたよ。ただ、チェスタトンの原稿依頼のタイミングとテーマ設定が、あまりにもピンポイントすぎたので。職業柄、『信じがたい偶然の一致』というやつに遭遇すると、どうしても眉（まゆ）に唾（つば）をつけてしまうんです」

「時期はなるべく空けたつもりだったんですが……」

浅山は精一杯だったようにかぶりを振って、

「進行との兼ね合いで、あれが限界でした。テーマも見え見えでしたか？」

「そうですね。『ブラウン神父とシャーロック・ホームズ』というテーマだったら、ガブリエル・ゲイルの『鱶の影』はスルーしていたかもしれない。でも『チェスタトンと〜』と言われたら、あの前書きを無視することはできないでしょう。いやはや、読み返した時はびっくりしましたよ。あの符合は、あなたが思いついたんですか？」

綸太郎がたずねると、浅山は少しだけ誇らしそうに、

「ええ。伯父の原稿を読んだのは五年ほど前ですが、なんとなく『鱶の影』と似ているなと思って、それからずっと気になっていたんです。そうはいっても、半分妄想みたいな思いつきですから、どうすることもできなくて。今回、たまたまチェスタトン名言集の企画が持ち上がったのをいいことに、誰かに検証してもらう手だてを考えたんです」

「それならこんな手のこんだことをしなくても、最初からそう言ってくれたら」

「ちがうんですよ」

と口走ってから、浅山は自分でも何がちがうのか判然としないような口ぶりで、

「どう言ったらいいのかな。うちの家は母親がカトリックで、わたし自身は入信していないんですけど、子供の頃からそういう空気になじんでいました。大学院でチェスタ

トンの研究をしたり、ファンタジーの翻訳を仕事にしているのもその影響かもしれません。だから堤の伯父みたいな、オカルトや超心理学のパッチワークにはずっとアレルギーがあって、なるべく近寄らないようにしていたんです。それでも伯父の方は、血のつながった姪が文学研究の道に進んだことに何か思うところがあったみたいで。まだ羽振りがよかった頃は、語学習得のコツを教えてくれたり、父に内緒で珍しい洋書を買ってくれたり、あれはあれで教え子を育てるような感覚だったんでしょう。そういう憎めないところもありましたが、自分が成長するにつれて信用が置けなくなって、晩年はこっちから避けていたんです。ところが亡くなってみると、なんだか伯父のことが不憫に思えてきて……。父が引き取った晩年の未刊原稿に目を通しているうちに、あんな伯父でも、伯父なりに必死で物を考えていたような気がしてきたんですよ」

綸太郎はふと、堤の取材を続けていた飯田才蔵が同じようなことを洩らしていたのを思い出した。胸のつかえを吐き出して、肩の荷が下りたのだろう。浅山志帆の表情が和らいで、丸みを帯びたまなざしにいたずらっぽい色が差した。

「この際だから打ち明けてしまいますけど、実は法月さんとよろずジャーナリストの飯田さんのお仕事を、何年も前から追いかけていたんです。伯父が死んだ時、お二人が倒れた現場に居合わせたという話を教えてくれた人がいるので」

「ああ。それで『小説アレフ』の座談会の時も」

「さすがにあれだけは見過ごせないですからね」

浅山は屈託のない笑みを浮かべてから、また真面目(まじめ)な顔に戻って、

「誤解してほしくないんですが、今度のことで法月さんたちに恥をかかせるつもりはありませんでした。伯父がああいう死に方をしたのは身から出た錆ですし、お二人に恨みがあるというわけでもないんです。ただ、うまく説明できないんですけど、自分なりに伯父の供養をしてあげたくなって。ちょうど七回忌の法要に飯田さんが顔を出してくれたので、父に頼んで、あの原稿のコピーを渡してもらいました。飯田さんとの関係は知っていたので、いずれ法月さんの目に触れると確信していたんです」

「あの書き込みも含めて、浅山さんの振り付けで踊らされていたわけですね。あやうく根も葉もない珍説を発表して、ホームズ愛好家はもちろん、心あるチェスタトン読者からも見放されるところだった。妖精のトリック写真を真に受けたコナン・ドイルを笑う資格はありません。今だから言えることですが、あれぐらいのニアミスならそんなに珍しいことじゃない。堤豊秋のお墨付きがなければ、もうちょっと慎重になっていたでしょう。そこまで計算していたんだから、あなたも相当な策士です」

反省の弁を口にすると、浅山は照れくさそうにかぶりを振って、

「そんな策士じゃありませんよ。先のことは何も考えてなかったし、下手な小細工が

空振りに終わって、かえってほっとしているぐらいですから……。いやだ、もしかして、飯田さんとわたしがグルになって、法月さんを引っかけたと疑っていません？」

「それはちょっと考えましたけどね。脱出王フーディーニの力を借りて鎌をかけたら、とても共謀しているとは思えない反応を示したので、その線はないとわかった――おかげでずいぶん白い目で見られましたが」

「フーディーニの力というのは、どういうことですか」

チェスタトンとフーディーニの共謀説を話すと、浅山志帆は目をぱちくりさせて、

「それはさすがに飯田さんも困るでしょう。でもそのアイデアをふくらませたら、長編が一本書けるんじゃないかしら。法月さん、試しに書いてみません？」

「いや、ぼくには無理ですよ。むしろ浅山さんの方が適任では」

「わたしだって無理です。たとえフィクションでも、チェスタトンがフーディーニに協力を仰いだとは絶対に書けません」

思いのほか、強い口調ではじかれた。綸太郎はちょっとまごついて、

「どうしてですか」

「心霊主義はカトリックの教義とは相容れない思想ですから、チェスタトンが心霊主義を支持することはありえない。ですが、現実世界に心霊の存在を必要とする人間がいることに対して、チェスタトンは相応の理解を示しています。晩年のドイルの迷走

に関しても、どこか同情的な目で見ていたようですね。彼自身、第一次大戦のせいで弟のセシルを亡くしているので、身内を続けて失ったドイルの心情がよくわかったんでしょう。むしろチェスタトンの心霊主義批判は、疑似科学としての心霊学、すなわち死後の魂の存在を科学的研究の対象にすることに向けられていました。とりわけフーディーニのようなサイキック・ハンター、インチキ霊媒のトリックを暴く懐疑主義者の傍若無人(ぼうじゃくぶじん)なふるまいを目の敵にしていたんです。ブラウン神父の『古書の呪い』という作品があるでしょう?」

本領発揮した浅山志帆に圧倒されながら、綸太郎はうなずいて、

「ドイルをモデルにした心霊学の大家が一杯食わされる話ですね」

「そう。でも、あれはサイキック・ハンター批判の小説でもあって、一方的にドイルを否定しているわけではないんです。『古書の呪い』はチェスタトンが亡くなる三年前に発表されたシリーズ終盤の短編ですが、懐疑主義者のニセ霊媒狩りを痛罵(つうば)する姿勢は、戦前から一貫して変わりませんでした。一九〇八年の『正統とは何か』の中に、有名な逆説があります。『偽の幽霊がいるからといって、それで本物の幽霊の実存を否定する証拠にはならない。偽紙幣(にせさつ)があるからといって、それでイングランド銀行の実在を否定する根拠にはならぬのとまったく同じことだ。というより、もし偽紙幣が何かを証明するとすれば、それはむしろ、イングランド銀行が現に存在するとい

う事実であろう』。ドイルに一杯食わせるために、懐疑主義者の代表であるフーディーニと手を組むなんて、チェスタトンなら絶対しないことですよ」

「なるほど。今日はいい勉強になりました」

綸太郎はすっかりお株を奪われた格好で、膝に手を置き頭を下げた。

顔を上げると、浅山志帆が横を向いてひらひらと手を振っている。視線の先に目をやると、宴会場の入口から阿久津宣子がこっちへ駆け寄ってくるのが見えた。

幕間はここまで。浅山は腰を上げながら、ひょいと綸太郎に顔を戻し、

「そうだ。今のお話を聞いて、もうひとつ思い出したことが。チェスタトンが書いた『霧の国』の書評はお読みになりましたか」

「いや。そういうのがあるんですか？」

「一九二六年四月十日付の『イラストレイテッド・ロンドン・ニュース』紙に掲載された記事です。今度コピーを送りますよ」

そう言って、すたすたと宴会場の方へ歩き出した。

THE NEWS OF NORIZUKI RINTARO

BY
NORIZUKI RINTARO

あべこべの遺書

1

「二人の人間が相次いで不審な死を遂げた。ひとりは転落死、もうひとりは服毒死だ。不可解なことに、それぞれの現場に手書きの遺書が残されていた」

「それのどこが不可解なんです？」

綸太郎（りんたろう）が首をかしげると、法月（のりづき）警視は気ぜわしそうな口ぶりで、

「自分のじゃない。双方の遺書が入れちがって、あべこべになっていたんだ。二人が死んだ場所もあべこべで、どちらも相手の自宅で死んでいるのが見つかった」

重複表現にうるさい校閲係が聞いたら、引きつけを起こしそうなことを言う。綸太郎は父親の説明を頭の中で整理して、

「要するに、二つの自殺現場で死体だけ入れ替わっていたわけですね」

「いや、そんな一言ですむような単純な話じゃない。少なくとも一件、マンションのベランダから転落死した方はすでに他殺と判明しているんだが――」

木曜の夜だった。もうじき日付が変わろうとしている。

その日、綸太郎は編集者との打ち合わせで家を空けていた。不定期連載中の連作短編がやっと折り返し地点を越えたので、中締めと今後のスケジュール確認を兼ねた慰

労の席が設けられたのである。たらふく夕食をごちそうになって十一時過ぎに家に帰ると、一足先に帰宅した父親がひとりわびしく、カップ麺をすすっていた。

「なんだ。そう言ってくれたら、早めに切り上げて帰ってきたのに」

老いた父親のそんな姿を目の当たりにするのは、なかなか胸に来るものがある。ところが、今夜の警視は特に機嫌をそこねているふうもなく、

「俺もさっき帰ってきたところだよ。晩飯が早かったんで、小腹が空いてね」

「だけどお父さん、寝る前にそんなのを食べたら体に毒ですよ」

「まだ寝る時間じゃない」

と警視は反抗期の子供みたいなことを言って、

「それより、今日の打ち合わせはどうだった。原稿の方は一段落したのか？」

「まあどうにか。次の締め切りまで、そんなに日があるわけでもないですが」

「執行猶予中ってことだな。だったら少し、こっちの話に付き合ってくれ」

相変わらずのマイペースだ。綸太郎はとぼけ半分に、

「こっちの話というと？」

「わざわざ言わせるなよ。いま手がけている事件のことだ」

カップ麺もそのための腹ごしらえか。同情して損をした。

だがもちろん、綸太郎に否やはない。どんなに世知辛い世の中になっても、事件の

話を聞いて真相を推理するのは、作家探偵のレゾンデートルだ。着替える暇も惜しんで食卓の定位置に着くと、すぐにディスカッションが始まった。法月警視の息子が捜査一課の非公式アドバイザーを務めていることは、警視庁内でも暗黙の了解事項になっている。捜査情報の取り扱いに関しても、上層部から特別のお目こぼしを受けているのだった。

「――他殺ということは、誰かに突き落とされたわけですね」

たしかに、そう単純な話ではなさそうだ。綸太郎はあご先に手の甲をあてがって、

「マンションのベランダというのは何階ですか」

「八階の部屋だ。港区の分譲マンションで、さっき言った遺書は室内に残されていた。服毒死した方の遺書だ」

「その部屋の住人が書いたものですね。遺書の署名と筆跡は？　別々に見つかった二通とも、本人の自筆と確認されたんですか」

綸太郎が念を押すと、警視はタバコに火をつけてから、

「それはたしかだ。見つかった場所が入れちがっていただけで、どちらの遺書も署名した本人の筆跡と一致している。二通とも丁寧に折りたたんであって、文面に不自然な点はなかった」

「なるほど」

親父さんが不審がるのも無理はない。たとえ空振りに終わったとしても、犯行を自殺に偽装する意図があったなら、転落死した被害者が書いた遺書を置いていくのが自然な行動だ。他人の遺書ではかえって疑いを招くばかりである。

「二人は相次いで死んだそうですが、どっちが先ですか？」

「話した順番通りだ。死んだのは、毒を飲んだ方が半日ぐらい後だと思う。こっちの現場は墨田区のワンルームマンションで、発見時はドアも窓も中から施錠されていた」

法月警視はタバコの煙を洩らしながら、字幕を読むような口調で言った。

妙に説明がふわふわしているのは、なるべく先入観を与えないで、息子の想像力に訴えようとしているからだろう。最初は気持ちだけ先走っているせいかと思ったが、どうもわざとそうしているようだ。言い換えれば、それだけ見通しの利かない事件だということになる。厳密さより、ひらめきが求められているといってもいい。

「だとしたら、一種の無理心中でしょう。二人分の遺書があるから、一緒に死ぬ約束をしたのはたしかです。最初は港区のマンションの八階の部屋で、二人とも毒を飲んで死を迎えるはずだった。ところが、いざという時に〈転落死した墨田区民〉が怖じ気づいたので、〈後から服毒死した港区民〉は逆上し、問答無用で相手の背中を押してしまう」

最初に浮かんだ考えを口にすると、警視はむっつりした表情で、

「背中を押したというのは、文字通りの意味だな」

「そうです。心中相手を転落死させた港区民は、パニックに陥っていったんその場を離れますが、自分だけ生き残るつもりはなかった。自室のベランダから突き落としたのもけっして殺人ではない、双方合意のうえでの行為であることを強調するために、二通の遺書を交換し、あえて墨田区の心中相手のワンルームで毒を飲んだというわけです」

「待て。すぐ後を追うつもりなら、どうしてその場を離れる必要がある?」

「それはたぶん、高所恐怖症ですよ」

綸太郎は即興で想像をふくらませて、

「八階のベランダから飛び降りるのが怖くなったんでしょう。毒を飲んで安らかに死ぬはずだったのに、心中相手を突き落としてしまったせいで、大幅に予定が狂ってしまった。落ちる時に悲鳴を上げたか、地面にぶつかった音を聞きつけるかして、同じマンションの住人が騒ぎ始めたんでしょうね。救急車が呼ばれるのは目に見えているし、自室のベランダから落ちたこともじきにわかるにちがいない。だからその場で毒を飲んでも、まだ息があるうちに、駆けつけた救急隊員に発見・保護される可能性が

高い。自分ひとり助かったら元も子もないので、確実に心中相手の後を追うため、とりあえず現場を離れるしかないと判断したのでは？」

「こじつけにもほどがあるな。仮に小説だとしても、俺なら没にする」

「ずいぶん手厳しいな」

「思いつきをそのまま口に出すからさ」

警視はにこりともせずに言った。綸太郎は頭を掻いて、

「じゃあ、こういう筋書きはどうです。心中相手を自室のベランダから突き落とした加害者は、急に死ぬのが怖くなって港区のマンションから逃げ出した。その際、とっさに状況を自殺に偽装できると思いついたんでしょう。現場は自分の部屋ですが、心中相手の遺書だけそこに残しておけば、単独の飛び降り自殺として処理されて、刑事責任を問われないのではないか。そう高をくくって自分の遺書を持って逃げたつもりが、不測の事態で気が動転していたために、うっかり相手の遺書を持ち出してしまったんです」

「自分と相手の遺書を取りちがえたというのか」

「折りたたんであったせいですよ、きっと。現場を去ってから致命的なミスに気づいたものの、もはや後の祭りです。逃げきれないと観念した犯人の足は、一緒に死ぬはずだった被害者に招き寄せられるようにして、墨田区のワンルームへ向かった。犯行

を告白するかわりに、自分が殺した相手の遺書を手元に置いて、一息に毒をあおったんでしょう」

「最初の筋書きよりはマシかもしれんが、的はずれなのは一緒だな。そもそも心中という見立てが無理なんだよ。死んだのは二人とも男だった」

「言葉を返すようですが、お父さん。男どうしだからといって、頭からそういう関係を否定するのは時代遅れですよ。それに無理心中といっても、色恋沙汰とは限らない」

「二人とも男だと言ったのは、そういう意味じゃない」

綸太郎のクレームを一蹴してから、警視はひょいとあごをしゃくって、

「もっとも、動機には色恋沙汰がからんでいるようだけどな。生前の二人は俗に言う恋敵というやつで、お互いに憎み合っていたのがわかっている。命がけで決闘したとしてもおかしくはないが、双方合意のうえで一緒に自殺することなどありえない」

綸太郎はぽかんと口を開けた。見当ちがいも甚だしい。最初から何も埋まっていない地面をせっせと掘り返していたようなものである。

「なんだかさっぱり要領を得ませんね。お父さんにはお父さんの考えがあるかもしれませんが、せめてもうちょっと具体的に、一から事件の説明をしてくれませんか」

2

「今週の日曜日の未明、港区白金台の分譲マンション〈エバーライフ白金台〉の敷地で、男性の転落死体が見つかった。一一〇番通報したのは同じマンションの一階の住人で、午前零時を回った頃、屋外からドスッという衝撃音が響いてきたという。不審に思って様子を見に出たところ、外構の土間コンクリートに人が倒れていた。その場の状況から、救急車を呼ぶまでもなく、明らかに死んでいるとわかったそうだ」

「見つけた住人は、週末の夜に災難でしたね」

綸太郎が口をはさむと、法月警視は渋い顔でうなずいて、

「暗かったとしても、あまり見て気持ちのいいものではないからな。通報から十二分後、所轄の高輪署員が現場に到着して、転落者の死亡を確認。遺体の発見位置から直上に当たる部屋を戸別に当たって、どの階から落ちたのか突き止めた。問題の部屋は八階でインターホンを鳴らしても応答がなく、玄関のドアも施錠されていない状態だった」

「玄関が施錠されていなかった？」

「ああ。ベランダに面した掃き出し窓も開けっぱなしで、室内に住人のフルネームを

署名した手書きの遺書が残されていたことから、高輪署員は飛び降り自殺と判断した。事件性はないと見て、高輪署の霊安室へ遺体を移送したんだ」

「監察医は呼ばずにか。まあ、その場では自然な対応だったのかもしれませんが」

と綸太郎は当たりさわりのないコメントをして、

「その部屋の住人というのは？」

「益田貴昭(ますだたかあき)、三十二歳。未婚のひとり暮らしだった」

「白金台の分譲マンションだと、結構な値段でしょう。三十そこそこですでに自分の城を構えていたとすれば、かなり裕福だったことになりますが」

「その通り、肩書きは社長だからな。青年実業家というやつで、従業員二十名ほどのイベント企画会社を経営していた。出身は福岡で、大学入学時に上京。在学中はイベント系のサークル活動に熱心で、インカレのパーティーやクラブ関係者の間でも、かなり知られた存在だったらしい。卒業後、その経験と人脈を生かして自分の会社を設立した」

あまり縁のない世界である。綸太郎は斜に構えた口ぶりで、

「学生サークル発のイベント・コンサル会社ですか。ちょっと前まではよくそういう話を聞きましたが、不景気が続いて最近はすっかり下火になっているのでは？　それとも益田という人物、よっぽど経営の才覚に恵まれていたんですか」

「本人の実力もあるだろうが、周りのスタッフが有能だったみたいでね。ツイッターが流行りだした頃からSNS連動型のイベントに目をつけて、その後もLINEを通じた集客や運営のノウハウを積み重ねてきたらしい。特に学生時代からつるんでいた里西京佳という同期の才媛がいて、表向きの肩書きは社長秘書となっているけれど、実際は彼女が会社を回しているようなものだろう。ここ数年は自治体の婚活イベントや街コンの企画なんかで、けっこう繁盛していると聞いた」

「それなら、社長が死んでもやっていけそうだ」

綸太郎は適当に相槌を打ってから、

「益田貴昭は福岡出身で、未婚のひとり暮らしでしたね。ということは、遺体の身元確認もその里西京佳という秘書が？」

「うん。都内に親族がいなかったから、会社のスタッフの連絡先を調べて、彼女に高輪署の霊安室までご足労願った。ところが、八階の高さからコンクリートの地面に墜落したせいで、遺体のとりわけ顔面の損傷が激しくてね。普段そういうものを見なれていない人間には、とても正視できない状態だった」

「すぐに別人とわからなかったんですか」

綸太郎がたずねると、警視は含みのある目つきをして、

「その場ではな。秘書の里西は子供みたいに床にしゃがみ込んで、身元確認どころじ

ゃなかった。念のため益田社長の血液型を聞いてみたけれど、頭が真っ白になって何型かおぼつかないという。後から記録を調べてもらって、O型という回答を得たんだが、現場鑑識から遺体はB型であるとの報告が上がってきてね。あらためて益田の部屋から本人の指紋を採取し、遺体と突き合わせたところ、まったくの別人と判明したんだ」

「その時点で、遺体の身元に関する手がかりは？」

「特にめぼしいものはなかった。携帯や免許証といった身元のわかる品はもちろん、それ以外の所持品も身につけていなかったんだ。遺体の指紋が、警察庁のデータベースに登録されていなかったことは言うまでもない」

綸太郎はあごをなでた。物盗りのしわざではないだろう。個人の特定につながる所持品を何者かが持ち去った可能性が高い。八階のベランダから突き落としたのも、飛び降り自殺に見せかけるだけでなく、遺体の顔を傷つけて身元をわかりにくくする意図があったのではないか。

「遺体が別人となると、飛び降り自殺という当初の判断にも疑問が生じる。事件性を否定できないということだ。あくる月曜日、故人の身元と死因を究明するために司法解剖が行われ、新たな事実が判明した。細かい所見は省いて結論から言うと、ホトケさんは八階のベランダから転落した時点で、すでに心停止状態だった可能性が高い」

「被害者は転落死したのではなく、すでに死んだ状態でベランダから落とされたことになりますね。直接の死因が何であれ、他殺の疑いが濃くなったと」

「うん。この段階で本庁に要請があり、高輪署に捜査本部を設けることになった。ところが解剖後の生化学検査でもうひとつ、妙なシロモノが出てきてね。遺体の肝臓から、キシロカインの代謝物が検出されたんだ」

「――キシロカイン？」

どこかで聞いた覚えがある。綸太郎は記憶の糸をたぐり寄せて、

「麻酔薬か何かでしたっけ」

「それだ。キシロカインというのは商品名で、正式には塩酸リドカイン。歯医者で抜歯する時とか、尿道にカテーテルを通す時なんかに、局所麻酔薬として使われるそうだが」

「そういえば、キシロカイン・ショックというのを聞いたことがあります。アレルギー体質だとアナフィラキシー反応を引き起こして、場合によっては死に至ることもある。ひょっとして、それが死因ですか？」

「いや、ショック死ではなかった」

「麻酔で体の自由を奪って、ベランダから突き落としたのかも」

「解剖医の所見では、それもちがうようだな。頭部の損傷がひどいので断定は避けて

いたが、転落時のものと思われる頭蓋骨骨折や脳挫傷とは別に、脳と脊髄をつなぐ脳幹の部分に強い打撃を受けた痕跡が認められるそうだ。後頭部を殴られるかなんかして、脳幹の生命維持機能がストップし、呼吸困難から心停止を招いた可能性があるらしい」

「なんだかピンと来ませんね」

倫太郎は腕組みしながら、ちょっと口をすぼめて、

「他殺の疑いが濃かったら、遺体の身元が不明でも、通常の捜査を進めていけばいいんじゃないですか。〈エバーライフ白金台〉の防犯カメラとか」

水を向けると、警視の顔つきがとたんに渋くなった。

「それがさっぱり役に立たなくてな」

「おかしなことを言いますね。セレブ青年実業家が住むような今時のマンションなら、防犯カメラがないってことはないでしょう」

「いや、防犯システムは完備していたんだよ。もともとは管理会社が提携している防犯機器メーカーと五年間のレンタルリース契約を結んで、ちょうど事件の二ヵ月前、その更新期限を迎えたところだった。ところが、マンション管理組合の理事長がリース費用が高すぎる、管理会社がキックバックを受け取ってるんじゃないかとケチをつけた。その理事長というのがワンマンというか、ひとりで暴走したみたいでね。あの

手この手で組合員の住民を丸め込んで、別の業者に乗り換える合意を取りつけると、修繕積立金から購入費用を捻出して、新たな防犯カメラ一式を割安な価格で買い取った」

「その新しい防犯カメラが問題ありだったと？」

「その通り。稼働開始から一ヵ月もたたないうちに、あちこちで不具合が発生し、アフターケアを求めても梨のつぶてだった。新規契約したのがろくでもない業者で、粗悪な海外製品を売りつけて、そのまま夜逃げしてしまったらしい。さらに悪いことに、責任を問われた理事長が逆ギレして、管理組合そのものが機能停止状態に陥った。管理会社の方でも対応に窮して、だましだましシステムを稼働し続けているが、防犯カメラがまともに使えない状態で、すでに一ヵ月以上経過していたことになる。ハードディスクレコーダーも横流しされた中古品で、満足に動画を再生することすらできない。鑑識で録画データの復元に努めているが、期待しないでくれと言われたよ」

「管理組合のトラブルが原因とは、とんだしわ寄せですね」

同情の念を口にすると、警視はつくづくとため息をついて、

「最近、よくそういう話を耳にするようになったがね。コスト削減も考えものだな。せっかく大層な設備を用意しても、いざという時に役に立たないんじゃ、住人だって

たまったもんじゃない」

「だけどお父さん、防犯カメラの不調も偶然とは言いきれませんよ」

綸太郎はあえて注意を促した。警視はぴくりと眉を動かして、

「何だと？　管理組合の理事長がわざとカメラを使えなくしたというのか」

「そういう意味じゃありません。ぼくが言いたいのは逆で、たまたまマンションの防犯システムに不備があることを嗅ぎつけた犯人が、それを好機と見て、再導入が決まる前に犯行に踏みきった可能性もあるんじゃないでしょうか」

「それはあるかもしれんな。防犯カメラが不調だからといって、わざわざそれを大っぴらにするわけにもいかない。録画しているという見せかけだけでも、犯罪の抑止効果はゼロではないからな。だとすれば犯人は、マンションの住人ないし関係者から、防犯カメラの現状に関する情報をあらかじめ得ていた可能性はある」

「あるいは、益田貴昭がその機会を利用したのかも」

と綸太郎は言った。

3

段取りを進める合図のように、法月警視は新しいタバコに火をつけた。

「防犯カメラや身元不明の遺体の件は別にしても、部屋の主である益田自身が事件に深く関与しているのはまちがいない。手書きの遺書が見つかったことから、ほかの場所で自殺を図った可能性も捨てきれなかった」

「行方を突き止めるのに、だいぶ時間がかかったようですね」

聞き方が癪にさわったのか、警視は肩をすくめるようなしぐさをして、

「土曜日の夜から携帯の電源が切られていたし、秘書の里西も立ち回り先には心当たりがないと言っていた。ただ、霊安室での芝居じみた態度も含めて、彼女の言動にはちょっと怪しいところがあってね」

「というと？　遺体の身元確認に消極的だったからですか」

「いや、それだけならよくあることだけどな」

警視は切れ切れに煙を洩らしながら、もったいぶった口ぶりで、

「益田の遺書を見せた時の反応が嘘っぽかった。罫線の入った便箋一枚に、ボールペンでしたためたもので、『すべての責任は私の未熟さにあり、死をもってその過ちを償う』という文章が綴られていたんだがね。高輪署員が自殺の理由について里西に事情を聞いたところ、何も思い当たるふしはないと答えたそうだ」

「でも、それは霊安室に呼ばれた直後でしょう。頭が真っ白になって、正常な判断力を失っていたんじゃないですか」

「対応した高輪署員の話だと、本人が言うほど度を失っていたわけでもないらしい。具体的な心当たりがあるのに、わざと口をつぐんでいる感じだった。無理に問い詰めなかったのは、その時点ではまだ、益田が自殺したと思われていたせいだ」

「そうか。マークが厳しくなったのは、遺体が別人だと判明してからですね」

「ああ。益田が連絡してくるかもしれないので、里西はしばらく泳がせて様子を見ることにした。遺書の内容についても、彼女の返事は当てにならない。『死をもってその過ちを償う』という文句は、黙って見過ごせないからな。最近、社長の身の回りで不祥事やトラブルがなかったか、ほかの社員に話を聞いてみると、プライベートで厄介な問題を抱えていたことがわかった。結婚を前提に交際していた女性をめぐって、別の男性と三角関係が生じていたという」

やっと本丸が見えてきた。綸太郎は膝を乗り出して、

「結婚を前提に交際していた女性というのは？」

「津村あかり、二十七歳。家柄のいい資産家のひとり娘で、ミッション系の女子大を出た後、NPO法人の動物愛護団体で役員と事務局職員を兼務していた。去年、益田の会社が啓蒙イベントの企画を請け負ったのが知り合ったきっかけだが、イベント担当者によると、社長の益田が彼女に一目惚れして、猛烈にアタックを開始したらしい。清楚で志の高い新恋人との関係は、社内でも注目の的になっていた」

「動物愛護団体のNPO役員か。資産家のお嬢様の道楽ですか?」

　綸太郎が皮肉っぽく言うと、警視はタバコの先を左右に振って、

「そう馬鹿にしたもんでもないぞ。まっとうな活動をしている優良団体で、着実に実績を積み重ねている。育ちのよさが幸いして、資金管理や運営もしっかりしていたようだ。学生サークルから成り上がった益田のような男にしてみれば、津村あかりという女性は、高貴なマドンナみたいに見えたんだろう」

「ちょっと待ってください」

　綸太郎は父親の古風な物言いをさえぎって、

「社長秘書だった里西は、益田と男女の関係はなかったんですか」

「それはまあ、推して知るべしだな。社内の声を聞いた感じだと、彼女は益田社長と津村あかりの交際を快く思っていなかったようだ。学生時代からの密な関係をないがしろにして、ほかの女に夢中になるのが許せなかったのか、それとも津村あかりの人柄に感化されて、益田のビジネス感覚が鈍るのを嫌ったのか、どっちとも言いきれないが」

「仮に前者だとすると、益田の遺書について思い当たるふしがないと言ったのは、嫉妬がからんでいたせいかもしれませんね」

「まあ、そう先走るなよ。まだ話していないことがあるんだが、物事には順番という

ものがあるからな」

思わせぶりな言い方だったが、綸太郎は父親のペースに任せて、

「ごもっとも。益田貴昭の恋敵というのは、どんな人物ですか？」

「市ノ瀬篤紀という二十九歳の薬剤師だ。こっちは茨城の出身で、都内の薬科大学を卒業後、薬剤師資格を得て、墨田区の調剤薬局に勤めていた」

「津村あかりと知り合ったきっかけは？」

「それも動物愛護団体がらみでね。市ノ瀬は学生時代から、製薬会社の動物実験に関心があったらしい。津村あかりのＮＰＯは、無制限な動物実験に反対する講演会を定期的に開いていた。たまたまその講演会に参加した市ノ瀬は、彼女が動物の権利保護を訴える姿を目の当たりにして、熱烈な信奉者になってしまったのさ。ボランティアとしてＮＰＯの活動を手伝いながら、津村の勧めで動物薬剤師の勉強を始めた。大学付属の動物病院の求人を探しては、せっせと応募していたらしい」

動物好きのマドンナをめぐって、イベント企画会社の社長と薬局勤めの薬剤師が競い合う。まるで往年のトレンディドラマみたいな構図である。

「その三角関係が深刻なトラブルに発展したわけですか」

「トラブルどころか、取り返しのつかない破局だよ。津村あかりは二人の男の板ばさみになって悩んだあげく、今から二ヵ月ほど前、発作的に首吊り自殺を図った」

綸太郎は思わず息を呑んで、

「首吊り自殺を？　亡くなったんですか」

「一命は取りとめた。ただ脳のダメージが大きくてね。かろうじて意識はあるようだが、混濁がひどくて、ほとんど意思疎通できない半植物状態が続いているそうだ」

綸太郎はかぶりを振った。見方によっては、死ぬより辛い結果かもしれない。

「自殺を図った直接のきっかけは？」

「遺書がなかったので、直接のきっかけが何だったかはわからない。ミッション系の出身だと言ったが、クリスチャンではなかった。もともと思い詰めやすいタイプだったようで、高校時代にはリストカットの経験があるらしい。だとしても、それに先立つ数週間のふさぎ込んだ様子から、益田と市ノ瀬のどちらか、あるいは両方が原因になったのはまちがいないだろう。家族や親しい友人、ＮＰＯの関係者も口をそろえてそう言っている。特に後から事情を知った両親が激怒してね。どんなに頭を下げても、絶対におまえたちを許さない。見舞いに来るなどもってのほかだし、容態が好転しても、二度と娘には会わせないと、さんざん二人を罵倒した」

「二人とも同じ扱いか。益田と市ノ瀬は、それで納得したんですか」

「するわけがないだろう」

警視はあごで指すようなしぐさをして、

「周囲の人間にあらためて確認したところ、津村あかりが自殺を図った原因はお互いのせいだと非難し合って、二人とも譲らなかったそうだ。直接のきっかけがはっきりしなかったせいで、責任転嫁合戦がエスカレートしたんだろう。命がけで決闘してもおかしくないほど憎み合っていたというのも、けっして誇張ではないんだ」

「なるほど。お父さんの話を整理すると、〈エバーライフ白金台〉の八階から突き落とされた遺体の身元は、市ノ瀬篤紀だったことになりますが――」

「整理するも何も、最初にそう言わなかったか」

涼しい顔でそう告げると、警視は軽く咳払いしてから、

「初動で後れを取ったが、市ノ瀬との確執が浮上したので、彼が住んでいる〈メゾンオークラ〉にも捜査員を送ることにした。こっちは墨田区押上にある築二十五年の賃貸マンションで、防犯カメラやオートロック等の設備はない」

「押上というと、東京スカイツリーのお膝元ですか」

「だな。ただし市ノ瀬の住所は、押上駅をはさんでスカイツリーの反対側、古くからの住宅地になる。向島警察署の管内でわりと治安のいいところだが、新しくできたソラマチに客が流れて、地元の商店街なんかはすっかり寂れた感がある」

「灯台もと暗しというやつですね」

と綸太郎は合いの手をはさんで、

「捜査員が〈メゾンオークラ〉を訪ねたのはいつですか？」

「月曜日の夕方だ。市ノ瀬の部屋はマンションの二階で、玄関のドアは施錠された状態だった。ブザーを鳴らしても応答がないので、マンションを管理している不動産業者に鍵を開けてもらって、捜査員が踏み込むとワンルームの居室で男が死んでいた。遺体のそばに飲みかけの緑茶ペットボトルとコップ、それに市ノ瀬篤紀と署名された手書きの遺書が残されていたが、死んだ男の顔は益田の手配写真と同じだった」

市ノ瀬の部屋は密室状態で、誰かと争ったり遺体に手が加えられたりした形跡はなかった。二つの現場から採取された生活指紋を比較照合した結果、〈メゾンオークラ〉の遺体は行方不明だった益田貴昭、〈エバーライフ白金台〉の転落死体が市ノ瀬篤紀であることがあらためて確認されたという。

「益田は服毒死したんですよね。緑茶の中に毒物が？」

「うん。死因は急性ヒ素中毒で、ペットボトルとコップの両方から相当量のヒ素化合物が検出された。死亡推定時刻は、日曜日の昼十二時から午後四時までの間。ずっと前に製造中止になった殺鼠剤が使われたようで、入手先の特定はむずかしい」

「ペットボトルとコップの両方というのは？」

「殺鼠剤は粉末タイプでね。益田は毒を溶かすため、先にペットボトルに入れてよく振ったんじゃないかと思う。それをコップに注いで飲んだので、ペットボトルの残りからも毒が検出されたんだ」

「どうしてそんな二度手間を？　ペットボトルから飲めばいいのに」

綸太郎が首をかしげると、警視は見てきたようなしたり顔で、

「後からわかったことだが、益田はかなりの潔癖症だったらしい。一度でも他人の口が触れたボトルには、けっして口をつけなかったそうだ。ペットボトルの緑茶は、市ノ瀬がキャップを開栓して飲んだ残りを冷蔵庫に入れておいたものと見られ、ほかに飲料はなかった。益田はじかに口をつけたくなかったから、水道水で洗ったコップに移し替えたんだろう」

「潔癖症か」

それなら仕方ない。たとえ死を覚悟していても、身に染みついた習慣はそう簡単に変えられないものだ。見方を変えると、わざわざコップに移し替えたことが、益田自身の意志で毒入り緑茶を飲んだことの裏付けになっている。

「市ノ瀬の遺書の内容は？」

「文章にちがいはあるが、内容は益田の遺書とほぼ同じ。『すべての責任は私の未熟さにあり、死をもってその過ちを償う』云々というやつだ。具体的な名前は伏せているが、関係者が読めば、津村あかりの自殺未遂のことだとわかる。筆跡鑑定でも市ノ瀬の自筆と認められたし、不審な細工や偽造の跡も見当たらなかった」

警視が話し終えると、綸太郎はフーッとため息をついた。やたらと情報が錯綜しているけれど、一歩引いて見れば、振り出しに戻ったのとそう変わらない。

「時系列から考えて、土曜日の夜、白金台のマンションの一室で、二人の男が命がけの決闘をしたのはまちがいなさそうですね。だとすると、最初に思いついた心中シナリオ二号の改訂版が使えるかもしれない」

「改訂版というと？」

「益田と市ノ瀬は二人とも、津村あかりが自殺を図った原因が自分ではなく、相手の側にあると確信していた。ですが彼女の話が聞けない以上、二人の主張はどこまで行っても水掛け論にしかなりません。そこで彼らは、究極の解決法に手を出した。二人それぞれが自分の非を認める遺書を用意したうえで、命がけの決闘に臨んだわけです。果たし合いの結果、市ノ瀬が敗れた――仇敵の死体をベランダから突き落として、益田は意気揚々と自宅マンションを後にする」

警視が不満そうに鼻を鳴らしたが、綸太郎は聞こえないふりをして、

「現場は自分の部屋ですが、市ノ瀬の遺書だけそこに残しておけば、単独の飛び降り自殺として処理されるだろう。そう高をくくって自分の遺書を持って逃げたつもりが、仇敵を打ち負かした気の緩みから、うっかり市ノ瀬の遺書を持ち出してしまった。現場を離れてから致命的なミスに気づいたものの、騒ぎになっている自宅へはも

う戻れない。絶望に打ちひしがれた益田は、死に場所を求めて市ノ瀬の自宅へ向かう。犯行を告白するかわりに、自分が殺した相手の遺書を傍らに置いて毒をあおった、というわけです」

　綸太郎が言葉を切ると、警視は話にならないという顔をして、

「よっぽどその筋書きに未練があるようだが、さっきも的はずれだと言ったはずだ。益田が毒を持ち歩いていた理由がわからんし、そもそも相手を自殺に見せかけるつもりなら、わざわざ自分の部屋を対決の場に選ぶわけがない」

「毒は市ノ瀬に飲ませるために用意したのでは？　それに対決の場を選んだのは、市ノ瀬の方だったかもしれませんよ。ちょうど防犯カメラが不調だったわけですし」

「だとしても、益田が簡単に首を縦に振るものか。それだけじゃない。まだ話には続きがあって、近隣住民への聞き込みから新たに判明した事実がある。おまえのポンコツな筋書きでは、その新事実に説明がつかないんだよ」

　父親から理不尽にポンコツ呼ばわりされても、綸太郎はぐっと我慢して、

「新たに判明した事実というと？」

「防犯カメラが役に立たなかったから、〈エバーライフ白金台〉周辺の近隣住民にも二人の顔写真を見せて、犯行当夜の目撃証言を募ったんだ。市ノ瀬に関しては、特にめぼしい証言は得られなかったが、益田の行動について思いがけない当たりを引い

た。日曜日の朝七時過ぎ、警察の実況見分が終わって、マンション前の路上に集まっていた野次馬が散り始めた頃、益田貴昭と見られる人物が付近に現れていたらしい」

「益田が？　犯行の七時間後に？」

「ある近隣住民の証言によれば、たまたま通りかかった男に、何か事件でもあったんですかと聞かれたので、何とかいう青年実業家が飛び降り自殺したらしい、と聞きかじりの返事をしたそうだ。するとその男は急にうろたえて、周りの目を気にしながら、早足にその場を立ち去ってしまったというんだ」

「急にうろたえて、その場を立ち去った！」

　綸太郎は目をみはりながら、思わず早口になって、

「だとすると益田らしき人物は、市ノ瀬が死んだのを知らなかったことになる。それどころか、土曜の夜から翌朝にかけて、自宅近くにいなかった可能性も――」

「だろうな。普通に考えれば、そういうことになる」

「待ってください。さすがにそれは怪しすぎる。証言は信用できますか」

　ダメ元で食い下がってみたけれど、警視は自信たっぷりに、

「その場に居合わせた別の住民にも確認して裏を取った。証言は動かないよ」

「益田の芝居という可能性は？　犯行に関与していない印象を与えるため、面識のない第三者の前で、わざとうろたえたふりをしたんじゃないですか」

警視は眉間にしわを寄せながら、噛んで含めるような口ぶりで、

「絶対にないとは言わないが、そんな芝居をする元気があるなら、押上のワンルームへ行って毒を飲んだりしないだろう。おまえのポンコツな筋書きじゃないけれど、市ノ瀬殺しを認めるのと変わらない行動なんだから」

「言われてみればそうですね。せめて犯行当夜の益田の足取りがわかるといいんですが。〈エバーライフ白金台〉の防犯カメラが役に立たないのは痛いな。近所のコンビニかどこかの防犯カメラに、益田の姿が映ってませんかねえ」

綸太郎がぼやくと、警視はすかさず目を光らせて、

「まさにそれだ。捜査本部でもおまえと同じ意見が出てね。現場付近のコンビニや駐車場をしらみつぶしに回って、土曜の夜から日曜の朝にかけての防犯カメラ映像を提供してもらったんだ」

「その中に日曜の朝、益田が自宅マンションへ向かう映像が？」

「あいにく、それらしい姿はなかった。周辺の道路をすべてカバーしているわけじゃないから、その気になれば監視の目をかいくぐることはできる。益田も人目につかないコースを選んだんだろう。それでも無駄骨折りにはならなかった。あるコインパーキングの防犯カメラ映像を精査したところ、もっと興味深い人物が映っていたんだ」

「もっと興味深い人物？　誰ですか」

「益田の秘書の里西京佳だよ」

警視はにやりとしながら、勝ち誇ったような声で、

「しかも、映っていた時間帯が重要だ。日曜日の午前零時十五分頃、〈エバーライフ白金台〉から白金高輪駅方面へ向かう路上を、急ぎ足で歩いていく姿が記録されていた」

綸太郎はごくりと唾を呑んだ。

「午前零時十五分頃？　それは市ノ瀬が突き落とされた直後じゃないですか！」

4

「――ここらへんで一息入れて、熱いコーヒーでも飲みたいところだな」

悠然とタバコを吹かしながら、法月警視が言った。

話の続きが気になって、居ても立ってもいられない気分だが、ここで父親に逆らっても始まらない。綸太郎は黙って席を立ち、コーヒーを沸かす支度に取りかかった。

「どうぞ」

できたてのコーヒーをカップに注ぐと、警視はブラックのまま口をつけて、

「ん？　なんだかいつもより苦くないか」

「途中で眠くならないように、濃いめにしたんですが」

「もしかして、おまえの推理をポンコツ呼ばわりしたのを根に持ってないか」

「それはいいんですけどね。大事な情報を出し惜しみする方が問題ですよ」

「そうへそを曲げるなって。まどろっこしいかもしれないが、おまえの当て推量を頼りにしてるんだ。先入観に引きずられて、何か見落としているような気がするんでな」

ごまかされたような気もするが、綸太郎は大目に見ることにして、

「里西京佳は、市ノ瀬の死に関与していることを認めたんですか？」

単刀直入にたずねると、警視はコーヒーの苦みをニコチンで中和するみたいに、たっぷり吸い込んだ煙をちびちびと吐きながら、

「そうせっつくな。彼女が現場付近の防犯カメラに映っているとわかったのは、昨日遅くなってからのことだ。さっそく今朝一番に呼び出して、任意で事情を聞いた。最初は身に覚えのないふりをしていたが、防犯カメラの画像を見せたらやっと観念してね。土曜日の夜、白金台のマンションに足を運んだことを認めたよ」

「どうして彼の部屋に？」

「ほかでもない、益田本人からそうするように頼まれたというんだ」

「それはいつのことです」

「土曜日の午前中、業務連絡でオフィスに顔を出した際、益田から口頭で指示されたそうだ。その日の午後十一時までに、なるべく人目につかないようにして、白金台の彼の部屋まで来てくれと。自分も後から合流するので、それまでの間、部屋の灯りを消して静かに待機するように、と命じられたという。その時、本人からスペアキーを預かった」

「解せませんね。何のためにそんな指示を？」

「今は理由を明かせないが、後からきちんと説明すると言われたらしい。会社と自分の地位を守るために、どうしても必要な措置なのだとも。こんなことを頼めるのは、ずっと一緒にやってきたきみしかいないと懇願されて、里西も断れなかった」

綸太郎は脳細胞を刺激するため、自分もコーヒーをすってから、

「妙な頼みですね。アリバイ工作が目的なら、部屋が無人であるかのように装って待機させても意味がない。益田は後から合流すると、彼女に言い含めたんですよね。キシロカインで眠らせた市ノ瀬を、二人がかりでどこかへ運ぼうとしていたのかな」

警視はあまり気乗りのしないため息をついて、

「それはどうかわからん。ともかく里西は社長の言いつけ通り、午後十一時に〈エバーライフ白金台〉に忍び込み、暗い室内でじっと息をひそめて、益田の帰りを待った」

「それから?」

「動きがあったのは四十分後。玄関ドアを開ける音がしたので、やっと社長が来たと思い、里西はすぐ迎えに出た。ところが入ってきた人物は、室内に誰かいるとは思ってなかったらしい。一瞬立ちすくんだように見えたが、次の瞬間、無言で襲いかかってきたという。何がなんだかわからず、暗闇の中、里西は死に物狂いで侵入者に抵抗した。真っ暗な部屋で待機していたのが幸いしたんだろう。暗さに目が慣れていたのと、どこに何があるか漠然と把握していたおかげで、相手より有利に立ち回れたみたいでね。ローテーブルに向こうずねをぶつけて、片足立ちになった侵入者に向かって、思いきり体当たりしたそうだ。相手はバランスを失って後ろ向きに倒れ、受け身も取れずに後頭部を強打した」

綸太郎は市ノ瀬篤紀の解剖所見を思い出して、

「転落時の損傷とは別に、脳幹に強い打撃を受けた痕跡が認められる——それが市ノ瀬の死因になったわけですか」

警視は灰皿にタバコの灰を落としながら、目でうなずいて、

「今のところはそうだな」

「彼女の話が本当なら正当防衛を主張できそうですが、まだ何とも言えませんね。侵入者を返り討ちにした後の行動について、里西京佳はどんな供述を?」

「どうにか身の危険を脱して、ほっとしたのもつかの間、自分を襲った男が息をしていないのに気がついて、いっぺんに恐怖がぶり返したらしい。最初は見ず知らずの相手かと思ったが、倒れている男の顔に見覚えがある。自殺を図った津村あかりをめぐって、益田と激しく対立していた人物の名前を思い出すのに、時間はかからなかった」

「ちょっと待って。彼女は市ノ瀬と面識があったんですか？」

綸太郎が口をはさむと、警視は先を越されたような顔で、

「面識というか、市ノ瀬のことは前から知っていた。まだ津村あかりが元気だった頃、益田から彼の身辺調査みたいなことを頼まれていたらしい」

「身辺調査か」

綸太郎は目をすがめながら、かぶりを振って、

「秘書を使って、ライバルを蹴落とす弱みを探ろうとしたんでしょうか」

「具体的な理由については口を濁していたが、たぶんそういうことだろう。侵入者の正体を知った里西は、状況を報告して益田の指示を仰ぐため、彼の携帯にかけてみたけれど、電源が切られているようで連絡がつかない。その時は怖ろしさが先立って、警察を呼ぼうとは考えもしなかったそうだ」

「本当にそうかな。真っ先に益田の指示を仰ごうとしたのは、どうして彼の部屋に市

ノ瀬が現れたのか、彼女なりに思い当たることがあったからでは？」

態度を決めかねているのか、警視はしかつめらしい顔をして、

「いや。何が起こっているのか、想像もつかなかったというんだがね。人を死なせてしまったショックで、ほかのことに頭が回らなかったと弁解している。ただ、口で言うほど冷静さを失っていたわけでもないらしい」

「というと？」

「部屋の灯りは消したまま、スマートフォンのライトを頼りに、死んだ男の着衣と所持品を調べたそうだ。ピンチを脱する手がかりがあるんじゃないかと期待して、腫れ物に触るように市ノ瀬の懐を探ったところ、益田貴昭の署名が入った手書きの遺書が見つかった」

少しずつ事実が明らかになっていく。綸太郎はこめかみを指で押さえながら、

「市ノ瀬が書いた方の遺書は？」

「そっちはなかった。益田の遺書だけだ。もちろん里西京佳がそう言ってるだけだが、今のところそれを覆す根拠もない」

「それはそうだ。益田の遺書を見つけて、彼女はどんな反応を？」

矢継ぎ早に問うと、警視はおもむろに新しいタバコに手を伸ばし、

「社長のトラブルに巻き込まれたとしても、本人と連絡が取れないので、対処のしよ

うがない。益田の心配をするより、市ノ瀬の死体をどうにかする方が先だと思った。不可抗力とはいえ、自分のしたことが明るみに出れば、社会的制裁を免れないからな。せっかく遺書があるのだから、自殺に見せかけられるんじゃないかとひらめいた」

「それはつまり、死体の身元すり替えをもくろんだということですか」

警視は微妙な顔をした。返事を引き延ばすように、ひとしきりタバコを吹かしてから、ためらいがちに首を横に振って、

「その気があったのはたしかだが、とっさの思いつきでしたことで、あまり深い考えはなかったようだ。八階の高さから突き落とせば死体の頭がつぶれて、本当の死因は見過ごされるだろう。遺書は益田のものだから、死体の身元がわかる品は残しておかない方がいい。一度そう決めてしまうと、乱れた気持ちがふっきれたと」

「うーん。だとしても、手口がずさんすぎやしませんか」

「それはそうだが、状況が状況だからな。その時はどうにかなりそうな気がしたらしい。市ノ瀬の所持品をはぎ取って死体をベランダまで引きずっていくと、頭を下に向けて地面に突き落とした。それが深夜零時を回った頃で、里西は市ノ瀬の所持品を持って、現場から逃げ出したというわけだ。転落死体が見つかったどさくさにまぎれて、マンション住人に目撃されなかったのは、たまたま運がよかったからにすぎな

い」

「部屋を去る時、玄関ドアの錠をかけなかったのは？」

「ドアをロックしたら、益田からスペアキーを預かったことがばれてしまうと思ったらしい。まあ、それも筋の通らない考え方なんだが」

いつも以上に「らしい」を連発しているのは、それだけ供述の裏取りに苦労しているということだろう。綸太郎ももどかしさを共有しながら、

「その後の彼女の足取りは？」

「マンションから白金高輪駅まで徒歩で移動し、東京メトロの終電で奥沢（おくさわ）の自宅まで戻った。駅までの移動中に、コインパーキングの防犯カメラに映ってしまったわけだ」

「市ノ瀬の所持品は？　どこかで処分したんですか」

「いや、途中で捨てようにも捨てられず、自宅まで持ち帰っていた。事情聴取の後、とりあえず死体遺棄容疑で逮捕、令状を取って奥沢の自宅マンションを捜索したら、彼女の供述通り、市ノ瀬の所持品が見つかったよ」

「市ノ瀬は益田の部屋のスペアキーを所持していたはずですが」

綸太郎が念を押すと、警視は自明のことのようにうなずいて、

「もちろん、スペアキーも押収した。どうやって入手したか、未（いま）だに不明だが」

「わからないことだらけですね。益田は毒を飲むより先に、面倒な役回りを押しつけた里西に連絡して、事態を収拾しようとしなかったんでしょうか？」

「いや。結局、土曜日の午前中、オフィスで話をして以降、二人は一度も連絡を取り合ってない。里西も彼が自殺するとは思っていなかったようだ。月曜日の夜、遺体の身元確認を徹底するため、もう一度彼女を呼び出したんだがね。俺もその場に立ち会って、最低限の事実を伝えたら、『まさか彼がそんなことを。よっぽど切羽詰まっていたのね』と声を詰まらせていたよ」

「ひょっとして、その台詞も芝居だったのでは？」

「あれは本心だと思うけどな。何か引っかかることでもあるのか」

綸太郎は所在なく、テーブルの上に人さし指で丸を描きながら、

「引っかかるというか、彼女の言動があまりにも支離滅裂なので。高輪署に呼ばれて身元確認を求められた際、里西は社長の死体とは言わなかった。嘘の返事をしておけば、別人と疑われることもなく、そのまま自殺として処理されたかもしれないのに」

警視はちょっと顔をしかめると、どこか他人事みたいな口ぶりで、

「呼ばれた時点で、死体の身元偽装は無理だと見切りをつけたのかもしれないぞ。血液型も一致しないし、虚偽の証言をして後からそれがばれたら、かえって自分が不利になる。彼女の供述通りなら、益田と市ノ瀬の不可解な行動に振り回され、理不尽な

目に遭わされた被害者という見方もできるだろう。そんな立場に追い込まれた人間が、首尾一貫した行動を取れるわけがないじゃないか」

「そうかもしれません。彼女の供述を真に受けるなら」

ぶっきらぼうに付け足すと、警視はがらりと表情を変えて、

「おまえは里西京佳の供述が信じられないと言うんだな。揉み合ったはずみで市ノ瀬を殺したというのも、彼女の作り話だと？」

綸太郎はぎくしゃくとかぶりを振って、

「全部が嘘だとは言いません。ただ、彼女の話は肝心なところをごまかしているような気がする。お父さんもそう思ったから、ぼくに事件の話をしたんでしょう？」

警視はフンと鼻を鳴らすと、お手上げみたいなポーズをして、

「おまえの言う通りだよ。あまりにもあやふやなところが多すぎる。死人に口なしで、益田と市ノ瀬から話を聞くこともできない。里西の主張を突き崩そうにも、どこから手をつけたらいいかわからないんだ」

綸太郎は目をつぶってうなだれた。

親父さんの言う通り、どこから手をつけたらいいのかわからない。そもそも二人の死者がどうしてあべこべの遺書を所持していたのか、その理由すらおぼつかなかった。

5

――いや、ちょっと待てよ。

ひとつ見落としていたことがある。市ノ瀬篤紀の肝臓から、局所麻酔に用いられるキシロカインの代謝物が検出されたことだ。アナフィラキシー反応の可能性は否定されているけれど、たしかアレルギーを持たない患者でも、使い方によっては中毒症状を起こすことがあるのではないか？

綸太郎はぱっと目を開けると、バネ足人形のように立ち上がった。

「おい、どうした？」

「ちょっと調べたいことが」

それだけ言い残して、あっけに取られている父親を尻目(しりめ)に自分の書斎に引っ込んだ。

仕事用のパソコンを起動し、ウェブブラウザを開く。検索窓に「キシロカイン」と打ち込んで、医療用医薬品のデータベースにアクセスした。出てきた画面をスクロールして、キシロカインの「副作用（過量投与）」に関する情報に目を走らせる。

【過量投与】

局所麻酔剤の血中濃度の上昇に伴い、中毒が発現する。特に誤って血管内に投与した場合には、数分以内に発現することがある。その症状は、主に中枢神経系及び心血管系の症状としてあらわれる。

【徴候、症状】
・中枢神経系の症状：初期症状として不安、興奮、多弁、口周囲の知覚麻痺、舌のしびれ、ふらつき、聴覚過敏、耳鳴、視覚障害、振戦等があらわれる。症状が進行すると意識消失、全身痙攣があらわれ、これらの症状に伴い低酸素血症、高炭酸ガス血症が生じるおそれがある。より重篤な場合には呼吸停止を来すこともある。
・心血管系の症状：血圧低下、徐脈、心筋収縮力低下、心拍出量低下、刺激伝導系の抑制、心室性頻脈及び心室細動等の心室性不整脈、循環虚脱、心停止等があらわれる。

倫太郎は父親向けにそのページをプリントアウトすると、ささやかな自己満足のために書棚の本の一節を暗記してから、意気揚々とダイニングに戻った。法月警視はうんざりしたような顔で、盛大にタバコの煙を吹かしていた。

「まったくおまえときたら。何の説明もなく、いきなり出ていくやつがあるか」

「まあ、そういきり立たないで。とりあえず、この説明書きを読んでください」

　プリントアウトした紙を渡すと、警視はのけぞるような格好で目をこらしながら、

「頼むから印刷する時は、もっと大きな字にしてくれないか」

　とこぼすと、きょろきょろとテーブルの上を見回す。綸太郎は夕刊の下に隠れていた老眼鏡を見つけて、恭(うやうや)しく父親に差し出した。

「おお、すまんな」

　親父さんがキシロカインの医薬品情報に目を通している間に、コーヒーをいれ直すことにした。今度はさっきほど濃くしないで、ミルクと砂糖を加えた。そろそろ脳細胞に糖分補給が必要な頃合いだ。

「――意識消失、全身痙攣か」

　説明書きに目を通した警視は、甘くしたコーヒーに舌鼓を打ちながら、

「これを読んで思い出したが、警務部の知り合いが以前、歯医者の麻酔で気を失ったことがあると言ってたな。急に気分が悪くなって、めまいを起こし、十五分かそこら意識をなくしていたそうだ。医者の説明によると、アレルギー性のキシロカイン・ショックではなく、歯茎の傷から血管に麻酔が入って中毒を起こしたらしい」

「なんだ。先にその話をしてくれたら、わざわざ調べなくてもすんだのに」

　綸太郎がぼやくと、警視は老眼鏡をはずしてこっちをにらみつけ、

「その症状が市ノ瀬の行動と関係があるのか」

「大ありですよ。市ノ瀬は薬剤師だったんですから」

「じゃあ、キシロカインは彼が自分で服用したものだと？」

綸太郎はうなずいた。警視はまだ半信半疑の表情で、

「さっきみたいな思いつきでなく、ちゃんと根拠のある話だろうな」

「思いつきにはちがいありませんが、根拠ならありますよ。ただその話をする前に、ひとつ確認しておきたいことがある」

「言ってみろ」

「里西京佳の自宅マンションから押収した市ノ瀬の所持品ですけど、その中に〈メゾンオークラ〉の部屋の鍵はありましたか」

質問が的を射ていたのだろう。警視はぎょろりと目をむいて、

「たしかに市ノ瀬の部屋の鍵はなかった。あったのは、益田の部屋のスペアキーだけだ。どうして〈メゾンオークラ〉の鍵がないとわかった？」

「その鍵が益田の手に渡っていたからです。そうでないと、市ノ瀬の部屋に入れない」

単純明快な説明に、警視は目が覚めたような顔をして、

「言われてみればそうだ。しかし、ならどうしてその鍵が益田の手に？」

「市ノ瀬から盗んだんでしょう」

「ちょっと待て。言うのは簡単だが、いつどこでそんな機会が？」

「どこで盗んだかはわかりません。でも、盗む機会は十分にあった。市ノ瀬が自らキシロカインを服用して、意識を失っていた間です」

法月警視はじれったそうに手を上下させて、

「おまえがいったい何を言いたいのか、俺にはさっぱりわからん。にやついてないで、もっと意味がわかるように説明してくれ」

「命をかけた決闘ですよ。ただし、銃や剣を使うものじゃない。江戸川乱歩の『吸血鬼』に出てくるような毒薬決闘です。ワインを注いだ二つの〈死のグラス〉の片方に致死量の毒が混ぜてある。二人の決闘者は、いずれかのグラスを選んでワインを飲み干さなければならない。乱歩先生は次のように書いています――〈彼らはめいめい『自殺』の遺言状をチャンとふところに用意して、杯を飲みほしたならば、そのまま部屋に帰って蒲団の中へもぐりこみ、しずかに勝敗を待つ約束であった。遺言状はおたがいに見せあって、一点の欺瞞もないことがたしかめられていた〉」

「――めいめいが遺書を用意したうえでの毒薬決闘か」

法月警視はそうつぶやいたものの、まったく腑に落ちない表情で、

「だが、それはさっき俺がダメ出しした心中シナリオの改訂版と同じじゃないか。里西京佳の供述はもちろん、益田貴昭の生前の行動から見ても、二人が〈エバーライフ白金台〉で命がけの決闘をした可能性はないに等しい」

「ええ。対決の場に選ばれたのは、白金台のマンションではありません」

「じゃあ、二人の決闘は〈メゾンオークラ〉の市ノ瀬の部屋で行われた？」

「それもちがいます」

綸太郎はきっぱりと首を横に振って、

「もし二人が本気で毒薬決闘を行うつもりだったら、どちらが死ぬかわからない以上、双方の自宅を対決の場に選びはしないでしょう。決闘はいずれの自宅でもない、第三の場所で行われたはずです」

「その第三の場所とは？」

「今の段階では、津村あかりと縁のある、どこか人目につかない場所としか言えません。ただ、その場所を選んだのは市ノ瀬の方だと思います。毒薬決闘を持ちかけた張本人は、市ノ瀬だったとしか考えられない。その決闘は仕組まれた罠で、本当の狙いは益田に〈一点の欺瞞もない〉自筆の遺書を書かせることだからです」

「自筆の遺書を？　どういうことだ」

「自殺に見せかけて益田を殺害するつもりだったんです。自筆の遺書さえあれば、偽装は容易ですから。遺書を手に入れるために、市ノ瀬は手のこんだシナリオを書いた。毒薬決闘という名目で益田に自筆の遺書を書かせ、何らかの方法で自分の遺書とすり替える。その後、彼を自殺に偽装して殺すというのが、市ノ瀬のもくろみだったわけです」

警視は寄り目がちの思案顔になったが、じきにいがらっぽい声で、

「おまえの言いたいことはわからんでもないが、そんな回りくどいことをするより、最初から一か八かで、本物の毒薬決闘を挑めばよかったのでは？」

「市ノ瀬もそこまで腹をくくれなかったんでしょう。それ以上に彼は、益田のことを信じていなかった。正々堂々と毒薬決闘を挑んでも、益田は何かインチキをして生き延びようとするにちがいない。その裏をかいて、確実に仇敵を葬る策を練ったと思います」

「具体的には？」

「毒薬決闘を持ちかけたのが市ノ瀬なら、グラスを選ぶ権利は益田の方にある。なので、決闘に用いられた〈死のグラス〉は両方とも無毒だったと思います。先にグラスを飲み干したのは市ノ瀬の方でしょう。中身自体に害はありませんが、その際、市ノ瀬はキシロカイン入りのカプセルを口に含んでいた。グラスを空けるのと同時に、そのカプセルを嚙みつぶし、あらかじめ口腔内につけておいた傷からキシロカインが血

管に混入して、中毒症状が起こるのを待ったんです」

「そうか。致死量の毒を飲んだように見せかけたのか」

「市ノ瀬は薬剤師ですから、事前に何度も実験を重ねていたと思います。キシロカインの濃度や量を調整して、狙い通りの副作用が生じるように準備していた。数分以内に血圧が低下して顔が青ざめ、顔面のしびれや手足の震えが現れる。益田は医薬品に関しては素人です。心拍数の低下、意識消失、全身痙攣といった症状を目の当たりにすれば、市ノ瀬が本当に致死量の毒を飲んだと見誤るでしょう。芝居ではなく、本当に意識を失っているのですから、見分けがつくはずがありません」

「一時的な仮死状態と本当に死んだ状態なら、区別はつくんじゃないか」

父親の異議申し立てに、倫太郎は思慮深くかぶりを振って、

「益田に確認する余裕があったとは思えない。目の前で毒を飲んだ人間が、今にも死にかけているんですから。それだけではありません。毒薬決闘の最大のメリットは、敗者がひとりで毒を飲んで死んだように見えることです。不用意に相手の体に触れたり、現場に手を加えたりして、自分がその場にいた痕跡を残すわけにはいかない。益田もそのことは承知で、なるべく早くその場から立ち去ろうと努めたはずです」

「その時、うっかり市ノ瀬の遺書を持ち出してしまったのか」

「うっかりではないですよ。具体的な手口はわかりませんが、市ノ瀬がそうなるよう

に仕組んでいたのはまちがいない。儀式的な手順に乗じてお互いの遺書をすり替え、益田が書いた方を手に入れることが、毒薬決闘の目的だったのですから」

「フム。すり替えの手口が絞れないのは減点対象だが、二通とも丁寧に折りたたんであったから、封筒のトリックでも使ったのかもしれんな。決闘を行った場所の特定も含めて、こっちで脈のありそうなところを当たってみるか」

　太っ腹なところを見せてから、警視は小鼻をふくらませて、

「だが、まだ解せないことがある。おまえの説によれば、益田は自殺現場に居合わせたと気づかれないよう、仇敵の死亡確認もしないで、一刻も早くその場を去る必要があった。にもかかわらず、彼は意識を失った市ノ瀬の着衣を探って〈メゾンオークラ〉の鍵を盗んだことになる。どうしてそんな余計なことをしたんだ？」

「市ノ瀬の部屋を調べて、自分の不利になりそうな証拠を処分するためです。毒薬決闘を挑んだ相手の名前を書き残しているのではないか、と危惧していたんでしょう。懸念材料を放置するより、自殺した男の鍵を一本拝借する方がリスクは小さい」

「なるほど。そうすると益田は決闘の場から、〈メゾンオークラ〉へ直行したんだな」

「でしょうね」

　と応じて、綸太郎はすっかりぬるくなった自分のコーヒーに口をつけた。綱渡りみたいな仮説が先行し、客観的な証拠に乏しいことは認めざるをえない。机上の論理が

どこまで実際に起こった出来事に迫れるか、ここが一番きわどいところだ。

そんな息子の心中を見越したように、警視は口調を少しやわらげて、

「益田が〈メゾンオークラ〉の鍵を盗んだのも、市ノ瀬の作戦通りだったのか」

「それはちがうと思います。その間、彼は本当に意識を失っていたので、自宅の鍵が盗まれたことにも気がつかなかった可能性が高い」

「それなら市ノ瀬は、益田が次にどう動くと予想していたんだ？」

「白金台のマンションに帰ると踏んでいたはずです。気持ちを落ち着かせるには、自分の部屋でひとりになるのが一番ですから。さらに市ノ瀬の計画では、遺書のすり替えに気づかれないうちに、なるべく早く益田の息の根を止めるつもりだった」

警視は泳ぐような目つきをしたが、話の行方を見失ってはいなかった。驚きに理解が追いつくのを、一語ずつ口に出して確かめるみたいに、

「だが〈エバーライフ白金台〉の益田の部屋には、秘書の里西が待ち伏せていた。彼女は社長の指示で部屋にひそんでいたと供述したが、もしおまえの推測通りだとすると、本当に手を組んでいた相手は——」

綸太郎はゆっくりとうなずいて、

「ええ。里西を待機させたのは、市ノ瀬だったと思います」

6

「ここからはぼくの想像にすぎませんが」

と前置きして、綸太郎は説明を続けた。

「里西京佳は周りが思う以上に、益田貴昭と津村あかりの交際に反感を抱いていた。お父さんが言うように、学生時代からの密な付き合いをないがしろにされて、心中穏(おだ)やかではなかったんでしょう。社内での発言力が低下するのを危ぶんでいたかもしれませんが、やはり嫉妬の方が上回っていたと思います。だとすると、益田から恋敵の身辺調査を命じられた際にも、唯々諾々として従ったとは限らない」

法月警視はタバコの残り本数を目で数えながら、懲(こ)りずに新しいのをくわえて、

「社長の命令に従うどころか、逆に市ノ瀬にすり寄って、ライバルの益田からマドンナを奪ってしまえと発破をかけた可能性もあるということか」

「そこまで露骨にふるまったかどうかは別として、市ノ瀬が彼女の本音を見透かすのは、時間の問題だったでしょうね。二ヵ月前、津村あかりが自殺を図って半植物状態になってから、市ノ瀬は益田への遺恨を晴らそうと誓ったわけですが、その時点で里西を自分の味方につけようと考えても不自然じゃない」

「かわいさ余って憎さ百倍というやつか。だが市ノ瀬の復讐に手を貸すとなると、話は別だ。里西だって、そう簡単に殺人の共犯を引き受けるだろうか」

警視はタバコの煙越しに、いぶかしそうな視線をこちらへ向けた。綸太郎はせわしなく両手の指を組んだりほどいたりしながら、

「そこらへんは男女の機微がからむところですから、憶測になりますが。津村あかりが半植物状態になって、里西はつい油断したのではないでしょうか。これで益田も迷いから覚めて、自分にふさわしいパートナーが誰か思い出してくれるはず。そんな胸の内をうっかり本人の前で明かしてしまったのかもしれません。それが益田の逆鱗に触れた」

「ひょっとしたら、自殺未遂にも一役買っていたかもな」

唇にタバコの吸い口をくっつけたまま、警視がぼそっとつぶやいた。思いがけない指摘に、綸太郎は目をしばたたいて、

「何か思い当たるふしでも？」

「おまえと同じ、当て推量の部類だがね。津村あかりは高校時代にリストカットの経験がある。部活の顧問をしていた女性教師に、何かキツいことを言われたのが原因らしい。里西がそれよりもっと陰湿な仕打ちをして、結果的に津村が自殺を図ったとしよう。そのことを益田に知られたら、もう今までのような二人三脚は不可能だ。彼は

里西を許さないだろう」

「そうなったら彼女は一巻の終わりです。もう後がない」

　綸太郎は首を切るポーズをしてから、

「もしそうなら、市ノ瀬も彼女の弱みを探って、そこに付け入ることができたはずです。もちろん里西のしたことを許す気はなかったでしょうが、それよりも益田に対する憎しみが先立って、彼女への恨みは一時的に棚上げされた。里西京佳の協力を得ることで、毒薬決闘の筋書きを利用した復讐殺人が可能になるからです」

「ちょっと待て。遺書のすり替えに成功すれば、復讐殺人を自殺に偽装するのはたやすいはずだ。わざわざ里西の手を借りる必要がどこにある？」

「キシロカインのせいですよ」

　と綸太郎は言った。

「毒薬決闘の場で、自分が死んだと益田に思い込ませるには、最低でも十五分程度は仮死状態になっている必要がある。意識を回復した後も、キシロカインの影響でしばらくは体の自由が利かないでしょう」

「それはそうだな」

「ですが、益田を殺害するのにあまり時間の猶予はありません。市ノ瀬の計画通り、益田が白金台のマンションにまっすぐ帰ったとしても、帰宅した時点で遺書のすり替えがばれるのは目に見えているからです。あべこべの遺書をつかまされたと知れば、毒薬決闘の真の狙いがどこにあったか、益田もじきに思い当たるでしょう」

「死んだふりをして仇敵の遺書を手に入れ、自殺に見せかけて殺すことだな」

「そうとわかれば、益田は身を守るために最大限の備えをするにちがいない。市ノ瀬にとっては、どうしても避けたい状況です。だからこそ一刻も早く、遺書のすり替えに気づかれる前に、益田を不意打ちしなければなりません。ところが、いま言ったようにキシロカインの影響で、市ノ瀬の行動はどうしても時間的な遅れを強いられる。〈エバーライフ白金台〉に先回りして、益田を待ち伏せすることはできないんです」

「なるほどな」

警視は胸のつかえが取れたようなため息をついて、

「だから里西に指示して、あらかじめ部屋で待機させたのか」

「もちろん市ノ瀬は、彼女に益田を殺させるつもりはなかった。帰宅したところを不意打ちして、気を失わせる程度に収める予定だったと思います。一方、キシロカインによる失神状態から回復した市ノ瀬は、毒薬決闘が行われた未詳の現場の後始末をしてから、益田の遺書を携えて〈エバーライフ白金台〉に駆けつける。その間、三十分程度のタイムラグを想定していたのではないでしょうか。マンションの防犯カメラの不具合について、里西から事前に情報を仕入れていたことは言うまでもありません」

「益田の部屋のスペアキーは？」

「前から彼女が持っていたにちがいない。二人が単なるビジネスパートナー以上の関係だったとすれば、そう考えるのが自然です。土曜日に益田本人からスペアキーを預かったと供述したのは、鍵を持ってないと印象づけるためのフェイクでしょう。市ノ瀬が秘書の里西と手を組んだのも、部屋の鍵をコピーできるメリットがあったからではないか。当然、スペアキーも二つ存在していたことになりますね」

「二つ？　後から市ノ瀬が合流するためか」

「オートロックだし、夜中にインターホンを鳴らすと響きますから。益田の部屋で合流した市ノ瀬と里西は、用がすんだ市ノ瀬の遺書を回収し、気絶した益田の体をベランダへ運んで、八階の高さから突き落とす。市ノ瀬が持参した益田の遺書を部屋に残し、玄関ドアはロックしないで、二人とも現場から姿を消す——そういう手はずになっていたと思います」

　何度も相槌を打ちながら、警視はうなり声を洩らして、

「だが、市ノ瀬篤紀の目算は大きく狂った。〈エバーライフ白金台〉へ直行すると読んでいた益田貴昭が、押上の〈メゾンオークラ〉へ向かったせいで」

「目算が狂ったのは、里西京佳も同じです。彼女は灯りを消した部屋にひそんで、益田が帰宅するのを今か今かと待っていた。市ノ瀬との打ち合わせで、最初に部屋に入

ってきた人物を問答無用で襲うよう、言い含められていたからです。ところが、事前に見込んでいた待ち時間を過ぎても、益田は現れない。かなり焦っていたんでしょう。三十分ほど遅れて、市ノ瀬が玄関ドアを開けた時、里西はそれが益田だと誤認してしまった。襲う方も襲われる方も事態が把握できないまま、真っ暗な室内で揉み合いになったと思われます。市ノ瀬は市ノ瀬で、まだキシロカインの影響が残っていたにちがいない。ローテーブルに向こうずねをぶつけて、片足立ちになった相手に体当たりしたという里西の供述は、実際にそうだった可能性が高いでしょうね。後ろ向きに倒れた市ノ瀬が後頭部を強打して、そのまま死に至ったというのも、あながち嘘ではないのでは？」

「そうかもしれん」

と警視が言った。綸太郎はそれを同意の返事と受け止めて、

「われに返った里西は、倒れているのが市ノ瀬だと気づいて、激しく動揺したはずです。まだ息があれば事情はちがったかもしれませんが、もはや手の施しようがないことは一目瞭然（いちもくりょうぜん）だった。その後の行動が支離滅裂に見えるのも、ある程度はやむをえないでしょう。もとより、ベランダから死体を突き落として飛び降り自殺に偽装するというのは、当初の計画通りだったはずです。着衣から身元を示す品をはぎ取って、部屋に自筆の遺書を置いていったのも、あらかじめ市ノ瀬と打ち合わせていた段取りそ

のままだった――飛び降り自殺者は、できるだけ身軽な状態で身を投げるとされていますから」

「だとしても、遺書は益田のものしかない。自殺に偽装するのは苦しいぞ」

「たしかにそこは苦しいんですけどね」

綸太郎は頼りなく頭を掻いて、

「彼女が冷静さを失っていたことは否定できない。それにもうひとつ、見過ごせないのは益田貴昭の存在です。殺害には失敗したものの、本来の標的だった益田は、犯行計画に自分の秘書が関わっていることを知りません。毒薬決闘を挑んだ市ノ瀬が〈エバーライフ白金台〉から転落死したうえに、現場に自分の手書きの遺書が残されていたと知ったら、後ろ暗いところのある益田は身動きが取りにくくなるでしょう。警察の追及をかわすためなら、一度袂を分かった相手であっても、里西京佳に頭を下げて助けを乞うかもしれません。もしそうなれば、あらためて益田の口を封じる絶好のチャンスになる。彼女がとっさにそこまで考えた可能性を、頭から拭い去れないんです」

「ものは言いようだな」

眉を八の字にしながら、警視は釘を刺すように、

「おまえの話は想像ばかりで、具体的な証拠となるとからっきしだ。なにしろ益田と

市ノ瀬がどこで毒薬決闘を行ったのか、その手がかりすらないんだから」

「それがネックなのは、ぼくも認めます」

　率直に応じると、警視はフフッと笑って、

「それでも里西京佳の供述を突き崩す取っかかりになりそうだ。今の線に沿って、明日から彼女を追及してみよう。だがその前にもうひとつ、埋めておかねばならない穴がある。どうして益田は〈メゾンオークラ〉の市ノ瀬の部屋で服毒死したんだ？　おまえの想像通りだとしたら、益田はあえて自殺するほど追いつめられていたとは思えないんだが」

　綸太郎は唇をなめると、今まで以上に慎重な口ぶりで、

「──自殺ではないでしょう。益田も殺されたんだと思います」

「どうやって？　現場は完全な密室で、無理に毒を飲まされた形跡もなかったんだぞ」

「うーん、なかなかその問いに答えるのはむずかしい。これから話すことは、ぼくの小説だと思って聞いてくれませんか」

「それならいつものことだ。そのつもりで聞いてやるから、言ってみろ」

　ふんぞり返った父親に目でうなずいてから、綸太郎はまことしやかに、

「仮死状態の市ノ瀬から鍵を盗んで、毒薬決闘の場から立ち去った益田は、移動中に

手元の遺書を確認し、それが市ノ瀬のものだと知って仰天したのではないか。あわてて決闘現場にとんぼ返りして、遺書を取り替えようとしたけれど、そこに市ノ瀬の死体はありません。その時点で仇敵に一杯食わされたことに気づいたんでしょう。市ノ瀬の真の目的を悟った益田は、相手の裏をかくため〈メゾンオークラ〉に先回りして、部屋の主の帰りを待った。ところが、市ノ瀬はいつまでたっても姿を見せません。待ちくたびれた益田は、夜が明ける頃に白金台のマンションへ向かい、しばらく様子を見ることにした」

「日曜日の朝七時過ぎ、近隣住民に話しかけたのは偵察のためか」

「そうです。住民の口から事件を知った益田は、何が起こっているのかよくわからないまま、とりあえず身を隠す目的で〈メゾンオークラ〉に戻った。自分の置かれた状況を整理しようにも、徹夜明けで頭がうまく働かないので、やむをえず仮眠を取ることにしたんでしょう。昼過ぎに目が覚めて、猛烈な喉（のど）の渇きを覚えたにちがいない。益田は冷蔵庫の中を漁（あさ）って、ペットボトルの緑茶を見つけた」

「市ノ瀬がキャップを開栓した飲みかけのやつだな」

「毒薬決闘の後は、満足に水分補給もできなかったと思います。潔癖症だった益田は、普段なら他人の飲みさしには目もくれなかったはずですが、非常事態でよっぽど切羽詰まっていたんでしょう。中身をコップに移し替えて、ごくごく飲んだ」

「毒が入っていると知らずに飲んだというのか？」

　綸太郎がうなずくと、警視は目を白黒させて、

「何でそんなものが冷蔵庫に？　まさか、市ノ瀬が益田の行動を先読みして、彼の息の根を止めるために毒を混ぜておいたとでも」

「それはないでしょう。〈メゾンオークラ〉に益田がやってきたのは、市ノ瀬の計画が破綻（はたん）したからで、行動を先読みした結果ではありません。キシロカインの影響で意識を失っていたため、自宅の鍵を盗まれたことにも気づいていなかったはずです。それに混入されていたヒ素化合物は、古い殺鼠剤に由来するものだった。薬剤師の市ノ瀬なら、もっとちがう種類の毒物を手軽に用意できたと思います」

「市ノ瀬でなければ、ほかの誰がペットボトルに毒を？」

「それも里西京佳ですよ」

　と綸太郎は言った。

「お父さんが示唆（しさ）したように、彼女は津村あかりの自殺未遂に一役買っていた可能性がある。市ノ瀬篤紀がその弱みにつけ込んで、里西京佳を復讐殺人の共犯に選んだとすれば、いずれ市ノ瀬の殺意が彼女に向かう可能性もゼロではないでしょう。里西にとっては、市ノ瀬も信頼できるパートナーではなかった。それどころか、できるだけ早く口を封じておきたい危険人物だったということです。思うに二人は、犯行計画を

実行に移す直前、最終的な打ち合わせを〈メゾンオークラ〉の市ノ瀬の部屋で行ったにちがいない。その際、里西は共犯者の目を盗んで、冷蔵庫の飲みかけのペットボトルに殺鼠剤の粉末を仕込んでおいたんでしょう。市ノ瀬が自筆の遺書を処分しないで持ち帰ってくれたら、と当てにしていたふしもある。ところが、彼女自身にも思いがけない巡り合わせで、その毒を益田貴昭が飲んでしまった。動きの読めない益田が勝手に頓死（とんし）してくれたのは、里西京佳にとって刑事責任を最小限にとどめる起死回生のチャンスだったことになりますが」

「死人に口なしというやつか」

ため息まじりにそう洩らすと、警視は頭を抱えるようなしぐさをして、

「言いたいことはわからんでもないが、いくらおまえの小説でも、それはちょっとご都合主義にすぎやしないか。せめて彼女が一度でも〈メゾンオークラ〉を訪れたという根拠があれば、耳を貸してやってもいいんだが」

「根拠ならありますよ。月曜日の夜、益田の死を告げられた際に、彼女は『まさか彼がそんなことを。よっぽど切羽詰まっていたのね』と答えたそうですが」

「それがどうした？　あの反応は芝居ではなかったと思うけどな」

父親のつれない返事に、綸太郎は真顔でかぶりを振って、

「まさかと思った理由がちがうんです。お父さんは最低限の事実しか伝えなかったん

でしょう？　益田が服毒死したと聞かされて、彼女は飲みかけのペットボトルからじかに緑茶を飲んだと早合点してしまった。それで『まさか（潔癖症だった）彼がそんなことを』と口走ったんですよ。言い換えれば、彼女は益田の命を奪った毒物が飲みかけのペットボトルの中に入っていたことを知っていた。市ノ瀬の部屋を訪れて、実際に冷蔵庫の中を見ていなければ、そういう反応は出てこないはずです」

警視はぽかんと口を開けて、綸太郎を見つめた。

じきにその口元がほころんだかと思うと、警視はやおら立ち上がってこちらへ歩み寄った。やに下がった笑みを浮かべながら、せがれの肩に手を置いて、

「でかしたな。もう遅いから俺は寝るが、明日からの取り調べが楽しみだ。おまえの推理がどれぐらい当たっているか、里西京佳に聞いて確かめてやろう」

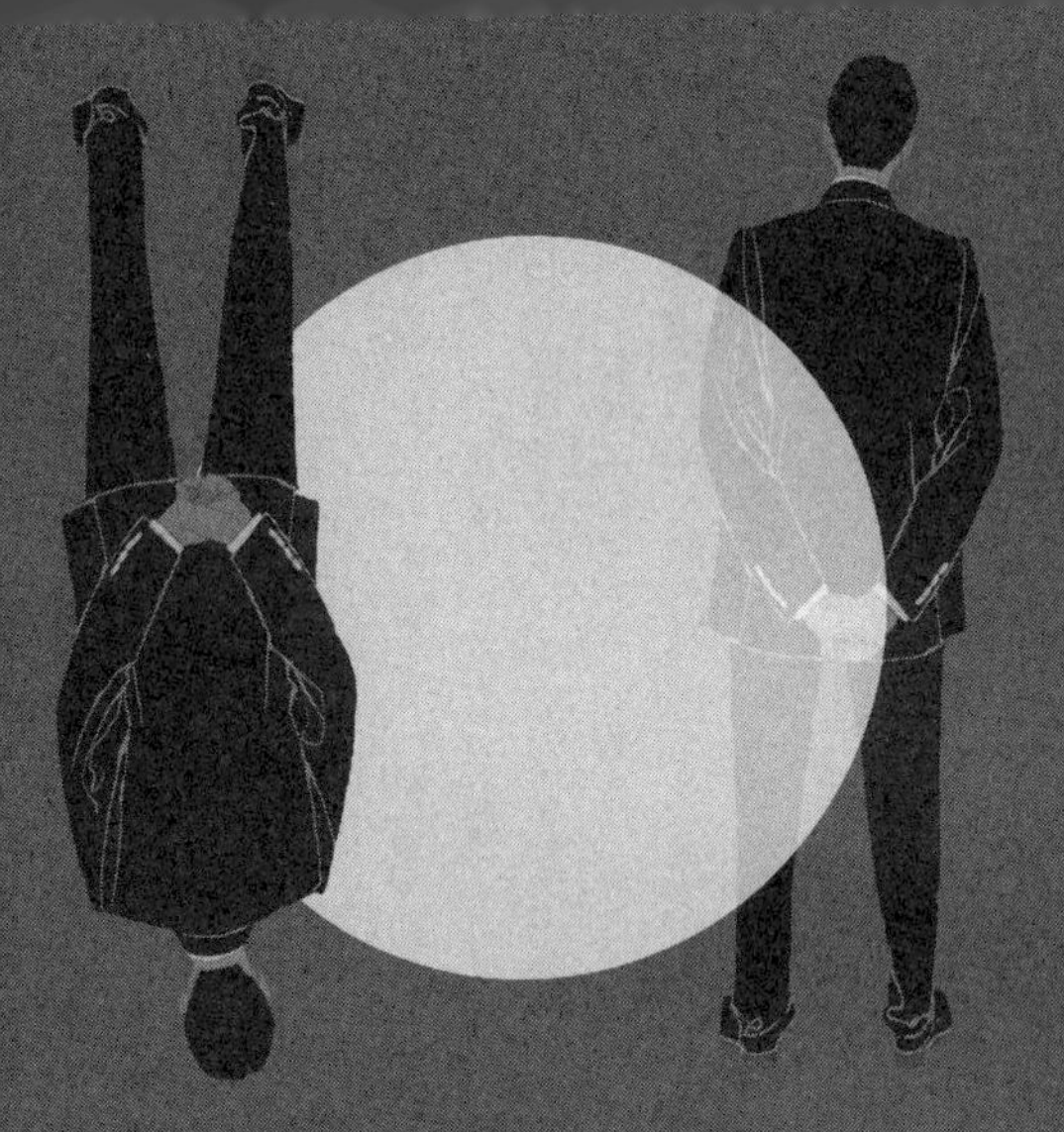

THE NEWS OF NORIZUKI RINTARO

BY

NORIZUKI RINTARO

殺さぬ先の自首

1

その夜、帰宅した法月警視はどこか上の空な様子だった。

「なんだか浮かない顔をしてますね、お父さん」

「ん？　稚内のイカを干したって？」

綸太郎はぽかんとした。空耳アワーか。

夕食の間もずっと心ここにあらずという感じで、話しかけてもテンポのずれた生返事しか返ってこない。そのくせ出されたものは全部きれいに平らげているから、体調不良の心配はなさそうである。きっと仕事のことで頭がいっぱいなのだろう。

食べ終わった皿や茶碗をキッチンの食洗機にセットしながら、綸太郎は父親の観察を続けた。食卓の椅子にべったり座り込んだまま、まだ首の据わらない乳児みたいにしきりと頭を揺り動かしている。息子の目を意識したしぐさではなく、本人も自分のしていることに気づいていないふうだった。わが身を省みて、血は争えないなと思う。

食洗機のボタンを押して、綸太郎は食卓へ戻った。警視は明日も出勤だが、就寝時間にはまだしばらく間がある。食洗機の運転音は腹ごなし程度のもので、慣れてしまえば会話の妨げにならないし、親父(おやじ)さんがその気になるまで黙って待つのももどかしい。

「また何か面倒な事件でも抱(かか)えてるんじゃないですか？　ちょうど締め切りの谷間だし、ぼくでよければいくらでも相談に乗りますよ」

「相談といってもなあ……」

　気もそぞろにつぶやいて、警視はまた黙り込んだ。普段ならすぐ話に乗ってくるのに、今日はいつになく反応が鈍い。口が重いのはそれだけ厄介な事件なのか、あるいは外聞をはばかるデリケートな事情でもあるのだろうか。

　どっちにしても、今夜はお呼びでないらしい。待ちくたびれて仕事部屋へ引き揚げようとすると、警視はようやくスイッチが入ったように、

「いや、すまん。ちょっと考えごとをしていたものだから」

　ちょっとが聞いてあきれる。綸太郎は出かかった言葉を呑(の)み込んで、

「考えごとというと？」

「昼間会った女に言われたことが気になってね。なに、大したことじゃない。こっちの腹を見透かしたようなことを言うから、頭に残っていただけだ」

「おや、お父さんもなかなか隅(すみ)に置けませんね」

　横目を使うと、警視は心外そうな顔をした。

「何か心得ちがいをしてないか？　女というのは殺人事件の参考人で、自称霊能者だ」

「霊能者？　インチキ占いとかスピリチュアル詐欺の類ですか」

「インチキだったらこっちも悩まなくてすむんだが」

吐息まじりに聞き捨てならないことを言う。綸太郎は眉をひそめて、

「お父さんらしくもない。まさか本気にしたわけじゃないでしょうね」

「そんなにムキになるなよ。だから言いたくなかったんだ」

断定を避けながら、警視は徐々に声の張りを取り戻して、

「ややこしくなるから、その話はちょっと脇にどけておこう。そうでなくても取扱注意の案件でね。なにしろ殺人が起こる前に、犯人が自首してきたんだから」

「犯行の前に？」

警視がうなずく。綸太郎は小首をかしげて、

「それなら自首じゃなくて、殺人予告でしょう。住所氏名・携帯番号を明かして、何月何日に誰某を殺します、と警察に電話でもしてきたんですか」

「そうじゃない。いきなり当の本人が出頭したんだよ。都内の所轄署にひとりの男がやってきて、どこそこの誰某を殺したから逮捕してくれ、と署員に訴えた。ところがその誰某は、元気でピンピンしていたというわけだ」

「季節の変わり目なんかに、よくあるやつじゃないですか？　メンタルをこじらせて加害妄想に取りつかれた小心者か、さもなくば注目を浴びたいがために、ありもしない凶行をでっち上げたオオカミ少年か」

「だといいんだがな。被害者はまだ無事だった、男が自首したその日には」

「後から本当に殺されたというんですか、その男に？」

　綸太郎が念押しすると、法月警視は曖昧にうなずいて、

「そうらしいんだが、どうもはっきりしなくてね。ほかにもいろいろ怪しい動きがあって、それでこっちも頭を悩ましてる」

「自称霊能者の女とか？」

「むろん、それも含めてだ。こっちの勘ぐりすぎかもしれんが、どうして一筋縄では行かない事件だよ」

「なんだかよくわかりませんね。所轄の対応に問題でも？」

「そんなことはない」

「だったら詳しく話してくださいよ」

「そうだな」

　警視は焦らすような返事をした。タバコの箱とライターをたぐり寄せると、もったいぶった手つきで一本くわえて火をつける。

レガシー刑事の老警視殿は今でもヤニ臭い紙巻き一辺倒で、さすがに以前より本数は減ったけれど、電子タバコやニコチンパッチには目もくれない。もやもやした気分を振り払うみたいに、吸い込んだ煙をぱっと吐き出して、

「話は二週間ほど前にさかのぼる。水曜日の午後二時過ぎ、四谷署に男がやってきて開口一番、『私は人を殺しました。自首するので逮捕してください』と言ったんだ」

「安っぽいドラマの台詞みたいですね」

綸太郎は忌憚ない意見を述べた。警視も苦笑して、

「だから受付の巡査も、正確に覚えていたらしい。見たところ四十過ぎ、身なりは悪くなかったけれど、血走った目に無精ひげを伸ばして、だいぶやつれた感じだった」

「二日酔いだったのかな。それとも何かクスリでも？」

「そんな様子ではなかったそうだ。新宿区四谷坂町、棚橋洋行、四十一歳と名乗って、昨夜知人の女性を殺したと申し立てた。殺した相手は藍川佐由美、四十一歳。外神田の画廊〈ギャラリー藍〉のオーナーだという」

「男と同い年ですね。自宅の住所は？」

「文京区小日向四丁目。茗荷谷駅近くの高級マンションの住人で、犯行現場もそのマンションだというんだが」

「茗荷谷のマンションなら、四谷署は管轄外じゃないですか」

「まあな。あのへんは大塚署の管轄になるんだが、棚橋は自宅から最寄りの警察署に出向いたということらしい。自首する方からしたら、警察ならどこでも一緒なんだろう」

「ですかね。四谷署といえば、今は仮庁舎に移ってましたっけ？」

ふと思い出してたずねると、警視は灰皿にタバコの灰を落としながら、

「左門町の旧庁舎が老朽化して建て替え中なので、新宿一丁目の靖国通りと外苑西通りの交差点に移転してる。新庁舎はオリンピックの年に完成予定だが、棚橋にとってはどっちでも大差ないだろう。それはともかく、受け答えがちゃんとしていたので、受付の巡査は男を刑事課に連れていった。そこからだんだん妙な具合になったんだ」

「刑事課ではどんな供述を？」

「茗荷谷のマンションのリビングで、女の後頭部をガラスの文鎮で殴ったとか、死体は夜更けに旅行用の大型キャリーケースに詰めてから、エレベーターで運び降ろして自分の車に乗せたとか、最初の方は具体的だが、後に行くほどあやふやになってね」

「あやふやというと？」

「前日の午後十時頃に女を殺して、現場から運び出したのが午前一時過ぎ。何時間もやみくもに車を走らせ、埼玉のどこかだと思うが、寂しい峠道まで来た。路肩に車を止めて、ほかの車が来ないうちに、キャリーケースごと崖下に死体を捨てたという。

外はまだ真っ暗で目印になるものはなかったし、カーナビが古くて付近の地図情報もだいぶ怪しかったから、正確な場所はわからない。そこからどこをどう走ったか、無我夢中で四谷坂町の自宅へ戻ってきた時には、夜が明けていたそうだ。徹夜で死体を始末したはいいが、部屋にこもって寝ようとしても、女の顔がちらついて眠れない。思いあまって自首することにしたと本人は言うんだが」

「うーん。安っぽいのを通り越して、際物(きわもの)めいてきたような」

「聴取に当たった刑事もそう感じたようだ。ただ、死体遺棄のくだりは当てにならないとしても、殺害動機に関しては真実味があってね。『あの女を殺したのは、死んだ女房の恨みを晴らすためです』と強く訴えて、持参した真新しい位牌(いはい)を刑事に見せた。やっこさん、三日前に四十九日の法要をすませたばかりだというんだ」

「位牌は本物だったんですか?」

「本物だった。女房の件は後から説明することにして、話を先に進めよう。ひと通り話を聞いて、四谷署の刑事は茗荷谷のマンションに連絡を入れてみた。コンシェルジュと電話で話したが、藍川佐由美は不在で安否も確認できない。棚橋も女の携帯の番号を知らないというので、外神田の〈ギャラリー藍〉に電話したところ、そこのスタッフが言うには、社長は前日から関西へ出張中とのことだった。後でわかったんだが、そのスタッフというのは佐由美の娘でね。彼女から携帯の番号を教えてもらって、ようやく佐由美本人と連絡が取れたというわけだ」

「生きている本人と話して、無事を確認したということですね」

「そうだ。四谷署の刑事もガセと判断して、さっそく迷惑男にお引き取り願った。ところが当の棚橋は、そんなはずはないの一点張りでね。まちがいなく自分は藍川佐由美を殺した、携帯に出たのは替え玉だろうと言い張って、一歩も退かない。裏を取ることを約束して棚橋を厄介払いするまで、かなり手こずらされたそうだ」

「筋金入りだな。その刑事はちゃんと裏を取ったんですか」

「もちろん。藍川佐由美は翌々日、関西出張から帰ってきた。その日のうちに彼女に会って話を聞くと、懇意にしている京都の画家に招かれて、古稀祝いのパーティーに出席していたという。パーティーが催されたのは火曜の午後で、その夜は京都のホテルに宿泊。水曜と木曜は大阪と神戸を回って、複数のアート関係者と会っていた。ついでに地方営業もこなしていたようだ」

「関西へは彼女ひとりで？」

「いや、秘書の黒崎慎也という男と一緒だった。聞き取りの際も一緒で、ただの秘書以上の関係に見えたそうだがね。四谷署の刑事はかくかくしかじかと事情を説明して、念のため身辺に注意するよう促したが、佐由美はあまり怯えた様子ではなかったらしい。それどころか、棚橋に恨まれるような覚えはないと言って、終始すっとぼけていた」

「嘘の自首をしただけで、本人への脅迫や殺害予告はなかったと?」

「うん。その後の調べでも、実際にそうした事実はなかったと判明している。だから被害届を出すとか、事件化する動きにはならなかった。四谷署の刑事は佐由美の態度に危うさを感じたが、その時点では手の打ちようがなかったそうだ」

「所轄の刑事の勘が当たったということですか、つまり」

綸太郎が月並みな文句を口にすると、警視は顔をしかめがちに、

「ということになる。藍川佐由美の死体が発見されたのは五日前。ただし、犯行現場は茗荷谷の自宅マンションではなく、外神田のギャラリーだった」

「五日前というと、先週の金曜日か。外神田のどのへんですか?」

「二丁目だから神田明神の近所だよ。銭形平次親分のお膝元だな」

と警視も月並みな文句で応じてから、

「四階建ての古いビルで、一階と二階がギャラリー、三階が事務室で、その上が倉庫になっている。佐由美の死体が発見されたのは三階の事務室で、血のついたガラスの文鎮が現場に落ちていた。被害者の後頭部に強く殴られた痕があり、傷の形状も文鎮の角と一致するから、それが凶器でまちがいない」

「ガラスの文鎮。そこだけは自首した通りなんですね」

「それがそうとも限らないんだが……」

警視はちょっと口を濁してから、声の調子をあらためて、

「第一発見者は藍川百華、二十七歳。さっき言った被害者の娘だ」

「あれ、佐由美はたしか四十一歳でしたよね。ということは――」

「そう、言い忘れていたが、百華は義理の娘だ。佐由美の夫は藍川幸吉といって、都内各所に不動産を所有する資産家だった。外神田のビルもそのひとつだ。先妻と死別して、二十五歳年下の佐由美と七年前に再婚したんだが、それから三年後に病死した。先妻の娘の百華は若い後妻とそりが合わず、今は中央区湊のマンションでひとり暮らし。甘やかされて育ったせいか、結構なじゃじゃ馬で、相続の際はだいぶゴタゴタしたようだ」

「ギャラリーの経営は、佐由美が引き継いだんですね」

「うん。もともとは幸吉が道楽で始めた事業だったが、晩年は画廊経営が生きがいみたいになっていたらしい。佐由美もそこで働いていたのが、言い方は悪いけれど玉の輿に乗るきっかけだった。娘の方も〈ギャラリー藍〉には何かと思い入れがあって、いずれは自分が画廊主になるという約束で、義母と手打ちをしたみたいだな。今は休戦中で、佐由美がオーナー、百華はマネジメント修業中のスタッフとして画廊を運営していた。双方が腹の中で何を考えていたかはわからんが」

「そっちはそっちでややこしそうだな。死体発見の経緯は？」

「五日前の朝、百華がギャラリーを開けにいくと、侵入警報システムが解除されていることに気づいた。誰か先に来ているのかと事務室をのぞいて、義母の死体を発見したというわけだ。警報装置が切られたのは前日の午後十一時過ぎで、死亡推定時刻はそれからおよそ一時間以内にまで絞られている」

「深夜零時過ぎまでか。でも、ギャラリーなら侵入警報システムだけでなく、防犯カメラがありそうなものですが」

「あったよ。各階にワイヤレスの防犯カメラが設置されていた。だが専用のデジタルレコーダーを犯人が持ち去ってしまったので、肝心の録画データが入手できない。現場の事務室に機材の収納ボックスが置いてあって、普段は鍵をかけているんだが、手の届く場所にその鍵をぶら下げていたというから、不用心にもほどがある」

「せっかくの防犯カメラも、宝の持ち腐れだったわけですね」

「まったくだ。最初は事務所荒らしの犯行かと思われたが、デジタルレコーダー以外、何も盗まれた形跡がない。現場検証の結果、警報装置を切ったのは被害者自身で、犯人と二人きりで会うため、遅い時間に現場に立ち寄った可能性が出てきた。何か心当たりがないか百華にたずねてみたところ、前の週の水曜に四谷署の刑事から問い合わせの電話があったことを思い出してね。それで棚橋洋行のことがわかったんだ」

「なるほど。凶器とされるガラスの文鎮ですが、どんな形状ですか」

留保付きの件を蒸し返すと、警視はいわくありげな目つきをして、

「長さ三十センチほどのかまぼこ形の文鎮だ。ガラスといってもかなり頑丈な製品で、欠けたり折れたりはしていなかった」

「ルーペみたいに下に敷いた字が大きく見えるやつですね」

「うん。百華によれば、その文鎮は佐由美の持ち物でも、ギャラリーの備品でもないそうでね。凶器の指紋は拭き取られていて、持ち主や出所を示す手がかりもない。さっそく四谷署に照会したところ、十日ほど前に自首した際、棚橋がガラスの文鎮で被害者を殴ったと供述していたことがわかった。通常とはあべこべだが、これは犯人しか知りえない秘密の暴露に当たると見て、捜査本部はただちに棚橋に任意出頭を求めた」

「ガラスの文鎮は、彼の持ち物だったんですか」

「いや、自分のものではないという返事だった。棚橋が言うには、自分が犯行に使ったのは同じガラスの文鎮でも、こういうかまぼこ形じゃない。角棒状の透き通った羊羹みたいな代物で、定規としても使えるように目盛りと数字が彫り込んであるという。奥さんが元気だった頃にプレゼントしてもらった特注品だと言うんだよ」

「亡くなった奥さんの形見の品で、佐由美の息の根を止めたと？」

「四谷署に自首した時点で、本人はそう述べている。ところが実際の犯行について、あんたがやったんじゃないかとたずねると、棚橋はあっさり否定したんだよ。『私はもう彼女を殺して、死体を山に捨ててきた。同じ女を二度も殺すわけがありません』とね。取り調べに当たった万世橋署の刑事は、こいつ頭がおかしいんじゃないかと思ったそうだ」

2

棚橋の供述は当初からあやふやな点が多く、また実際の犯行を立証する事実に乏しかったことから、即日逮捕は見送られることになったという。

「正気を疑うようなことを言うから、身柄だけ押さえて鑑定留置という手もあったんだがね。受け答えはしっかりしていて、精神状態に問題があるとは思えないし、虚言に振り回されて誤認逮捕でもやらかしたら、取り返しがつかない。逃亡の恐れもなさそうなので、その日はいったん放免して、在宅で捜査を継続することにしたんだよ」

法月警視はそこで言葉を切ると、新しいタバコに火をつけた。

鑑定留置とは、被疑者・被告人が精神障害などで刑事責任能力を問えない可能性がある場合、精神鑑定を行うため病院や警察施設に留置することをいう。応急的な診察ですませる簡易鑑定と異なり、鑑定留置には裁判所の許可が必要なので、捜査本部が慎重になるのは当然だろう。棚橋の発言は異常な心理状態をほのめかす一方で、単なる開き直りの強弁とも受け取れるからである。

「正気かどうかは別として、犯行当夜の棚橋のアリバイは?」

話の続きを促すと、警視はぼわっと煙を吐き出しながら、

「そいつがどうもはっきりしなくてね。四谷坂町の自宅でひとり鬱々と過ごしていたというんだが、本人の供述以外に具体的な裏付けはない。かといってそれを否定する証拠もないから、どっちつかずの宙ぶらりん状態のままなんだ」

「世話が焼けますね。どういう男なんですか、棚橋洋行というのは」

「グラフィック・デザイナーだ。自宅からほど近い四谷二丁目で〈棚橋デザイン工房〉という個人事務所を営んでいる。企業や店舗のパッケージを中心に、ポスターやチラシ、パンフレットからグッズ類まで、デザインと印刷を扱っているそうだ」

「ははあ、それで特注品のガラスの文鎮を」

「作業の大半はデジタルだが、ポスターのチェックなんかで手放せないらしい。定規の目盛りを入れたのも、死んだ奥さんの発案でね。棚橋伴恵といって、一緒になったのは洋行が広告代理店の社員だった二十八の時。取引先のお嬢さんに才能を見込まれ

た格好で、結婚二年目に独立して今の個人事務所を開いた。デザイナーとしての腕は一流だが、若い頃は人付き合いが苦手だったみたいだな。経営が軌道に乗るまで、クライアントへの対応は伴恵夫人が一手に引き受けていたそうだ。営業から経理まで、彼女が事務所の要だったのは言うまでもない。周りがやっかむぐらいのおしどり夫婦だったんだが、運命というのは残酷なもので、その奥さんが先々月、三十八歳という若さで亡くなってしまった」

「三十八ですか。伴恵さんの死因は？」

「進行性の乳がんだ。一年半ほど前、右乳房にしこりが見つかって、悪性腫瘍と診断された。切除手術に踏みきった時点で、すでにあちこち転移していたんだな。棚橋は標準治療が遅れたことをずっと悔やんでいたそうだ」

「それが今度の事件の原因に？　棚橋は死んだ女房の恨みだと言ったそうですが、藍川佐由美とどういう関係があるんですか」

「そこがこの事件の厄介なところでね」

警視は考えをめぐらすようにタバコの吸い口を噛みしだいて、

「もともと佐由美と棚橋は、M＊＊美術大学のデザイン学科の同期生でね。長らく付き合いはなかったが、四年前に藍川幸吉が死んで、佐由美が〈ギャラリー藍〉のオーナーを継いでから、画廊の広告やチラシなんかのデザインを旧知の棚橋に依頼するようになった。それをきっかけに奥さんとも親しくなって、経営に関する相談事を持ちかけたりしていたらしい。そんな矢先に、伴恵さんの乳がんが見つかってね。夫の幸吉もがんで死んだからと言って、いろいろと怪しい知識を吹き込んだというんだ」

「いかがわしい民間療法とか、代替医療の類ですか」

「まあ、そういうことだな。乳房は切らずに残した方がいいとか、抗がん剤や放射線治療のデメリットばかり強調して、患者の不安をあおるぐらいはまだ序の口だった。標準治療を疑うように仕向けて、効果のない食事療法やナントカ波動水のセミナーに連れていったり、貴重な時間をだいぶ無駄にしたようだ。向こうはよかれと思って勧めたというんだが、さすがに棚橋も堪忍袋の緒が切れてね。佐由美のお節介にはもうこれ以上耳を貸すな、と奥さんを説き伏せて、やっと手術を承諾させたという」

「その時点ではもう、手遅れだったというわけか……」

ため息をついてから、綸太郎は額に当てた手をぱっと離して、

「だとしても、それで佐由美を殺すというのは、逆恨みでは？」

「それだけならな」

「まだあるんですか」

「むしろここからが本丸だ」

警視はぎろりと目に物を言わせて、

「棚橋が四谷署に自首した時点ですでに話していたことなんだが、実は学生時代から数年間、棚橋と佐由美は同棲していた時期がある。旧姓は大内といったかな。当時の佐由美は自己中心的で執着心の強い性格を、恵まれた容姿と如才のなさで覆い隠したような女で、本性を知るまで棚橋もずいぶん振り回されたみたいだな。広告代理店に就職してまもない頃、子供ができたという口実で結婚を迫られたそうだ。ところが入籍間際になって、妊娠が真っ赤な嘘だとわかってね。だまされたことを知った棚橋は、婚約を解消して佐由美と縁を切ったが、女の方はその仕打ちをずっと根に持っていたらしい」

「洒落になりませんね。佐由美が棚橋夫妻に近づいて、伴恵さんに怪しげな民間療法を勧めたのも、積年の恨みを晴らすためだったというんですか？」

「それが棚橋の言い分だ。佐由美には佐由美の言い分があったかもしれんがね。ただ後で確かめたところ、藍川幸吉の死因はがんではなく、循環器系の疾患だった。佐由美の助言は親切心どころか、標準治療を妨害して奥さんの死期を早めようとしたふしがあるということだ。だが、彼女がしたことはそれだけじゃない」

「ほかにも何か？」

「やっと乳がんを切除して、抗がん剤と放射線の併用治療を開始すると、佐由美がますますオカルトじみたことを言い出した。こんなに手を尽くしているのに、がんの進行と転移が止まらないのはおかしい。治療の成果が上がらないのは、誰かが伴恵さんに呪いをかけているせいではないかと」

「呪い？　それはまたずいぶん唐突な」

綸太郎が目を丸くすると、警視も同意のしぐさをして、

「棚橋もそう思った。真面目に取り合うつもりはなかったが、佐由美はえらく真剣で、今度は魔除けの御札とか、スピリチュアル・グッズの類を送り付けてくるようになった。しばらくは見て見ぬふりをしていたけれど、その数がどんどん増えていくうちに気味が悪くなってね。奥さんの病状も悪化する一方で、棚橋も心が折れそうになったんだろう。事務所のクライアントにそっち方面に詳しい人がいて、呪いの件を相談してみたらしい。そのクライアントの紹介で、その筋では有名な稲生柳子という霊能者に会うことになった」

「稲生柳子？　ひょっとして、お父さんが昼間会った女ですか」

「その女だよ。俺も前から噂だけは聞いていたが、その話は後からでもいいだろう。棚橋は藁にもすがる気持ちで指定された場所を訪れ、稲生柳子に魔除けの御札を鑑定してもらった。それを見た稲生が言うには、御札自体は毒にも薬にもならない紙くずだが、送り主からの強い悪意が感じられるという」

「強い悪意というと？」

「一種のアリバイ作りだな。奥さんを呪っている人間がいるとしたら、それは藍川佐由美にちがいない。自分が呪いの張本人であることを隠すために、わざと効き目のない護符をよこして煙幕を張ろうとしている。受け取った側が気味が悪くなるのも当然で、表向きは奥さんの身を案じるふりをしながら、本当の意図は呪いの効果をアピールして、闘病中の患者に恐怖心を植えつけ、生きる気力を奪うことではないかというんだ」

「言いたいことはわかりますが、なぜそんな回りくどいことを？　呪った相手が本当に死んでも、不能犯だから殺人の罪には問えないでしょう」

綸太郎は腑に落ちなかったが、警視はにやりとして、

「殺人ではな。だが呪いをかけた相手にその事実を知らせて、不安や恐怖を惹起すれば、脅迫罪が成立する。そうならないように、佐由美はあえて回りくどい手段を選んだんだろう。執念深い知能犯だよ。稲生柳子は呪いを防ぐ結界の張り方を棚橋に教えたが、時すでに遅しでね。それからほどなくして、奥さんの寿命が尽きてしまった――」

「うーん、やっぱりお父さんらしくないな」

綸太郎は前のめりな父親の態度をやんわりたしなめて、

「さっきから聞いてると、呪いの実在を認めるような口ぶりじゃないですか。耄碌し

たとは言いませんが、あまり度が過ぎると捜査をゆがめる恐れもありますよ」

「馬鹿を言え、俺は呪いなんて信じないよ。だが、事件の当事者が迷信を真に受けているとしたら、その影響を度外視するわけにはいかんだろう」

「それはそうですけどね。佐由美が呪いの張本人だというのは、稲生柳子がそう言ってるだけでしょう？　具体的な証拠をつかんだわけじゃない」

「それがそうでもないんだな」

　と警視はしたり顔で言って、

「佐由美が懇意にしていた京都の画家の話をしただろう」

「古稀祝いのパーティーを開いた画家ですか」

「そう。棚橋が妄言じみた自首をした理由は不明だが、悪知恵の働く女だから、佐由美の仕掛けた罠にはめられた可能性もないとは言えない。二週間前、関西出張の裏で何か仕組んでたんじゃないかと思って、向こうへ人をやって足取りを洗い直してみたんだが」

「京都での行動は裏が取れてるんでしょう」

「その時のはな。ところが話のついでで、くだんの画伯が気になることを口にした。二年ほど前、佐由美から貴船神社について聞かれた覚えがあるというんだ」

「貴船神社というと、丑の刻参りの藁人形で有名な？」

綸太郎は目をとがらせた。警視は鼻を明かしたような口ぶりで、

「まさにそこだ。画伯によれば、佐由美は京都に来るたび、ちょくちょく貴船方面に足を運んでいたらしい。よからぬことに手を出しているのではと危ぶんでいたけれど、直接本人に確かめたりはしなかったそうだ」

「秘書の黒崎はそれについて何か？　出張にはいつも同行してたんでしょう」

「何も知らないと言っていた。しらばくれているだけかもしれんが」

「お父さんはどう思います」

「藁人形の呪いか？　やっていたと思うね」

綸太郎は両手をひさしみたいに組み合わせ、左右の親指でこめかみを押さえた。親父さんの言う通り、佐由美には佐由美なりの言い分があったはずで、彼女の悪意が最初から伴恵に向けられていたかどうかはわからない。藍川幸吉の死後、棚橋夫妻に近づいたのは、昔捨てられた男に未練があっただけかもしれないし、よりを戻そうとして洋行にすげなく拒絶され、恨む気持ちが妻に向かったという見立ても可能だ。

二年ほど前といえば、棚橋伴恵の乳がんが見つかる以前である。丑の刻参りでがんを発病させることなど不可能だが、一連の状況から見て、藍川佐由美が実際に棚橋の妻を呪い殺そうとし、その呪いが実現したと本気で信じていた可能性はかなり高い。呪いをかけた佐由美が本気だったとすれば、妻の看病疲れで気の弱っていた棚橋

が、稲生柳子のお告げを鵜呑みにしてもおかしくない。ああいう迷信じみた妄想は、狭い人間関係の中で共鳴し、増幅されがちなものだ。伴恵の死後、佐由美に対する復讐心に取りつかれるのは避けがたいことだったのではないか。

だとしても、佐由美を殺す前にわざわざ自首する必要はない。相手に復讐の意図を知らせ、不安と恐怖を与えるために、殺害予告するというならまだ理解できるのだが……。

ふとある考えがひらめいて、綸太郎は顔から手を離した。

「――目には目を、ということかもしれませんね」

急に口を開いたので、警視はおやっという顔をして、

「どういうことだ？」

「棚橋がありもしない犯行を自首したことですよ。お父さんの説によれば、佐由美は脅迫罪で訴えられないように、足のつかない方法で呪いをかけた。だとしたら、棚橋もその恨みを返すため、相手と同じような報復手段に訴えたとは考えられませんか」

「同じような報復手段とは？」

「おまえのせいで妻が死んだ。復讐のためにおまえを殺す――佐由美本人に対してそう告げれば、呪いのケースと同様に脅迫罪が成立する。手紙や電話で殺害を予告しても同じことです。伴恵さんが死んだのは病気のせいで、佐由美が直接手を下したわけ

ではありませんが、妻が味わったのと同じ不安と恐怖を相手にも思い知らせてやりたい。棚橋がそう考えたとすれば、嘘の自首というのはひとつの解決策でしょう」

「なるほど。佐由美への強い憎しみと殺意を大っぴらにしても、相手が警察官なら脅迫には当たらないということか」

「ええ。事実確認のため、佐由美本人に供述内容が伝わることも織り込み済みです。当分は白い目で見られるでしょうが、おとなしくしていれば罪に問われることはない」

法月警視は片目をつぶり、反対の眉毛を指でこすりながら、

「つまり棚橋は、最初から佐由美を殺す気などなかったと？」

「そう考えればつじつまが合います」

綸太郎が断言すると、警視は不満そうにため息を洩らして、

「棚橋の自首に関してだけはな。だがそれから八日後、佐由美が実際に殺されていることを忘れるな。そっちの説明がつかない限り、何も解決したことにはならんさ」

「そうでもないですよ」

綸太郎はかぶりを振ってから、噛んで含めるような口調で、

「棚橋に殺意がなかったとしても、彼が嘘の自首をしたことが現実の殺人の呼び水になった可能性があるからです」

「呼び水？　棚橋以外の人物が嘘の自首に便乗して佐由美を殺し、先に火をつけた棚橋に罪をなすり付けようとしたというのか」

「だと思いますね。四谷署の刑事は出張帰りの佐由美と会って事情を聞いた際、棚橋の虚偽の申し立てについてかなり突っ込んだ話をしたはずです。殺していないとわかっていても、殺害予告や脅迫の恐れがある以上、犯罪のリスクを予防するために具体的な供述内容に触れざるをえない。何か思い当たることはないか、佐由美本人にいちいち確認したうえで、注意を促したと思うんですが」

「うん。その点は疎かにしなかったと聞いている」

「聞き取りに同席した秘書の黒崎慎也はもちろん、四谷署からの電話問い合わせに応じた藍川百華も後から話の一部始終を聞かされたでしょう。その二人のいずれかが犯人だとすれば、棚橋の自首に沿う形で佐由美を殺害するだけで、たやすく彼に疑いを向けることができる。棚橋が犯行を否定しても、いちど嘘の自首をした人間の言うことなんて、誰も本気で取り合ってくれませんよ」

綸太郎が言葉を切ると、法月警視はケースから新しいタバコを引き抜いた。すぐ火をつけようとはせずに、吸い口でこめかみをとんとん叩きながら、

「おまえの言いたいことはわかる。だが、わからないのは犯行現場の選択だ。棚橋の自首に便乗するつもりなら、どうして申し立て通りの茗荷谷のマンションではなく、

〈ギャラリー藍〉の事務室で犯行に及んだんだ？」

「それはたぶん、防犯カメラの画像から足がつくのを警戒したからですよ」

「防犯カメラだって？」

「コンシェルジュ付きのマンションということは、成金(なりきん)やセレブが住むようなセキュリティ完備の高級物件なんでしょう？　佐由美の部屋で彼女を殺せば、現場に出入りする自分の姿が防犯カメラに記録され、動かぬ証拠になりかねない。そうでなくても、肝心の棚橋の画像が残ってないわけですから、便乗殺人の計画自体がおじゃんです。一方〈ギャラリー藍〉の防犯カメラは、専用のデジタルレコーダーが盗まれたせいで、全然役に立たなかったんですよね。思うに犯人は、最初からレコーダーの置き場所と収納ボックスの鍵のありかを知っていて、それを持ち去ったのも予定通りの行動だったにちがいない。そんな芸当は茗荷谷のマンションでは無理でしょう。要するにギャラリーの関係者、内部の犯行が疑われるということで、黒崎慎也ないし藍川百華が佐由美を殺した可能性がますます高くなる」

　警視はこめかみにタバコを押し当てたまま、何度も小鼻をうごめかせて、

「犯行現場が変わったのはそのせいか……。だったら殺害に用いられたガラスの文鎮が、棚橋の想定した品と異なっていた理由は？」

「伝言ゲームのせいですよ。四谷署の刑事は佐由美に凶器の説明をする時、『三十セ

ンチぐらいのガラスの文鎮』としか言わなかったんでしょう。犯人はその説明だけを頼りに実際の凶器を選んだので、棚橋伴恵の形見の品と齟齬が生じてしまった。その点に注目すれば、犯行が嘘の自首に触発された便乗殺人であることは明らかじゃないですか？」

3

法月警視はようやくタバコに火をつけると、冷や水を浴びせるような口調で、

「悪くない考えだが、黒崎と百華はやってない。二人ともアリバイがあるからな」

「──アリバイ？」

綸太郎は一瞬口をすぼめたが、すぐにあごを上げて、

「ひょっとして、二人一緒だったんじゃないですか」

「察しがいいな」

と警視は言った。木曜の夜は十時から十二時過ぎまで、六本木のダイニングバーで話し込んでいたという。棚橋洋行の脅迫とも取れる行動への対策を練っていた、というのが黒崎と百華の説明だった。綸太郎は大げさに肩をすくめて、

「それはかえって怪しいな」

「そう言うと思ったよ。共犯の線を疑っているんだろう」

「疑わない方がどうかしてますよ。お互いのアリバイを確保するために、口裏を合わせてるだけでしょう。店の従業員にちゃんと確認しましたか？」

「一応はな。黒崎の方は本人でまちがいないが、店が混んでたみたいでね。一緒にいた女が百華だという確証は得られなかった」

倫太郎はにんまりしながら声に弾みをつけて、

「だったら替え玉の可能性もある。出会い系アプリかなんかで知り合ったその日限りの相手を連れていけば、後から女の素性を特定するのはむずかしいし、人妻とかだったら絶対に名乗り出ませんよ。佐由美殺しの実行犯が百華だとすれば、黒崎をそそのかしてアリバイ工作に協力させたのも、彼女の主導ではないですか。結構なじゃじゃ馬で、義理の母親とはそりが合わなかったんでしょう？　百華が継母の秘書をたらし込んでいたと知れても、ぼくはちっとも驚きませんね」

「そう先走るなよ」

警視はタメを作るような手つきでタバコの灰を灰皿に落とし、

「まあ、絶対に替え玉の可能性がないとは言いきれんがな。ただ事件当日、バーで二時間も話し込んでいたという供述にはそれなりの裏付けがある。その二人が棚橋の自首を脅威と感じて、早急な対応を迫られていたのは事実なんだ」

「それは話が逆でしょう。棚橋の自首を逆手に取って、便乗殺人を企てたんだから」

「そうじゃない。おまえは勘ちがいしてるようだが、仮に百華が黒崎と手を組んで佐由美を殺したとしても、彼らにとっては一銭の得にもならないんだ」

「一銭の得にもならないって、被害者の財産は？」

「佐由美が死んでも、百華は遺産を相続できない。義理の娘といっても、佐由美と養子縁組してないから、法律上は赤の他人と同じなんだ」

綸太郎はあっと声を洩らした。連れ子の百華は佐由美と血縁関係がないから、そのままでは法定相続人とは認められない。よくあるケースなのに、事実関係を確認しないで目先の結論に飛びついたのは、完全な凡ミスである。

「参ったな。佐由美はほかに身寄りがあるんですか」

「実家は茨城できょうだいはいないが、父親は存命だ。大内竹春といって、今は土浦の老人ホームにいる。親子関係はとうに冷えきっていたみたいで、藍川幸吉の後妻になる前から実家に寄りつかなくなっていた。そこらへんの事情は黒崎から聞き出したんだが、父親の竹春が定年退職後に認知症を発症したらしくてね。ひとりで夫の面倒を見ていた母親の雅美は心労がたたって、三年前に病死した。風邪をこじらせた末の肺炎で、佐由美は臨終にも立ち会わなかったとか。葬式代と介護付き有料老人ホームへの入居費を全額まかなって、それっきり父親とは顔も合わせていないそうだ」

手切れ金がわりということか。ホームへの入居手続きや実家の後始末も秘書の黒崎に丸投げして、佐由美自身はノータッチだったという。論評は避けながらも、親父さんの口ぶりは生前の被害者に対する同情心の薄さを隠していなかった。

「遺言がなければ、財産はすべて父親のところへ行くわけですね」

「そうだ。黒崎に確認したが、佐由美は遺言を書いてない。まだ四十過ぎで、自分が死ぬとは思っていなかったんだろう。ところが棚橋の自首騒ぎをきっかけに、百華と黒崎は佐由美が死んだ時のことを考えざるをえなくなった。万一佐由美の身に何かあった場合、彼女の資産は全部父親のものになる。黒崎はただの雇われ人だし、百華だって自分が受け取るはずだった財産の大半が横取りされるのを黙って見過ごすわけにはいかない。遺言でも養子縁組でも、なるべく早く佐由美を丸め込んで、もしもの時に備えておく必要がある。早急な対応を迫られて、二時間も話し込んでいたというのはそのことだ。恐れていた事態が現実になって、今は二人ともすっかり青ざめているよ」

「なるほど。遺産目当ての犯行なら、父親が最有力になりますが……」

綸太郎が日和見的に応じると、警視はいがらっぽいため息をついて、

「理屈の上ではそうだけどな。大内竹春はだいぶ認知症が進行して、ひとりでは満足に外出もできない状態らしい。事件があった夜、土浦のホームにいたのも確実だか

ら、父親は容疑者からはずせる」

「いや、父親ではなくて、ホームの経営陣が犯行に及んだ可能性は？　認知症の入居者につけ込めば、娘の遺産をまるごとホームへ寄付させることぐらいできそうですが」

「そっちか。世知辛いご時世だから、そういうケースがないとは言わんよ。だが、佐由美殺しは手口に特徴があるからな。棚橋の自首に関する情報を入手する手だてがない以上、ホームの経営陣を疑っても時間のムダだろう」

「でも、黒崎は佐由美の代理でホームへの入居手続きをしてるでしょう。その時のツテで経営陣と密かに通じていてもおかしくない。遺産のおこぼれにあずかる約束で、便乗殺人の片棒をかつがせたとすれば？」

「それこそ机上の空論だよ」

警視はにべもなく言って、

「ホームの経営陣が黒崎の思い通りに動いてくれる保証はないし、そのもくろみを百華に感づかれたらもっと面倒なことになる。そんな危なっかしい橋を渡るぐらいなら、百華と手を組んで遺言なり、養子縁組の話を進める方が得策じゃないか。そもそも黒崎は佐由美の右腕としてかなり厚遇されていたみたいだから、百華にそそのかされない限り、積極的に雇い主の死を望む理由がないんだ。ホームへの入居手続きを丸投げされた件だって、自分の不利になることなら警察には黙っていただろう」

綸太郎はこめかみに指を当てた。言われてみればたしかに、共謀者との接点を自分からぺらぺら喋るわけがない。ホームの父親は頭から追い払った方がよさそうだ。つまずきの原因は遺産目当ての犯行と決めつけたことだろう。相続の問題をカッコに入れれば、やはり便乗殺人と替え玉アリバイの二本立て構想が一番しっくり来る。

「──それならもう一度、遺産とは別の動機を当たってみるべきですね」

「軌道修正か？　別の動機というのは、百華と黒崎の共犯説のことだな」

と警視が念を押す。綸太郎は乾いた唇をなめて、

「ええ。二人とも佐由美に弱みを握られていたのかもしれません。だいぶ腹黒い女だったようですから。逆に黒崎が秘書の立場を悪用して横領を働いたとか、あるいは黒崎が佐由美から百華に乗り換えて三角関係がこじれた可能性も」

「五十歩百歩だな」

生煮えな思いつきを並べたが、警視の反応は出がらしのお茶のように薄かった。

「まだほかにのっぴきならない動機があったとしても、みすみす遺産をフイにするタイミングで佐由美を殺すかね？　単独犯ならともかく、二人で共謀すればどうしたって欲が出る。替え玉アリバイを用意するほど知恵が回るなら、犯行を先送りしてでも一挙両得の策を練ったはずだ。恐れていた事態が現実になって、すっかり青ざめてい

たと言ったろう。あの落胆ぶりは芝居じゃないよ」

「お父さんがそう言うなら、そうなんでしょうけど」

言葉に詰まって綸太郎がうなだれると、警視は駄目押しのように、

「残念ながら共犯説は却下だな。百華と黒崎はアリバイを共有しているから、いずれかの単独犯という選択肢もない。アリバイの性質からして、事後共犯の線はもっと無理筋だろう。二人とも犯行に関与していなければ、便乗殺人の筋書きもご破算になる」

「いや、まだそこは譲れませんね」

結論を急ぐ警視に、綸太郎はしぶとく食い下がる。

「その二人がシロでも、ガラスの文鎮が犯行に用いられたという事実は動かせない。犯人が誰であれ、棚橋の自首騒ぎに便乗する意図がなければ、わざわざそんな品を凶器に選んだりしませんよ。伝言ゲームの延長で、百華と黒崎のどちらかが四谷署の刑事から聞いた話をほかの誰かに伝えた可能性はないですか？」

「それはないな。二人とも佐由美に口止めされたそうでね。ついでに言っておくと、四谷署の刑事も棚橋の供述を外部には漏らしてない」

「自首した棚橋自身は？」

矢継ぎ早にたずねると、警視はもったりとかぶりを振って、

「彼も口外した記憶はないと言っている。騒ぎを起こした張本人の言うことだから、どこまで信用できるかわからんが、あえて自分で吹聴するメリットはないだろう。殺意がなかったとしても、下手に口にすれば脅迫罪に問われかねない発言だからな」

「ですね。そうすると、あとは佐由美本人か」

「どうかな。そうすると、百華たちに口止めしたんだから、自分も黙ってたんじゃないか」

「佐由美に妙な魂胆がなければね。本人が死んでしまった以上、今から確かめることはできませんが……。いや、ちょっと待てよ」

急に黙り込んだのを見て、警視は目をすがめるようにしながら、

「どうした？　佐由美が一部始終を話した相手に思い当たったか」

「ちがうんです、お父さん。最初からぼくの読みちがいで、おそらく佐由美は棚橋のことを誰にも漏らしてないし、百華や黒崎も関係ありません。先入観にとらわれて、真っ先に疑わないといけない人物を完全に見落としていた——棚橋の自首騒ぎに便乗したのは、佐由美自身だったんじゃないでしょうか」

警視はぽかんと開けた口を、やおら絞るようにとがらせて、

「佐由美自身だって？　何を言ってるんだ、おまえは」

「目には目を、ですよ。棚橋が嘘の自首をしたのは、死んだ妻の恨みを晴らすための手のこんだ芝居だった。佐由美は彼の意図を見抜いたうえで、それを逆手に取ってさ

らに陰湿な攻撃を仕掛けたのではないでしょうか。奥さんを呪うだけでは足りずに、今度は棚橋本人に直接ダメージを与えるようなやり方で」

「棚橋に直接ダメージを与えるとは？」

「彼を殺人犯に仕立てることです」

シンプルな答えに、警視はあっけに取られたような顔をした。

「ちょっと待て。佐由美が死んだのは自作自演の狂言だったというのか？」

「それが一番しっくり来ませんか。夜中の十一時過ぎに犯行現場の警報装置を解除したのは、被害者自身だったんでしょう。そんな時間に、ひとりで何をしにギャラリーへ行ったのか？　そこに誰かを呼び出して、内密に会うつもりだったと見るのが自然です」

「佐由美の方から棚橋を呼び出したというんだな」

綸太郎がうなずくと、警視は今さらのように眉をひそめて、

「こっちもその可能性は検討したが、さっぱり手応えがなくてね。少なくとも場所と日時ぐらいは伝える必要があるだろう。なのに、佐由美の携帯に棚橋への発信履歴は残っていなかった。メールやメッセージをやりとりした跡もない」

「それは当然でしょう。それまでの経緯を考えれば、棚橋は佐由美からの着信をいっさい拒否していたはず。佐由美の方から連絡を取ろうとすれば、新規のプリペイド携

帯か公衆電話からかけるしかないですが、たとえそうしても、声を聞いただけで即切りでしょう。そうすると、あとは手紙を出すぐらいしか手はありませんよ」

「手紙か」

警視はためらいがちにあごを手で触りながら、ぼそぼそした声で、

「逆にそれはありかもな。手間はかかるが、心にもない懺悔(ざんげ)の言葉を並べて、昔の男の気を引く分には手書きの文章の方が効果的かもしれんし……。だとしても、そう都合よく棚橋が誘いに乗ってくるだろうか」

「下手に出たとは限らない。面会に来なければ都の迷惑防止条例違反で訴えるとか、脅し文句を並べたのかもしれません。実際は無理でもポーズだけで十分でしょう。それでも棚橋が呼び出しに応じるか、微妙なところだったと思いますが、抜け目ない佐由美のことですから、彼が来なかった場合にも次善の策を用意していたにちがいない」

「次善の策と言えば、もっともらしく聞こえるが――」

警視はツッと舌を鳴らすと、頑是ない子供に付き合うような顔をして、

「防犯カメラのデジタルレコーダーを取りはずしたのも、佐由美の偽装工作だと？」

「もちろん、彼女が事前に持ち出したんです。ガラスの文鎮で自分の頭をぶん殴る場面が録画されたら、一発で自作自演とばれてしまいますから」

「けどな、いくら昔の男への恨みを晴らしたいからといって、そのために自分の命まで犠牲にするだろうか？　佐由美のような女がそこまでするとは思えんのだが」

「本当に死ぬ気だったとは言いませんよ。むしろ予定では瀕死に近い状態で生き延びて、棚橋洋行に襲われたと自ら証言するはずだった。自首騒ぎがあった後で、被害者の供述を疑う人間はいないでしょう」

倫太郎は顔色も変えず、しれっと答えた。警視はやれやれと言わんばかりに肩を上下すると、話を切り上げる潮時を見はからうような口ぶりで、

「狂言と見破られないよう、手加減しないで自分を殴ったのが裏目に出て、うっかり命を落としてしまったというのか？　それはちょっと信じがたいな。いや、そこには目をつぶるとしても、そもそも頭部の致命傷は角度や殴打の強さから見て、とうてい被害者が自分の手で加えられるようなものではなかった。検視報告と解剖所見のいずれでも、明らかに他殺と結論されているんだが」

「それはそうでしょうね」

倫太郎は平然と応じると、ぐいっと身を乗り出して、

「そこで、ここからはぼくの想像になりますが、内密の呼び出しを受けた時点で、棚橋はすでに佐由美のトラップを見越していたんじゃないか。だから約束した時間には姿を見せないで、ギャラリーの外から彼女の行動を監視していた。しびれを切らした

佐由美が防犯カメラのレコーダーを屋外に持ち出し、どこか目につかない場所に隠すのを見て、彼女が狂言殺人の被害者を演じようとしているのを確信したんでしょう。いや、そうでなくても防犯カメラの無線を傍受するだけで、中の動きは手に取るようにわかります」

「おい、勝手な想像にもほどがあるぞ」

警視が目に角を立てたが、綸太郎は見て見ないふりをして、

「棚橋は警報装置の切られた現場のギャラリーにやすやすと侵入し、三階の事務室で佐由美が昏倒しているのを発見する。床にはガラスの文鎮のまがい物が落ちていて、彼女が自分の手でそれを使ったのは一目瞭然です。棚橋は指紋が付かないよう注意して文鎮を拾うと、女の頭に力一杯たたきつけて息の根を止めた……。現場から立ち去る際、佐由美の手で屋外に隠されたレコーダーを回収していったのは言うまでもありません。レコーダーには彼女がひとりで現場を訪れ、事務室の収納ボックスを開けるまでの動画が記録されている。時期を見はからってレコーダーが見つかるように仕向ければ、被害者の自作自演であることが疑問の余地なく証明され、彼の復讐は罪に問われないという寸法です」

「――まるで見てきたように言うんだな」

警視はかすれ声でつぶやくと、すっかり気持ちが萎えたように、

「おまえの与太話にはもう付き合いきれんよ。防犯カメラの無線傍受云々は別にしても、棚橋の行動がいちいちご都合主義にすぎるんでな。佐由美のトラップを見越していたというが、そう簡単に先が読めるものか。嘘の自首に対して佐由美がどう出るか、あらかじめ全部見通していたのでもない限り、そんな思い通りにことが運ぶわけがないだろう」

「棚橋が全部見通していたとすればどうです？」

「何だと？」

警視は業を煮やしたように眉をつり上げ、今にも嚙みつきそうな口調で、

「ひょっとしておまえは、棚橋が嘘の自首によって佐由美の心を操り、自作自演の狂言を起こすように誘導したと言いたいのか。馬鹿馬鹿しいにもほどがある！　そんな芸当はどだい不可能だよ」

綸太郎はにやりとして、あおり気味に告げた。

「あながち不可能でもないですよ。稲生柳子がそこまで予言していたとすれば」

4

「まさか……。いや、そんなわけはない」

法月警視は一瞬ばつの悪そうな顔をしてから、深々とため息をついて、

「そうか、道理で話が乱暴すぎると思った。おまえそれを言うために、わざとスキだらけの仮説をでっち上げたんだな」

「いつまでたっても、お父さんが肝心なことを話さないからですよ。女占い師に何を言われたか知りませんが、わざわざ会いにいったのは本人の口からじかに聞き出したいことがあったからでしょう？　霊能力云々は抜きにして、稲生柳子は事件に関してもっと重要な何かを握ってたんじゃないですか」

「隠し立てする気はなかったんだけどな。もしやと思って過去数週間の棚橋の行動を洗い直したら、事件の前にもう一度だけ、稲生柳子の許（もと）を訪れていたことが発覚してね。その時どんな話をしたか、こちらとしても非常に興味があった」

「事件の前？　いつですか？」

「まあ、そういきなり立つなって」

警視はひょいと顔をそらし、壁の時計に目をやった。綸太郎もつられて見ると、それまで話に夢中で気づかなかったが、そろそろ日付の変わる時刻になっている。

「もうこんな時間か」

警視はこれ見よがしにあくびを噛み殺しながら、綸太郎に視線を戻して、

「適当に切り上げて寝るつもりだったが、それだとおまえの腹が収まらんだろう。特

別サービスでもう少し付き合ってやるから、コーヒーをいれてくれないか」

「付き合ってやる？　特別サービスで？」

「そう言っただろ。眠気覚ましにうんと濃いやつを頼む」

「ハイハイ、かしこまりました」

いったん矛を収めて、綸太郎はキッチンへ移動した。リクエスト通り、カフェオレ用の深煎り豆を多めに挽いてフィルターにセットする。急に態度がでかくなったのは、まだ腰が引けていることの裏返しなのだろう。警視は灰皿の吸い殻を片づけ、コーヒーが沸くまでの間に黙々とタバコを一本灰にした。

自分のカップにだけミルクを足して、親父さんには特濃のブラックをふるまう。一口すると苦そうに小鼻をふくらませたが、二口三口と飲むうちに顔つきからグズグズした気配が消えていくのがわかった。頃合いと見て、綸太郎はさりげなく、

「――で、さっきの質問の続きですが」

「棚橋が稲生柳子に会いにいったのは、三週間前の木曜日。亡くなった妻の四十九日法要の三日前だった」

そらんじるように警視が答える。綸太郎はあごに手をやって、

「嘘の自首をする前の週か。ですがお父さん、その事実が発覚するまで、誰も彼女に事情聴取しなかったんですか？」

警視はふがいなさそうに首を横に振って、

「いや、魔除け札に関する話の裏を取るために人をやったんだが、そのへんは向こうもしたたかでね。占い師としての信用に関わるから、個人のプライバシーは明かせないの一点張りで、すげなく追い返されてしまった。だが、事件の二週間前にも棚橋と会っているとなると見過ごすことはできない。今度はなめられないように、俺が直接足を運ぶことにしたんだよ」

「なるほど。前から噂に聞いていたそうですが、稲生柳子というのはそんなに影響力のある占い師なんですか？　それともバックに大物が控えているとか」

綸太郎が問いただすと、法月警視は困ったように、

「俺もそんなに詳しいわけじゃないが、その筋ではけっこう名が知れているらしい。何年か前、失踪人の居所を霊視で突き止めたという話を小耳にはさんだことがある。有名企業の経営者に隠れ信者がいるというもっぱらの噂だが、どこまで本当かわからんな。本人は金や名声に興味がないみたいで、教祖様のようなふるまいはおろか、めったに人前に出ることもない。日野市に質素な庵を結んで、日々瞑想にいそしんでいるというんだが」

「日野というと大星教会とか、ああいう系統の？」

「あそこは八王子だし、特に接点はない。庵というのも看板に偽りありでね。日野市

でも府中側の京王百草園のそばだから、園内の松連庵とごっちゃになったんだろう」

「百草園？　すごく急な坂があるところですよね」

「ああ。実際に行ってみると普通の小ぎれいな民家で、お茶か生け花の教室でも開いてそうなたたずまいだった。未婚のひとり暮らしだが、近くの団地に姪夫婦が住んでいて、人手や車が入り用な時はそこに頼んでいるそうだ」

「だいぶ年配の女性なんですか？」

「そうだなあ。一昔前に『マルサの女』っていう映画があったろう。あれの主人公を一回りか二回りぐらい老けさせたような感じでね」

一昔どころか三十年前の映画だが、そこには目をつぶって、

「一回りと二回りでは、相当ちがいますけど」

「そりゃそうだけどな。近頃はもう見た目は当てにならないし、和服だと余計に勘が狂うんだよ。いちいち聞くのも失礼だから、相手の歳は考えないようにしたんだが」

里山で狐か狸に化かされたようなことを言う。綸太郎は眉に唾をつけながら、

「門前払いを食わされないで、ちゃんと話ができたんですか」

「一応な。ところがちょっと妙な具合で、彼女と話しているうちになんとなく、前にどこかで会ったことがあるような気がしてきたんだ」

「稲生柳子と？　昔の事件の関係者とかですか」

「そうじゃない。まちがいなく初対面だったんだが……」

警視は言いよどむと、ぎこちなく目をしばたたいて、

「頼むから聞いても笑うなよ。会ったことがあるというのはこっちの思い過ごしで、何と言ったらいいか、稲生柳子の話し方とか、声つきが誰かに似ているような気がしてね」

「誰かというと？」

「うん。その誰かというのはあれだ、要するにおまえの母さんのことなんだが」

い、い、おまえの母さん……。

思いもよらない発言に、綸太郎は言葉をなくした。

それで帰宅してからずっと、あんなに気もそぞろな様子だったのか。普段の警視らしくない言動、とりわけ稲生柳子について腫れ物(はれもの)に触るような態度を取り続けていた理由がやっと腑に落ちた。いい歳をした息子の前でそんな話を切り出すのは、親父さんでなくても相当の勇気が必要だろう。相手が殺人事件の参考人となればなおさらだ。

だが話し方や声つきが似ていたとしても、綸太郎には確かめようがなかった。

法月礼子(れいこ)――綸太郎の母親は、彼がまだ物心つかない頃、秩父(ちちぶ)高原の療養所で自ら命を絶っていたからである。

「おい、そんな変な目で見るなよ」

父親の声でわれに返った。綸太郎がぎくしゃくとかぶりを振ると、法月警視はかえってサバサバした顔で、

「イタコの口寄せとか霊界との交信とか、そういうことを言いたいんじゃない。他人の空似というのともちがうんだ。見た目は全然似てないし、そもそもあれが亡くなったのはもうずっと昔のことだから、年齢だってかけ離れている。生まれた土地の訛りとか、聞き覚えのある口癖とか、そういう引っかかりがあったわけでもない。後から思い返しても、具体的にどこがどう似ていると感じたのか、よくわからんのだよ。単なる偶然だったかもしれないし、その場限りの錯覚だった可能性もあるんだが」

警視は自信なさそうに首をひねった。既視感の聴覚版といってもいい。遠い過去のこだまに突然、呼びかけられたようなものだ。年を取ると涙もろくなるように、ほんのわずかな相似でも記憶の琴線に触れて、度しがたい反応をしてしまうことはあるだろう。綸太郎は慎重に言葉を選びながら、

「錯覚かどうかは別にして、お父さんの耳にそう聞こえたのは事実でしょう。たまたまだったとしても、相手は名の知れた占い師ですからね。すぐに動揺を見抜かれて、向こうのペースに乗せられてしまったのでは？」

「たぶん、そういうことなんだろうな」

自嘲的に認めると、警視は気持ちを切り替えるようにタバコをくわえた。普段以上に消費本数が多いのも、内心でずっと二の足を踏んでいたせいか。

「俺としたことが、それですっかり手の内を読まれたらしい。忌明けしたばかりの棚橋とは年季がちがうが、女房に先立たれた男やもめだと見透かされたみたいでね。ところが、何が幸いするかわからない。どうやらそれがきっかけで、稲生柳子の態度が軟化した」

「軟化というのは、譲歩したんですね」

「そう、こっちの質問にそれなりの誠意ある対応をしてくれた。俺が行くまでは、棚橋と会ったかどうかさえ答えようとしなかったんだがね。共通の知人の紹介で、奥さんの病気と魔除け札に関する相談に乗り、藍川佐由美が呪いの張本人だと告げたことを認めた」

「自首する前の週にもう一度、彼と会ったことは？」

「それも認めたよ。伴恵の訃報は耳に届いていたらしい。四十九日の前にどうしても占ってほしいことがあると懇願されて、むげに断れなかった。乗りかかった船ではないけれど、彼女なりに棚橋の身の上を案じていたんだろう」

「何を占ってくれと頼まれたんですか」

絞るようにタバコの煙を吐き出すと、警視はかぶりを振って、

「それを口にすることは許されないと言われたよ。俺もかなり粘ったが、そこは絶対に譲れないと。ただ、向こうも思うところがあったようで、少しだけヒントをくれた」

「ヒントというと？」

「稲生柳子は棚橋の求めに応じて、未来を霊視した。彼女の話だと、ひと続きの場面がありありと目に映ったそうだ。その一部始終を伝えると、棚橋は落胆の色を隠せなかったらしい。予言の内容は、彼の望んでいたものではなかったということだ」

「とらえどころがなさすぎる。その場しのぎの言い逃れじゃないですか」

綸太郎が疑いを口にすると、警視はぐいっとあごをしゃくって、

「俺もそう思ったから、稲生柳子に言ったんだ。まがりなりにも殺人事件の捜査なんだから、こっちも手加減はできない。もう少し具体的なヒントをくれないと、もっと強硬な手段を取らざるをえないとね。そうしたら、あの女が何と答えたと思う？」

「さあ。何を言われたんです」

いきなりタバコを灰皿で押しつぶし、警視はぶっきらぼうに告げた。

「おまえに聞けばわかるとさ」

「――は？　いま何と？」

「だから、おまえなら予言の内容がわかるはずだと言われたんだよ。いや、実際はおまえと名指ししたわけじゃない。正しい助言を求めるならたずねる相手は自分ではなく、思いを残していった者がどうの、忘れ形見がどうのと、もっともらしい御託を並べて話をそらしただけなんだが……。結局、それ以上は何を聞いてものれんに腕押しで、実のある答えは返ってこなかった」

どこまで本気にしたらいいのか、綸太郎は計りかねて、

「ハッタリじゃないんですか」

「かもしれん。せがれが小説家で、探偵の真似事をしてることぐらい、事情通の占い師なら聞きかじっていそうなものだしな。だとしてもそんなふうに言われたら、かえっておまえに話しづらいじゃないか。俺だってそんな迷信に振り回されたくはないが、なまじ正解を言い当てられでもしたら、その方が寝覚めが悪くなる」

半分口を開いたまま、綸太郎はしげしげとうなずいた。

言い訳がましいそぶりから、あらためて父親の複雑な心中がうかがえる。あんなに口が重かったのは、自らの過去のトラウマをほじくり返されたせいだけではあるまい。むしろ稲生柳子のハッタリじみたお告げが的中してしまうことへの抵抗感から、予言にまつわる会話そのものに拒絶反応を起こしたのではなかろうか？　だとすれば、警視がやっと重い口を開いた理由も想像がつく……。

そこまで考えをめぐらせた時、ふいにもうひとつの思考回路への道が開いた。

5

「どうした、急に黙り込んで。おまえが聞きたがるから話しただけで、まっとうな推理の足しにはならんだろう。それとも何か、自称霊能者の言うことを真に受けて、天からの啓示が降りてくるのを待つことにしたのか？」

自分のことを棚に上げ、警視は八つ当たりみたいに文句を垂れた。

「いや、そう決めつける前に、お父さんにひとつ確かめたいことが」

綸太郎が真顔で応じると、声のトーンが変わったのに気づいたのだろう。警視はだらけた表情をじわりと引き締め、

「ん？　何か気になることでも」

「さっきぼくが無理筋の仮説を補強するために、稲生柳子の予言を引き合いに出した時、『まさか……。いや、そんなわけはない』とつぶやきましたよね。あれはどういう意味で言ったんですか？」

「ああ、あれは今の話が頭にあったせいだ。最初は彼女のお告げ通り、おまえが本当に予言の内容を見抜いたかと思って焦ったが、さすがにあんなスキだらけの暴論を真

に受けるほど、俺も耄碌しちゃいない。鎌をかけられているだけだとすぐに察して、それでああいう言い方になったんだ」

「だろうと思いました」

綸太郎はすかさず相槌を打って、

「言い換えればその時点で、ぼくまで巻き込んだ稲生柳子のお告げは誤りと見なされ、その効力を失ったことになります。だからこそお父さんは、根拠のない予言が的中してしまうことへの抵抗感を解消して、ようやく彼女とのやりとりをぼくに打ち明ける踏ん切りがついた――そうじゃないですか」

警視はこそばゆそうにあごの下を掻きながら、唇をねじ曲げて、

「そこまではっきり意識したわけじゃないが、まあ大きくはずしてはいないよ。だが、そんな細かいことをついて何の意味がある？　事件とは関係ないだろう」

「大ありですよ。おそらく棚橋も稲生柳子の予言を聞いて、お父さんと同じような心理的反応を示したのではないかと思うんです」

警視はまじまじと綸太郎の顔を見つめた。

「棚橋が俺と同じ反応を？　どういう意味だ」

「お父さんはけっして迷信深いたちではないし、長年の捜査経験からオカルトや占いの類には免疫があるでしょう。にもかかわらず、初対面の稲生柳子に対してインチキ

と割り切れない厄介な印象を抱いた。百戦錬磨のお父さんですらそうなんですから、棚橋洋行は彼女に心酔して、その言動から強い影響を受けていたと思います」

「それはそうだろう。佐由美の呪い云々に関しては今も疑ってないし、妻の闘病生活の間もずっと、稲生柳子の助言が棚橋の心の支えになっていたようだ。そうでなければ四十九日法要の間際に、わざわざ相談を持ちかけたりしない」

「ですね。稲生柳子が本当に霊能力の持ち主かどうか、今は問いません。問題は彼女のお告げを、棚橋が無条件に信じていたということです。だから四十九日の直前に占ってもらった時も、霊視の結果を確実に実現する未来だと受け取ったにちがいない。ところが予言された内容は、彼の望んでいたものではありませんでした」

警視は思慮深い面持ちでうなずいて、

「落胆の色を隠せなかったんだからな」

「四十九日法要をはさんで日にちが近いことも含めて考えると、霊視の結果が翌週の不可解な行動に影響しているのは、ほぼまちがいありません。これらの条件を念頭に置いて、さっきのお父さんの反応と棚橋の行動を比べてみましょう。お父さんは稲生柳子のお告げが的中することを避けようとして、ずっとその話を伏せていましたが、ぼくが真相からほど遠い暴論を述べたためにお告げは無効化され、心理的呪縛から自由になった」

「うん、それはさっき認めた通りだが」

「同じように棚橋も予言された未来が実現しないことを望んでいました。ただしお父さんとちがって、彼は稲生柳子の霊能力を無条件に信じていた。だから自首騒ぎを起こしたのも、予言は必ず的中するという信念のもとで選ばれた行動だったはずです」

「必ず的中するという信念のもとで？」

「ええ。お父さんの話だと、稲生柳子はひと続きの場面をありありと霊視して、その一部始終を棚橋に伝えたそうですね。でもその場面がいつの出来事なのか、具体的な日時までは告げなかったのではないか。時期をはっきり特定しないのは、占いや予言の常套(じょうとう)手段ですが、棚橋の行動にはその曖昧さを逆手に取ろうとしたふしがあります」

「どういう意味だ、逆手に取るというのは？」

「望まない未来を回避するには、彼女の予言を無効化しなければならない。必ず的中する予言を無効化する唯一の手段は、予言された内容を先回りして見かけだけ実現してしまうことです。稲生柳子から告げられた場面をあらかじめ演じてしまえば、そこから先の未来に予言の効力は及ばない。すなわち――」

綸太郎はそこで言葉を切って、父親に目配せした。警視はまばたきをくり返しながら、ごくりと唾を呑んで、

「稲生柳子は棚橋が罪を悔いて、警察に自首する未来を霊視した。その予言を無効化するために、彼はわざと嘘の自首をしたということか！」

「だと思います」

綸太郎の答えを聞いて、警視は無意識のようにタバコに手を伸ばした。ひとしきりニコチンを摂取して自分を落ち着かせると、おもむろに背筋を伸ばして、

「おまえの見立て通りなら、佐由美を殺したのも棚橋だったことになるが」

「それが順当な結論でしょう。四十九日法要の直前に未来を占ってもらったのは、佐由美への復讐が成功するかどうか、確かめるためだったとしか考えられない。ところが、霊視の結果は棚橋の意に染まないものだった……。お父さんの目には、稲生柳子が彼の身の上を案じているように映ったんですよね。亡き妻の復讐を決意した男を目の当たりにして、彼女は無益な犯行を思いとどまらせようとしたのではないでしょうか」

「なるほど」

警視はタバコの吸い口を嚙みしだきながら、物憂げな表情で、

「たしかに名の知れた占い師なら、自分を頼ってきた人間をみすみす人殺しにしようとは思うまい。未来の霊視と称して、棚橋の頭の中に自首する場面を刷り込み、それが犯行の歯止めになることを期待したわけか」

「にもかかわらず、亡き妻の復讐を果たすという棚橋の決意は微塵も揺るがなかった。予言を聞いて落胆の色を隠せなかったのは、佐由美殺しを悔やんで自首するという結末に耐えられなかったからでしょう。単に警察に捕まりたくなかっただけかもしれませんが——犯行後のふてぶてしい態度から想像するに、棚橋は潔く罪を認めて刑に服することは望んでいなかった。だからこそ、佐由美殺しを自首するという予言をあらかじめ無効化して、稲生柳子にかけられた霊的呪縛から自由になろうとしたんです」

綸太郎の説明が一段落すると、警視は根元まで吸いきったタバコを線香みたいに灰皿に突き立てて、

「大筋のところは、おまえの見立てが当たっている気がするよ。だとしても、まだいくつかわからないことがある。棚橋が四谷署の刑事に供述した嘘の犯行内容だが、あれはどれぐらい稲生柳子の予言に基づいていたと思う？　いや、こんなことを聞くのは、例のガラスの文鎮の役割がどうしても腑に落ちないからでね。ひょっとしたら彼女は、実際に凶器として用いられる品を事前に言い当てていたんじゃなかろうか」

まだ心残りがあるのか、妙に歯切れの悪い口調で言う。綸太郎はかぶりを振って、

「それはどうでしょう。ぼくの想像ですが、彼女はお父さんを煙に巻こうとして『忘れ形見』云々と告げたんですよね。それは一種の決まり文句で、棚橋に霊視場面の一

部始終を伝える際にも、凶器は『妻の形見の品』だと言ったのでは？　もっともらしい御託というやつですが、それを聞いた棚橋は無意識に伴恵さんからプレゼントされたガラスの文鎮と解釈した。後から予言された内容を思い返し、足りない部分を埋めていくうちに、最初から霊視で特定されたように錯覚して、ますます盲信を深めてしまったのではないかと思うんですが」

「そうか。そういう可能性もあるかもな」

警視は額の生え際をなでながら、どことなく残念そうな顔をして、

「そうすると四谷署の刑事に話したことも、稲生柳子の曖昧なほのめかしを棚橋が自分流に解釈して、後から肉付けしたまやかしの再現ドラマにすぎなかったわけか。予言された未来が気に食わなかったとしても、妙なことをしでかしてくれたよ。実際の犯行でガラスの文鎮を別の品に替えたのは、本物との食いちがいを強調して、容疑をそらすための小細工だったことになるが、それにしてもな。わざわざ警察に目をつけられるようなことをして、その先どうするつもりだったんだろうか」

「具体的な目算があったとは思えないんですけどね。予言された未来をリセットした時点で、棚橋は運命の束縛から自由になった。妙な言い方になりますが、一種の無敵状態になったように感じていたかもしれません」

「無敵状態か」

警視は語のニュアンスを吟味するみたいに片目を細めて、

「たしかに佐由美が殺されてから、棚橋の態度やふるまいに臆したところはなかったな。アリバイもないくせにやけに堂々としているから、捜査本部でも犯人らしくないという意見が優勢だった。成り行きまかせで復讐は果たせるし、場当たり的な犯行でも警察に捕まりはしない、という根拠のない自信があったんだろう」

綸太郎は腕をなでながら、ちょっとだけ肩をそびやかして、

「きっとそうですよ。ちなみにぼくの名誉のために付け加えておくと、お父さんに一蹴されたさっきの仮説、あれはたしかにスキだらけの暴論でしたが、一から十まで的はずれな妄想を並べたつもりではないんです。成り行きまかせとはいえ、棚橋は多かれ少なかれ、佐由美の行動を見越していたはずですから——嘘の自首をすれば、佐由美の側から何らかのリアクションがあるだろう。復讐を果たす機会は、いずれ被害者自身がお膳立てしてくれるにちがいない。無敵状態になった棚橋は、そんなふうに考えていたと思います」

「棚橋の方は成り行きまかせでいいとしても、佐由美の自作自演説は無理がある。だとしたら、どういう経緯で〈ギャラリー藍〉が復讐の場に選ばれたんだ？」

「さっきも言いましたが、彼女が手紙を送った可能性はかなり高いと思います。ただしギャラリーを密会の場に選んだ理由は、棚橋を狂言殺人の犯人に仕立てるためでは

なく、昔の男と本気でよりを戻そうとしていたからではないでしょうか」

「よりを戻すだって？　だが、相手は最愛の妻を亡くしたばかりだぞ」

いぶかしそうに警視が口をはさむ。綸太郎は如才ない口ぶりで、

「そんな時だからこそ、ぽっかり空いた心の穴に付け入るスキがある。仮に思い通りにならなくても、嘘の自首をした棚橋をいたぶる材料には事欠かない。お父さんの話だと、藍川佐由美はそういう身勝手な考え方をしがちな、執念深い女だったのでは？」

息子にお株を奪われ、警視は口惜しそうに鼻を鳴らした。

「知ったふうな口を利きやがって。いや、それは認めてやってもいいが、なら防犯カメラのデジタルレコーダーはどうなる？　自作自演の狂言でなければ、佐由美がレコーダーを隠そうとする理由はないだろう」

「佐由美にはね。ですが、彼女は伴恵さんと親しくなって、ギャラリー経営に関する相談事を持ちかけたりしていた。その際、持ちビルの防犯システムが話題に上ることもあったでしょう。棚橋本人もデザイナーとしてギャラリーに出入りしていたわけですから、レコーダーの置き場所と収納ボックスの鍵のありかも目にしていたはず。証拠を隠すためにそれを持ち出すのは、当然の行動ではないですか」

「当然の行動か。言われてみればそうだな」

警視は左手で目びさしを作り、しばらく無言で考えにふけった。時おり右手の指で宙をなぞっていたが、方針が定まったように手を下ろすと、綸太郎に注意を戻した。

「ここはひとつ、おまえの見立てを信じて、任意で棚橋に揺さぶりをかけてみるか」

「自白へ導く成算がありますか？」

「まあな。まだ決め手には欠けるが、こっちが佐由美の自作自演を疑っているようにふるまえば、向こうもスキを見せるだろう。ここぞという時に、稲生柳子が予言した不都合な未来を突きつけてやったら、案外あっさりと口を割るんじゃないか」

綸太郎が同意のしぐさをすると、警視はふいに表情をこわばらせて、

「参ったな。肝心なことを忘れていた」

「え？　ぼくの推理に何か見落としでも？」

「そうじゃない。おまえの推理通りなら、予言の内容はわかるはずだというお告げも一周回って正しかったことになる。稲生柳子の言った通りになったじゃないか」

「やっぱり寝覚めが悪くなりますか？」

警視はよそよそしい目つきをしながら、かすれたため息をついて、

「事件が片づくなら、それぐらいのことは目をつぶってもいいが……」

「そんなふうに言われると、ますます稲生柳子への興味が募りますね。できればぼくも一度、彼女の声を聞いてみたいですし。そうだ、棚橋に揺さぶりをかける前に、百

草園まで一緒に足を運んで、ぼくの推理の答え合わせをしておきませんか？」

悪くない考えだと思ったが、法月警視は苦りきった顔で、

「やめておけ。おまえが会ってもろくなことはない」

急に老け込んだ声に綸太郎はたじろいだ。気まずい沈黙をはさんで、自分に言い聞かせるような父親のつぶやきが聞こえた。

「——俺も二度と会わないつもりだ」

THE NEWS OF NORIZUKI RINTARO

BY
NORIZUKI RINTARO

カーテンコール

セイレーンがどんな唄（うた）を歌ったか、また、アキレスが女たちのなかに姿を隠したとき
どんな偽名を使ったかは、たしかに難問だが、まったく推測できぬというわけでもない。

――サー・トーマス・ブラウン

1 〈六号室〉

この章では登場人物が紹介され『ヘラクレスの冒険』に疑義が呈される

「さあ、のりりん」

ロザムンド山崎はテーブルの向こうから、広げたメニューを賞状みたいに差し出した。見た目は貫禄たっぷりのソプラノ歌手だが、声は雷鳴のようなバリトンである。

「何でも好きなものを注文して。今日はあたしたちの奢りだから」

綸太郎はあごを引き、隣りの細川畝明に目をやった。ロザムンドは一・五人分のスペースを取るので、四人席だとレギュラー体型の二人が横並びになる。

「奢りだなんて、妙なことを企んでないでしょうね」

「そんなに構えなくても大丈夫ですよ、法月さん」

細川が微苦笑まじりに応じた。それほど親しい相手ではないけれど、ロザムンドよりよっぽど信用が置ける。綸太郎はメニューを受け取って、めぼしい品を選んだ。

「たったそれっぽっちなの？　畝明は？」

「俺もこれとこれでいいや。昼が遅かったから」

ロザムンドはアイラインで強調した目をぱちぱちさせて、

「何てつまらない人たち! 人間は一日に三度しか食事できないのよ。今日という日を締めくくる晩餐の席で大いに食べ、大いに飲んで舌と胃袋を喜ばせなければ、いったい何のための人生なの? 見てなさい、あたしの辞書に『飽食』という文字はないわ」

そう宣言すると店のウエイターを呼び、メニュー片手にアドリブの長い独白を始めた。論太郎は増える皿数に恐れをなし、七合目ぐらいで勘弁してもらう。

「――ちょっと頼みすぎかしら。だけど許してね、これも役作りの一環だから」

「いや、全然ちがうと思う」

と細川がクールに指摘した。

新宿某所、雑居ビルが軒をつらねる路地の細い階段を下りると、レトロな書体の金箔文字で〈六号室〉と表示されたドアがある。舞台関係の常連でにぎわう穴蔵みたいなパブで、至るところに芝居のポスターや新旧のステージ写真が貼ってあった。年季の入った什器類もどこか切り出しの大道具めいている。

畑ちがいの論太郎がここにいるのは、ロザムンドに呼ばれたからだ。

本名は山崎鉄男、巷ではエキセントリックな女装タレントとして名を馳せている。

ホームグラウンドは舞台で、ミニシアター系の人気劇団「アルゴNO．2」――アルゴノーツと読ませる――の看板女優（？）を務めながら、TVドラマやバラエティ番組に進出。見た目のインパクトと毒舌が受けて、あっという間に売れっ子になった。一時は好感度ランキングにも名をつらねていたが、視聴者より先に本人が飽きてしまったらしい。最近は本業の舞台にかかりきりで、地上波ではとんと見かけなくなっていた。

そのロザムンドと知り合って、かれこれ十年になる。きっかけは「アルゴNO．2」出身のライターが人騒がせな原稿を残して怪死した「六人の女王」事件。細川畝明も同じ劇団の旗揚げメンバーで、劇団の内部事情を知るため、この店で話を聞いたのが彼らとの初顔合わせだった。

それ以来、綸太郎はロザムンドのお気に入りリストに登録されてしまったらしい。

「だって、名探偵の知り合いがいれば、何かと心強いじゃない」

というのが当人の弁。ことあるごとに、ミステリー劇の演技プランについて助言を求められたり、女性版ネロ・ウルフが活躍する安楽椅子（あんらくいす）探偵物の脚本を書いてちょうだい、とせがまれたりしている。女優気質といったら語弊があるかもしれないが、押しが強いうえに気まぐれなところがあって、今日みたいに理由も告げず、一方的に呼びつけるのもざらだった。あまり苦にならないのは、ロザムンドの人徳のなせるわざである。

それに比べると、細川との親交はずっと浅い。会うのも久しぶりだった。銀縁メガネの似合う実直そうな顔だちで、ロザムンドのような派手さには欠けるが、中間管理職の悲哀を演じさせたら人後に落ちない。憎まれ役や小心な三枚目役にも定評があり、実力派のバイプレーヤーとして幅広い活躍をしている。「六人の女王」事件でも解決につながるヒントをくれた、陰（かげ）の功労者だった。

この顔ぶれで、今日は何の相談だろう？　細川が一緒のせいか、ロザムンドはもったいぶってなかなか本題に入ろうとしない。二人の様子を見る限り、「アルゴNO. 2」に新たなトラブルが持ち上がったわけではなさそうだが。

「食い意地よりお願いが先だろうに。法月さんだって落ち着けないよ」

フライドポテトのチーズソースがけをほおばるロザムンドを、細川がせっついた。アウェーの綸太郎に気を回したような面持ちで、

「すみませんね、いつもこの調子で迷惑をかけてるんじゃないですか」

「だからって、あんたに言われたかないわよ」

とロザムンドがやり返す。綸太郎に向き直ると、あらたまった口ぶりで、

「実はね、今日来てもらったのはほかでもないの。まだ情報解禁前なんだけど、こんど舞台でアガサ・クリスティーの作品を上演することになって」

『アルゴNO．2』で？」

「だといいんだけど、うちはメンバーのソロ活動が忙しくなって、今年いっぱい公演はお預けなのよ。今度のやつは某キー局と〈ポルカ劇場〉の共催公演で、プロデューサーからあたしと畝明に出演依頼があったわけ」

あうんの呼吸の見本みたいに、細川がうなずく。〈ポルカ劇場〉は渋谷の複合商業施設内にある中規模ホールで、最近リニューアルしたばかりだった。

「クリスティーの何をやるんですか」

「何だと思う？」

綸太郎は少し考えた。何であれ、ロザムンドはミス・マープルの柄ではない。

「鉄板で『そして誰もいなくなった』か、『検察側の証人』とか？」

「残念でした。正解はポアロ・シリーズの『象は忘れない』なんだけど」

「へえ、それはまたずいぶん渋いところを」

渋いというか、意外なチョイスである。

『象は忘れない』は一九七二年、クリスティーが八十二歳で発表した最晩年の長編だ。執筆順でいうと最後のエルキュール・ポアロ作品に当たるが、有名タイトルが目白押しのポアロ・シリーズの中では、かなりマイナーな部類に入るのではないか。

「すると、ロザムンドさんがポアロを演じるんですか？」

「まさか。あたしはアリアドニ・オリヴァ夫人をやるのよ」

「なるほど、その手があったか」

倫太郎は膝をたたいた。「売れっ子探偵作家」のオリヴァ夫人は、ポアロ・シリーズ後期の準レギュラーで、クリスティー自身がモデルと言われている。六つの長編でポアロのパートナーを務め、デヴィッド・スーシェのTVシリーズ「名探偵ポワロ」ではゾーイ・ワナメイカーが夫人役を演じた。

性格は陽気でおしゃべり好き、がっちりした体格の大女で、実験的なヘアスタイルの研究に余念がない。好奇心旺盛で思い込みが激しく、事件の匂いを嗅ぎつけると色めきたって、長年の友人である名探偵ポアロに助けを求める。とりとめのない饒舌と突飛な思いつきはポアロにとって悩みの種だが、彼女の観察力と直感を侮ることはできない。

何から何までロザムンドにぴったりの役だ、と倫太郎は思った。

「じゃあ、主役のポアロは細川さんが？」

水を向けると、細川は首を横に振って、

「私はポアロの助手のジョージ役です。主演は香坂延浩さんで――」

香坂延浩は東大文学部出身のインテリ俳優だ。以前はシリアスな役が多かったが、ここ数年は人気漫画の実写版で癖のあるキャラクターに次々と挑戦、原作再現に徹したエクストリーム演技が注目の的になっている。知的スノッブを絵に描いたようなポアロ役にはうってつけだし、ロザムンドとの共演も絶好のコラボになりそうだが、

「もう！　それ言っちゃダメじゃない。まだ情報解禁前なのに」

いきなりロザムンドが目を三角にした。綸太郎はうろたえ気味に、

「ひょっとして、聞いたらいけないやつでしたか」

「いけないってわけじゃないけど……」

「いけないどころか、法月さんには知る権利があるよ」

口を濁す（にご）ロザムンドに、細川が仰々しく異を唱えて、

「でなきゃ今日来てもらった意味がない。いやしくも人にものを頼む以上、手の内は明かさないと。そうじゃないですか、法月さん？」

そうじゃないかと言われても困る。そもそも何の頼みかわからないので、綸太郎も答えようがない。おろおろしていると、ロザムンドがあっけらかんとした顔で、

「あら、そんな大げさな頼みじゃないの。『象は忘れない』の公演パンフレットに、のりりんの寄稿をお願いしたいと思って」

「パンフレットに寄稿？」

「そう。短い文章でいいからミステリー作家の肩書きで、原作の紹介とか劇の見どころとか、応援エッセイみたいなものを書いてほしいのよ。プロデューサーと話した

時、つい名探偵の知り合いがいるって洩らしたら、ぜひ法月さんにご協力をとせがまれて」

「自分が調子に乗って吹かしたんですよ、あたしの頼みなら絶対ＯＫするって」

内情を暴露する細川を、ロザムンドはきっとにらみつけてから、

「ここはあたしの顔を立てると思って、一肌脱いでちょうだいよ。もちろん、タダでとは申しません。些少だけどちゃんと原稿料は出るし、初日のチケットだってＶＩＰ席を用意する。のりりんにその気があれば台本と、ついでにリハーサルのチェックもお願いできないかしら。推理監修という名目でギャラを上乗せできるから――」

ぐいぐい押してくるロザムンドの勢いに、綸太郎はたじたじとなりながら、

「すぐ返事しないとダメですか。面白そうだけど、ぼくはお芝居については完全に素人ですからね。トンチンカンなことを書いて、逆に足を引っぱったりしないかと」

「そんなに構えなくても大丈夫ですよ、法月さん」

と細川が加勢する。綸太郎は頭を掻いて、

「弱ったな。『象は忘れない』はずっと前に一度読んだきりで、印象が薄いんですよ。たしか、過去の事件をポアロが再捜査するやつですよね。さすがのクリスティーも年齢による衰えは隠せず、認知症の徴候とまでは言いませんが、筆運びもくり返しや脱線が多くて、あんまり出来がよくなかったんじゃないかなあ」

「あら、そんなに馬鹿にしたもんでもないわよ」

ロザムンドが真顔で言った。

「たしかに前半はね。年寄りの繰り言みたいな話が延々と続いて、事件が何年前に起こったのかもあやふやだし、あっちとこっちで記憶が食いちがったりして、何がなんだかよくわからない。あたしもね、作者がぼけてるんじゃないかって本気で心配になったわよ。だけど中盤あたりからだんだんピントが合ってきて、後半はもう手加減なし、キレッキレの書きっぷりなのよね。だから出だしの冗長でちぐはぐなやりとりも、対比効果を狙ってわざとそんなふうにやってるんじゃないかと思った」

「へえ。だったらぼくも、読み直した方がいいかな」

認識を新たにしていると、細川も側面支援するように、

「演出のコンセプトもその線で行くみたいですね。前半は老人たちの嚙み合わない会話をコミカルに誇張して観客の笑いを誘いながら、徐々に事件の解像度を上げていって、最後は劇的な真相を一気にたたみかける……。だから過去の事件の謎解きも、シンプルな方が映えるんです。まだ台本は最後まで仕上がってないようですが、私が聞いただけでもかなり大胆な脚色が施されてますよ」

「というと？　登場人物を日本人にするとか」

「いやいや、そこらへんは原作通りですけどね。ほら、法月さんもだいぶ興味が湧い

てきたでしょう。脚本家の名前が気になるんじゃないですか？」

　綸太郎は思わず首を縦に振ってしまった。

　細川とロザムンドが目を合わせてにやりとする。どうやら二人の連係プレーに乗せられて、向こうの思うツボにはまりつつあるようだ。

「どうしてもっていうなら教えてあげるけど、まだ情報解禁前なのよね。相当なビッグネームだから、おいそれと名前を漏らすわけにはいかないし、名前を明かしたうえで協力を拒まれたとなると、あたしたちの立場もまずくなる。教えてあげる交換条件として、パンフレットのエッセイその他もろもろは引き受けてもらうけど、覚悟はいいわね」

　凄みを利かせるロザムンドに、綸太郎は降参のポーズをして、

「推理監修でも何でもやりましょう。誰の脚本ですか？」

「新堀右史」

「うわ！　最初からそう言ってくれたら、すぐ引き受けたのに」

　新堀右史は当代きっての人気脚本家である。学生時代にミニシアター系の劇団「靴みがき少年団」を結成、座付き作者兼役者として演劇活動を開始した。役者の芽は出なかったけれど、放送作家のバイトをしながら脚本と演出の腕をみがき、トム・スト

ッパードの戯曲を翻案した推理コメディ『ほんとうの判藤警部』で注目を浴びる。舞台のキャラクターを移植したTVドラマ『警部補・判藤幾三郎』がヒットして名声を確立してからも、着実なペースでウェルメイドな作品を発表し続けていた。

ミュージカルから時代劇まで幅広いジャンルを手がけているが、とりわけコメディと謎解きのセンスが抜群で、練り込んだシチュエーションと伏線の処理にかけてはミステリー作家も裸足で逃げ出すほどのテクニシャンだ。その新堀右史がクリスティー作品に挑戦するというのだから、綸太郎ならずとも、期待が高まるのは当然である。

「ということは、オリヴァ夫人役のオファーも新堀さんが？」

「もちろん。畝明はとうに新堀組の常連みたいなものだけど、あたしは本格的に舞台で組むのは初めてだから。今から胸の高鳴りが止まらないのよ」

十七の乙女のようなことを言う。色物扱いされがちなロザムンドにオリヴァ夫人役を任せるなんて、ミステリー通の新堀でなければ思いつかないだろう。

「ロザムンドの起用だけでなく、香坂さんのポアロも一筋縄では行かないですよ。なにしろずっと車椅子に乗ってるんだから」

「車椅子というと、レイモンド・バーみたいな？」

頭に浮かんだことをそのまま口に出すと、細川は笑って、

「『鬼警部アイアンサイド』ですか。法月さんも古いな。今ならリンカーン・ライム

でしょう。でも、ああいう肢体が不自由な探偵ではなくて、ポアロの年齢を強調するためですよ。老人たちのおしゃべりが中心だから」

「ああ、『カーテン』のポアロを意識しているわけだ」

「ご名答」

黒ビールのジョッキ片手に、細川がうなずいて、

「そもそも新堀さんは『カーテン』をやりたかったそうなんです。だけど『ポアロ最後の事件』ですからね、いろいろとハードルが高くて、企画は先送りになった。今度のやつもその前哨戦みたいな意味あいがあるのかもしれません」

「むしろ舞台の上では、車椅子の方がアクセントになるわね。会話中心だと、どうしても動きが少なくなっちゃうから」

「それもそうだ。で、ポアロが車椅子だから、原作よりジョージの出番が多くなるわけです。私の役回りは香坂さんとロザムンドの緩衝材みたいなもんですけど、安楽椅子探偵の手足となってせわしなく立ち回るおいしいポジションでもある。それというのも、新堀さんは前から『ヘラクレスの冒険』がお気に入りで」

急に話の流れが変わったので、綸太郎はとまどいがちに、

「でも、『ヘラクレス』は安楽椅子探偵じゃないですよ。それを言うなら、ミス・マープルの『火曜クラブ』ではないですか？」

『ヘラクレスの冒険』は引退を決意したポアロが、ギリシャ神話の英雄ヘラクレスの「十二の難業」に匹敵する一ダースの難事件に立ち向かう、という連作短編集だ。この趣向は、ファースト・ネームのエルキュール（ヘラクレスのフランス語読み）にちなんだものである。しかし、冒頭でポアロは「筋肉バカ」のヘラクレスをこき下ろしながら、事件を解決するため自らの足であちこち飛び回っている。ゴシップ好きで、編み物をしながら座ったまま謎を解くミス・マープルとは、まるで運動量がちがうのだが……。

「いや、そういう意味ではなくて」

少し酔いが回ってきたのか、細川は赤い顔で手をひらひらさせながら、

「ワトソン役のヘイスティングズ大尉が出てこなくて、その穴を助手のジョージが埋める話がいくつかあるでしょう。二話目の『レルネーのヒドラ』とか」

「田舎町(いなかまち)に広がる噂(うわさ)を九本の首を持つ怪物に見立てたやつですか」

「そう、よく覚えてますね。新堀さんいわく、『ヘラクレスの冒険』でジョージが果たす役割は、ヘラクレスの甥(おい)をなぞったようなところがあると」

「ヘラクレスの甥って、名前はイオラオスだっけ？」

とロザムンドが言った。

ギリシャ神話によれば、イオラオスはヘラクレスの双子の弟イピクレスの息子で、

「十二の難業」を命じられたヘラクレスに同行し、敵地へ向かう二輪馬車（戦車）の馭者(ぎょしゃ)、および従者を務めたという。よく知られているのは、第二の難業「レルネーの沼のヒドラ退治」での活躍だろう。

九本の首を持つ毒蛇ヒドラとの戦いで、ヘラクレスは何度もその首を切り落としたが、切るたびに新しい首が生(は)えてくる。苦戦したヘラクレスは、甥のイオラオスに切断面を松明(たいまつ)の炎で焼くよう命じ、首の再生を封じてようやくヒドラを倒した。

アルゴ探検隊をもじった「アルゴNO．２」のメンバーだけに、二人ともギリシャ神話のエピソードには詳しい。細川はすらすらと由来を語ってから、

「――ポアロの乗った車椅子を、敵地へ向かう二輪戦車に見立てるわけです。記憶の怪しい老人たちのちぐはぐな証言は、切っても切ってもきりがないヒドラの首だ。そうすると助手を務めるジョージは、現代のヘラクレスを自負するポアロの甥にふさわしい。今度の舞台でも、新堀さんはその設定で行きたいと」

「ポアロの甥？　それはちょっと無理があるんじゃないかな」

綸太郎がつぶやくと、細川はけげんそうな顔をして、

「いや、私は悪くないと思いますけど、何か問題が？」

「問題というか、ミス・マープルの甥のレイモンドと混同してませんか」

「新堀さんに限って、そんなポカはないと思いますけどね。たしかクリスティーの原

作にも、ポアロの甥に関する記述があって——」

「それは『アクロイド殺し』のことでは？　あれはポアロの作り話で、甥は実在しないというのが定説だったように記憶してますが」

大人げないと思いながら、綸太郎はつい口をすべらせた。自分の役にケチをつけられたと受け取ったのか、細川はちょっとムキになって、

「でも、それを否定する証拠もないはずですよ。現にポアロにはアシルっていう双子の兄弟がいるんだから、甥がいたっておかしくない！」

綸太郎は一瞬、返答に詰まった。

すぐに反論できるのだが、その前に頭を冷やさないと喧嘩になる。どう切り出そうか迷っていると、絶妙のタイミングでロザムンドが話に割り込んだ。

「ポアロに双子の兄弟がいるの？　それ初めて聞いたわ」

「『ヘラクレスの冒険』にそう書いてあるんだよ。シャーロック・ホームズにマイクロフトという兄がいるように、エルキュールにも英雄の名を持つ兄弟がいると」

「英雄の？　ああ、アシルってアキレスのフランス語読みね」

ロザムンドは大きな身ぶりでポンと手を打って、

「それで思い出したわ。小林秀雄の文芸時評に『アシルと亀の子』っていうのがあるじゃない。あたし、昔あれを読んだ時、アシルっていうのはアヒルの江戸っ子訛りだ

と勘ちがいしてた。あの人って、たしか神田の生まれでしょう？」

「ロザムンドさんが小林秀雄？　見かけによりませんね」

綸太郎はさりげなく会話に交ざった。ロザムンドは肩をすくめて、

「あら、失礼ね。今でこそこんなふうだけど、若かりし頃はいっぱしの文学青年だったのよ。『女は俺の成熟する場所だった』なんて、あたしが言うと全然ちがう意味になっちゃうけど……。そういえば、アキレスも見かけによらず女装趣味があったわね」

「そうなんですか」

綸太郎が目を丸くすると、今度は細川が首を横に振って、

「いや、あれは女装趣味とは言わないから」

「あれというのは？」

「半神半人のアキレスは、トロイア戦争に出征したら命を落とすと予言されてましてね。アキレスの母親はそうならないよう、息子を女と偽ってスキュロス島に隠したんです。結局オデュッセウスに女装を見破られて、戦場に駆り出されてしまうんですが」

話題がそれたので、落ち着きを取り戻したのだろう。細川はリセットしたような話しぶりで応じた。ロザムンドも負けじとばかりに、

「アキレスといえば、アガメムノンの策略で偽の縁談をでっち上げられたこともあったわね。『アウリスのイピゲネイア』。あたしは母親のクリタイムネストラの役をやったことがあるから、よく覚えてるんだけど――って、何の話だったっけ？」

「アシル・ポアロ、エルキュールの双子の兄弟の話だよ」

「それなんですけど、細川さん。クリスティーの『ビッグ4』は読んでます？」

控え目にたずねると、細川は少し考えるしぐさをはさんでから、

「スリラーっぽいやつですか。原作は読んでないですね。デヴィッド・スーシェのドラマは見ましたが――最終シリーズで、『ヘラクレスの難業』と一緒にやっていた」

「それなら仕方がない。いや、デヴィッド・スーシェ版の『ビッグ4』はだいぶ原作から変更があって、いちばん肝心なところが省略されているんです」

「いちばん肝心なところというと？」

「それはネタばらしになるので言えないんです。クリスティーもまだ若書きで、手放しでは褒められない本ですけど、ポアロ・ファンには見逃せないところがあって」

「それは要するに、読んでおいた方がいいということですか」

細川が真剣な顔つきで聞いてくる。綸太郎はうなずくというより頭を下げる格好で、

「ええ。念のため、新堀さんにもそう伝えてもらえれば――」

「のりりんったら、さっそく推理監修の小手調べってとこね。面白そうだから、あたしも目を通しておこうかしら」

気の早いロザムンドは、オリヴァ夫人さながらの旺盛な好奇心を発揮した。

2 「なりすました男」

この章では〝上の姉さん〟の思い出が語られ
『ビッグ4』の結末が明かされる

〈六号室〉の集まりから帰宅した綸太郎は、気が変わらないうちに書庫の本の山をひっくり返して『象は忘れない』を掘り出した。クリスティーの小説は大方そろっているけれど、本によって頻繁に手に取るものとそうでないものがある。『象は忘れない』は明らかに後者だった。これを読んだのは何年前だろう——十年？　二十年？いや、もっと前か。ざっと拾い読みするだけのつもりだったが、目次と登場人物表をながめ、最初の方をパラパラめくっても、まったく記憶に引っかかるところがない。昔は、いちど読んだ本の内容は絶対に忘れないのが自慢だったのに。

「この体たらくじゃ、クリスティー老いたりなんて口が裂けても言えないな」

自戒のつぶやきを洩らすと、綸太郎はデスクの上を片づけて「文学者昼食会」と題された最初の章から、飛ばさずに『象は忘れない』を読み始めた。

探偵作家のオリヴァ夫人は文学者の集まる昼食会で、愛読者と称する図々(ずうずう)しい未亡人につかまってしまう。未亡人の息子デズモンドは、オリヴァ夫人が名づけ親になったシリヤという娘と結婚しようとしているが、シリヤの両親――レイヴンズクロフト将軍と妻のマーガレット――は十数年前、銃による心中事件を起こして二人とも死んだという。

シリヤの父親が母親を撃った後に自殺したのか？　それとも逆に妻が夫を射殺し、それから自分を撃ったのか？　「デズモンドが結婚を決める前に、事件の真相を知ることが重要なのです」と未亡人はくり返し、名づけ親として直接シリヤに聞いてくれないか、とオリヴァ夫人に懇願(こんがん)する。

旧友のオリヴァ夫人から相談を受けたポアロは、彼女と手分けして「象のように」記憶力のいい人々を訪ね、心中事件の真相を探ろうとする。だが、当のシリヤは両親が死んだ時、外国にいて事件のことは何も知らない。さらに警察の捜査でも、二人が被弾した順序は不明、レイヴンズクロフト夫妻が心中に至った動機も明らかになっていなかった。

ポアロとオリヴァ夫人の「象探し」から、当時、将軍夫妻にはそれぞれ浮気相手がいるという噂があったこと、また心中事件の三週間前に、夫妻と同居していたマーガレットの姉ドロシアが崖から転落死していたことがわかる。ドロシアは心の病を患っており、将軍夫妻はその境遇に深く心を痛めていたらしい……。

ストーリーの記憶はあやふやだったが、読んでいる途中、何度もデジャヴめいた感覚をおぼえた。前回読んだ時の記憶が部分的によみがえったのか？　それともクリスティーのほかの小説の場面とごっちゃになっているのか？　自分でも判然としないまま、最後のページにたどり着いた時は、翌日の朝になっていた。

『象は忘れない』は「回想の殺人」(Murder in Retrospect)を扱った長編だ。後期のクリスティーが得意とし、三十年以上にわたってくり返し挑んだテーマである。

「過去の罪は長い影をひく」と題された章では、旧知のスペンス元警視らとポアロが過去の事件について語り合う。同じテーマを扱った『五匹の子豚』『マギンティ夫人は死んだ』『ハロウィーン・パーティ』への言及があり、中でも『五匹の子豚』事件の調査について、ポアロは何度も記憶を反芻する。「回想の殺人」テーマの集大成をもくろんで、クリスティー自身がその図式をなぞっているかのように。

ロザムンドに言われたからかもしれないが、再読して作品の印象が一変したことに綸太郎は驚いた。若い頃に読んだ時は、見え見えのトリックをだらだらした思い出話で水増ししただけの退屈な作品という感想しか持たなかったように思う。ところが、いま読んで胸に響くのは心中事件の真相より、むしろ「退屈な思い出話」の方なのである。事件にまつわる記憶を思い思いに語る「象たち」が主役だといってもいいかもしれない。

そうした「象たち」――オリヴァ夫人の古い友だちや乳母、家庭教師ら――の回想場面には、クリスティーの自伝的な要素がずいぶん反映されているようだ。「アリスおばさんの手引き」や「ふたたび子供部屋に」といった章題がそれを示唆しているし、シリヤ（シーリア）というヒロインの名前にもプライベートな響きがつきまとう。

作中に「たしかシェイクスピアからとったお名前でしたわ。ロザリンドでしたかしら、シリヤでしたかしら」という台詞があるように、シリヤという名前は『お気に召すまま』のダブルヒロイン（前公爵の娘ロザリンドと公爵の娘シーリア）の片方に由来する。クリスティー本人も『お気に召すまま』にちなんで、自分の娘をロザリンドと名づけているほどだから、もう一方の名前にこめられた意図は明らかだろう。

もうひとつ気になるのは、事件の鍵を握るマーガレットの姉ドロシア（ドリー）の存在だった。ドリーの不気味さは、クリスティーがまだ幼かった頃、姉のマーガレット（マッジ）と興じた〝上の姉さん〟という遊びに通じるものがある。

一九七七年に発表された『アガサ・クリスティー自伝』によれば、姉はわたしにおもしろくて、同時におそろしい遊びをしてくれた。それは〝上の姉さん〟というのだった。わたしたちの家族に年上の姉がいるというのである――姉やわたしより年上の姉だという。この姉は頭が狂っていて、コービン岬の洞穴の中に住んでいたが、たまにはわたしたちの家へもやってきた。彼女は姉と姿形が見分けがつかないくらいだったが、その声だけはまるでちがっていた。ぞっとするような、低い、ぬらぬらした声だった。

「あんた、わたしのこと知ってるわね、ね？　わたしはあんたの姉さんのマッジよ。わたしのこと、あんた、他の誰かとでも思ってるんじゃない、え？　まさかそんなこと思ってるんじゃないわね？」

わたしはいつもいいようのない恐怖をおぼえたものだった。もちろん、それは姉のマッジがみせかけをやっているのにすぎないことがわかっていた……けれど、みせかけだろうか？　ひょっとしたら、本当なのかも？　あの声……何か企みのありそうな斜めに見る目つき。それは上の姉だった！

その日も午後になって、ようやくベッドから起き出した時も、綸太郎の頭の中は

〝上の姉さん〟ごっことクリスティーの小説で占められていた。

新堀右史はもともと「ポアロ最後の事件」の舞台化を考えていたらしい。細川畝明の話を思い出して、ついでに『カーテン』も読み直してみることにした。こちらは折にふれて何度も目を通しているけれど、『象は忘れない』と続けて読むのは初めてだ。

ポアロの招きで、思い出深いスタイルズ荘を訪れたヘイスティングズは、久しぶりに再会した旧友の年老いた姿にショックを受ける。関節炎の具合が悪く、車椅子から離れられない状態で、いつ心臓が止まってもおかしくない。だがポアロの「灰色の脳細胞」は健在で、けっして自らの手を汚さない卑劣な殺人鬼Xが、このスタイルズ荘で新たな殺人を起こすと予言する。ヘイスティングズはポアロの目となり手足となって、次なる犠牲者とXの正体を突き止めようとするが……。

ポアロ・シリーズ最終作『カーテン』は作者が亡くなる前年の一九七五年に発表されたが、実際に執筆されたのは第二次世界大戦の最中（さなか）、ドイツ軍の空襲に見舞われるロンドンで書き始められたという。一家の大黒柱だったクリスティーは、自分の身に万一のことがあった場合に備え、家族のために原稿のストックを残しておこうと考えたのである。

『カーテン』の原稿が完成したのは、一九四三年頃とされている。実際の執筆順でいうと、その年の初めに発表されたポアロ・シリーズの長編『五匹の子豚』の後ぐらいになるだろう。『カーテン』の印税は娘のロザリンドに、同時期に完成したミス・マープル・シリーズ最終作『スリーピング・マーダー』の印税は、二番目の夫マローワンに遺贈されるよう手配し、原稿は死後出版の契約で銀行の金庫に保管された。

当時、エルキュール・ポアロに嫌気がさしていたクリスティーは『カーテン』の出版を早め、彼を「抹殺」しようとしたらしい。しかし、ポアロのもたらす収入は無視できず、出版社の説得もあって、その計画は取りやめる。当初の予定を変更し、作者の存命中に出版されることになったのは、ロザリンドの意見によるものだという。

名探偵の死は、世界中の読者から驚きと悲しみで迎えられた。七五年八月六日付の「ニューヨーク・タイムズ」紙が第一面にポアロの死亡記事を掲載したことは、今でも探偵小説マニアの語りぐさになっている。

そんないわく付きの本を読み直しているうちに、綸太郎は妙なことが気になり始めた。従僕のジョージに関するくだりである。細川畝明は「助手」と呼んでいたけれど、valet に当てる訳としては「従僕」の方が適切だろう。

従僕のジョージは『カーテン』のラスト近くで、ほんの少しだけ顔を出す。ポアロが死んだ後の、忘れがたい印象を残す場面だった。ジョージがポアロの甥だという説には賛成できないが、その場面を読み返して、もうひとつの可能性に思い至ったのである。

——ポアロの甥は別にいるのではないか？

いや、薄弱な根拠で、早まった結論に飛びついてはいけない。

はやる気持ちを抑えて、綸太郎は『ビッグ4』と『ヘラクレスの冒険』を再読することにした。昔読んだ本の記憶が当てにならないのは、『象は忘れない』で証明済みだ。細川に大見得を切った手前、自分の目できちんと確認しておかなければならない。

『ビッグ4』は、謎の中国人が統率する国際犯罪組織〈ビッグ4〉と名探偵ポアロの戦いを描いた波瀾万丈（はらんばんじょう）の冒険スリラーである。クリスティーが最初の夫の不貞に悩み、スキャンダラスな失踪（しっそう）事件を起こした翌年（一九二七年）に出た本で、雑誌に発表したままの短編をつなぎ合わせて一冊にまとめたものだという。

〈ビッグ4〉とは、謎の中国人リー・チャン・イエン（ナンバー・ワン）が統率する国際犯罪組織。残りの幹部は正体不明のアメリカ人（ナンバー・ツー）、やはり正体不明のフランス人女性（ナンバー・スリー）、そして神出鬼没の殺し屋（ナンバー・フォー）と目されている。特にナンバー・フォーは強敵で、陰謀を察知したポアロとヘイスティングズをあざ笑うように、組織の秘密を知る関係者が次々と消されていく。ポアロは第二・第三の幹部を特定し、ナンバー・フォーの正体にも肉薄するが、組織の側も反撃の手をゆるめず、ポアロとヘイスティングズの身に危険が迫る。

情勢が緊迫化するなか、ヘイスティングズはポアロから、同じ日に生まれた双子の兄アシル・ポアロの話を聞かされる。アシル（アシール）は「生まれつき、ことを好まぬ怠惰なたちでなかったら、このわたし以上の名探偵になっていたかもしれない、すぐれた素質を持った男」だという。特定の職業にはついてないけれど、自分に劣(おと)らぬ能力の持ち主で、「つまり、かなりの人間ということになるでしょうね」。

アシルの外見について聞かれたポアロは、「似ていないこともありませんが、わたしほど、ハンサムではありません。わたしと違って、口髭(くちひげ)は生やしていませんし」と答える。局面を打開するのに、兄弟の手を借りなければならない。そう口にしてからまもなく、ポアロはロンドンのフラットに仕掛けられた爆弾で殺されてしまう。

親友の復讐(ふくしゅう)を誓うヘイスティングズの前に、死んだはずのポアロが現れ、組織の幹部を一網打尽にする計画が進行中だと告げる。彼とともに敵地のホテルに乗り込んだヘイスティングズは、ポアロそっくりのその男が、双子のアシルの変装だと気づく。出し抜かれたナンバー・フォーは仲間もろとも自爆、〈ビッグ4〉も壊滅するが、実はアシルは架空の存在で、ポアロが一人二役を演じていたことが明かされる。「わたしの兄のアシールは自分の家に帰って行きました。神話の土地にね」。ポアロは敵の裏をかくため、ベラドンナを差して目の色あいを変え、自慢の口髭も剃(そ)り落とし、唇の上に傷をつけて双子の兄になりすましていたのだ。何よりヘイスティングズがアシル・ポアロの実在を信じていたことが、貴重な援護射撃になったという。

とはいえ、アシルに関する記述が出てくるのは、全十八章中の第十五章。マッチポンプ的な印象を免れないし、ポアロの一人二役もぱっとしない。デヴィッド・スーシエの『名探偵ポワロ』がアシルの存在を黙殺したのは、賢明な判断だろう。クリスティーのだましのテクニックも、この頃はまだ発展途上だったというべきか。

アシル・ポアロの名前がふたたび口にされるのは、それから二十年後のことだ。一九四七年に刊行された『ヘラクレスの冒険』の冒頭、「ことの起こり」と題された序章で、ポアロはオックスフォード大学の古典学者バートン博士とこんな会話をかわす。


「ねえ、エルキュール、またどうしてヘラクレスなのかね？」

「わたしのクリスチャン・ネームのことか？」

「か、い、いや、クリスチャン・ネームとはとてもいえない」相手は不満げに異を唱えた。「どう見ても異教徒の名前だ。それはいいとしても、理由が知りたい。父親の気の迷いか？　母親が気まぐれを起こしたか？　それとも家系的な理由があるのか？　わたしの記憶がたしかなら――とはいっても、むかしとちがってそうたしかでもないが

──きみにはアシル、つまりギリシャ語でいうアキレスという名の弟（註・兄の誤りか？）がいたんじゃなかったかな？」

ポアロは、アシル・ポアロの生涯についてのこまごました事柄を一気にふりかえった。あれもこれも、ほんとうに起こったことだったのだろうか？

「ほんの短いあいだのことだったがね」と、彼は答えた。

『ヘラクレスの冒険』に収録された十二の短編のうち十一編は、一九三九年から四〇年にかけて「ストランド・マガジン」に掲載された。すでにこの時期から、ヘイスティングズ大尉はポアロ・シリーズから姿を消している。

雑誌未掲載の第十二話「ケルベロスの捕獲」は、政治色が強すぎるとして没になった原稿を書き直した作品で、『ビッグ４』のヒロイン、ヴェラ・ロサコフ伯爵夫人とポアロの二十年ぶりの邂逅（かいこう）が描かれている。「ことの起こり」は一九四七年の単行本化の際に書き足されたプロローグだが、そこにアシル・ポアロの名前が出てくるのは、ロサコフ伯爵夫人の思い出が呼び水になったからかもしれない。

『ヘラクレスの冒険』を読み返したおかげで、綸太郎の記憶も刺激された。新堀右史が脚本を書いた『警部補・判藤幾三郎』の中に、第四話「エルマントスのイノシシ」とよく似た設定のエピソードがあったのを思い出したのだ。

ラックの奥から愛蔵版のＤＶＤボックスを引っぱり出して、タイトルを確認する。第二シーズン初回スペシャルの「なりすました男」。リビングのＴＶ画面でディスクを再生すると、やはりにらんだ通りだった。「エルマントスのイノシシ」同様、孤立したホテルの客にまぎれ込んだ逃亡中の殺人犯の話だが、だいぶヒネリが加えてある。新堀が『ヘラクレスの冒険』びいきだと聞かされていなければ、元ネタの特定は困難だろう。

「おい、どうした？　またずいぶん懐かしいものを見ているな」

ドラマが佳境に差しかかったところで、法月警視の声がした。

「ああ、お父さん。お帰りなさい。晩ご飯は？」

「外ですませてきた」

と言ってから、警視はＴＶ画面とＤＶＤケースを見くらべて、

「――『なりすました男』じゃないか。俺の好きな回だ。ロケ地のホテルにも、仕事で泊まったことがある。もう二、三十年前だがな」

その話なら何度も聞いていた。綸太郎はリモコンの一時停止ボタンを押して、

「見たかったら、頭まで戻しましょうか？」

「いや。戻さんでもいいが、この後に好きな場面があるんでな。着替えてくるから、

そこで止めといてくれ」

父親の背中を見送って、綸太郎も腰を上げた。豆を挽いて、パーコレーターにセットする。ちょうど二人分のコーヒーができたところに、法月警視が戻ってきた。

「こいつはありがたい」

二人はめいめいの席に座って「なりすました男」のラスト二十分を見た。親父さんは仕事柄、刑事ドラマには点が辛いのだが、『判藤幾三郎』だけはあまり文句を言わない。最後までタバコに火をつけないところを見ても、特別扱いなのがわかる。

「せっかくだし、ほかにリクエストは？　全部ありますよ」

綸太郎はディスクをケースに戻しながら、父親にたずねた。警視はしばらくブックレットをめくっていたが、ひょいと肩をすくめて、

「今日はこれでいいよ。見だしたらきりがないからな……。それより綸太郎、なんで急に昔のドラマを見てたんだ？」

「ああ、実はロザムンドさんに頼まれましてね」

「ロザムンド？　『アルゴNO．2』のロザムンド山崎か」

「ええ。まだ情報解禁前なので、ここだけの話ですが――」

と前置きして、『象は忘れない』の舞台化に協力を求められた経緯を話した。法月警視は思い出したようにタバコを口にくわえながら、興味津々の面持ちで、

「新堀右史の舞台で、推理監修とはな！　おまえもずいぶん出世したもんだ」

「自慢の息子でしょう？　お望みならお父さんの席も取ってもらいましょうか」

「空きがあったらな」

まんざらでもなさそうに言ってから、警視はおもむろに小首をかしげ、

「しかし、そのポアロの甥とか、双子の兄がどうとかいう話はよくわからんな。ギリシャ神話のことは詳しくないが、ヘラクレスとアキレスは双子じゃないだろう」

「その二人はね。でも、ヘラクレスには双子の弟がいますよ」

「そうなのか」

と警視。綸太郎はうなずいて、

「ギリシャ第一の英雄ヘラクレスは、大神ゼウスとアルクメネの間に生まれた子です。アルクメネはミケーネ王エレクトリオンの娘ですが、エレクトリオンは英雄ペルセウスとアンドロメダの息子なので、その娘はペルセウスの孫に当たる」

「由緒正しい英雄の子孫ということか。それで？」

「ゼウスはアルクメネの美しさに魅了され言い寄ったんですが、彼女にはアンフィトリオンという婚約者がいたので、すげなく拒絶されました。そこでゼウスは、アンフィトリオンがタポス島の制圧に出かけて不在の夜、婚約者の姿に変身してアルクメネと交わった。翌日、遠征から戻った本物のアンフィトリオンとも同衾したため、彼女

は双子の男児を身ごもります。それが神の子ヘラクレスと、人の子イピクレスの兄弟です」

「ちょっと待て」

法月警視は指にはさんだタバコの先を振って、

「俺はそれとそっくりな話を聞いたことがある。ゼウスが白鳥に化けて、どこぞの王妃と交わったとかいう話だ」

「双子座のカストルとポルックスの神話ですね。スパルタ王妃レダの美貌（びぼう）の虜（とりこ）になったゼウスは、白鳥に変身して彼女を欺き、その思いをかなえた。やがて懐妊したレダは、大きな卵を二つ産み落とし、そのひとつから双子の兄弟カストルとポルックスが、もうひとつから双子の姉妹ヘレネとクリタイムネストラが生まれた。ただし、ゼウスの子として不死の生命を授かったのはポルックスとヘレネだけで、カストルとクリタイムネストラはスパルタ王テュンダレオスの血を引く人の子だったと伝えられています」

「それ見ろ。同じ話の使い回しじゃないか」

鼻白んだ警視に、綸太郎は肩をすくめて、

「ギリシャ神話はそんなのばっかりですよ」

「とにかく、ゼウスがろくでもないやつだってことはわかった」

「ゼウスだけじゃなく、正妻のヘラも相当ヤバいんですがね。アルクメネの出産が近づいて、有頂天になったゼウスが『今日、ペルセウスの子孫にひとりの男児が生まれる。彼はやがてアルゴスの王になるだろう』と宣言すると、嫉妬深いヘラは夫への仕返しとして、ヘラクレスに呪いをかける。出産の女神に命じて双子の誕生を一日延ばし、さらにペルセウスの別の子孫であるエウリステウスを月足らずで出産させたんです」

「王となるべきヘラクレスと、エウリス何とかの運命を入れ替えたわけか」

「ええ。ヘラクレスとイピクレスは一日遅れで、双子の兄弟として生まれますが、生まれつき力と勇気に恵まれていたヘラクレスに対して、弟のイピクレスは弱虫だった。ヘラクレスを殺すため、ヘラが二匹の大蛇を双子の赤ん坊のもとへ送り込んだ時も、イピクレスは怖がって泣き叫び、ゆりかごから転げ落ちてしまった。ところがヘラクレスは、にこにこしながら両手で二匹の蛇の首をつかみ、そのまま絞め殺したといいます」

「蛇の方こそ気の毒だな」

「成長したヘラクレスはさっそく戦功を挙げて、テーバイ王クレオンの娘と結婚、三人の息子をもうけます。ところが、執念深いヘラの呪いによって錯乱状態に陥り、自分の子だけでなく、イピクレスの二人の息子まで手にかけてしまう。イピクレスにはもうひとり、イオラオスという息子がいて、彼だけは難を逃れたんですが、凶報を聞いたヘラクレスの妻は胸が張り裂けて死にます。やっと正気に返ったヘラクレスは、おのれの罪を償う手だてを求めてデルフォイの神殿へ向かう。そこで下されたお告げは、彼の従叔父であるアルゴス王エウリステウスの奴隷となることでした」

「生まれた時に運命を入れ替えられた相手か」

「ですね。ヘラクレスを目の敵にしていたエウリステウスは、彼を苦しめるために重い試練を課しました。それが有名な『十二の難業』というやつです」

「なるほど。で、息子を二人も殺されたイピクレスの反応は？」

「もちろん兄の所業を許すわけがなく、エウリステウス王を支持しました。ところが、ひとりだけ助かったイオラオスは、伯父のヘラクレスに忠誠を誓い、『十二の難業』に同行したんです。アルゴ船の遠征でも従者を務め、ヘラクレスが死んでからは直系の息子であるヒュロスに加勢して、エウリステウス王による迫害に抵抗した。長い戦いの末、年老いたイオラオスは天上で神となったヘラクレスの妻、青春の女神へーベーの力で若返り、青年の姿に戻ってエウリステウスの軍勢を撃破、伯父の遺恨を晴らしたそうです」

「――不思議な男だな」

綸太郎が話し終えると、警視はタバコの煙をゆっくり吐き出して、

「そのイオラオスという甥のことだよ。ヘラの呪いが原因だとしても、血を分けた兄弟を殺されているんだろう。どうしてヘラクレスに忠誠を誓ったのか？」

「その前からヘラクレスが神の子であることは知れ渡っていたし、イオラオスも若い頃から相当な武闘派だったみたいですからね。もともと、臆病な父親のイピクレスとそりが合わなかったのかもしれない。偽りの王に逆らえない父親を見て育ったせいで、反発を募らせていたんじゃないでしょうか」

「そういうものかもしれんな。まあ、俺だって叔父の影響で警察官になったようなものだから、そいつの気持ちがわからんわけでもないが」

法月警視はタバコの火を消しながら、そんなことをつぶやいた。

「こないだはすみません。自分の役のことだから、ついムキになっちゃって」

細川畝明が電話してきたのは、〈六号室〉で会ってから一週間後のことだった。綸太郎の番号は、ロザムンドに教えてもらったという。

「謝るのはこっちです。もうちょっと言いようがあったのに」

「いや、的確なアドバイスでしたよ。あれから仕事の合間を縫って、やっとこさ『ビッグ4』を読んだんですが、法月さんの言う通りだった。アシル・ポアロが自作自演の一人二役だったなんて、ちゃんと原作を読まないとダメですね。新堀さんも『ビッグ4』は読んでいたはずなのに、そこだけすっかり忘れていたとぼやいてましたよ」

「新堀さんも。それを聞いて、ひとまず安心しました」

「とりあえず、それだけ伝えたかったんですが——あの、いま時間いいですか?」

大丈夫ですと答えると、細川は声の調子をあらためて、

「実はね、『ビッグ4』を読んでちょっと妙なことを思いついたんです。どこから話せばいいのかな。ええっと、あれの出だしの事件って覚えてますか?」

「覚えてます。というか、ぼくもあれから再読したんで」

「だったら話が早い。最初の章で、ポアロのフラットに〈予期せぬ客〉が転がり込んでくるでしょう。ポアロとヘイスティングズの留守中に死んでしまう病人が」

「〈ビッグ4〉の秘密を探っていた情報部員のことですね。殺し屋のナンバー・フォーに毒殺された」

「それですよ。精神病院の介護士に変装したナンバー・フォーが、死体を回収しようとするでしょう。ハンウェル精神病院から脱走した患者だと偽って」

「ええ」

「そこでふと気づいたんです。何だかこれとそっくりな話を読んだことがあるぞって」

法月警視と似たようなことを言う。綸太郎はごくりと唾(つば)を呑(の)んで、

「ひょっとして、『カーテン』のあれですか？」

「法月さんも気づきましたか。あれ、偶然の一致だと思います？」

「うーん、どっちとも取れると思うんですが……」

「今だいぶ迷いましたね。ということは、脈があるな」

細川畝明は興奮を抑えきれない声で、

「――やっぱり、アシル・ポアロは実在するんじゃないですか」

3　細川畝明の話

この章では謎の紳士が議論に加わり
『カーテン』の結末が明かされる

その翌日、今度はロザムンドから電話がかかってきた。

「畝明から聞いたわよ、アシル・ポアロ実在説の話。瓢箪(ひょうたん)から駒(こま)になりそうだって、すごい興奮してたけど」

「たしかに。細川さんがあんなに熱い人だとは知りませんでした」

「あら、畝明もおんなじことを言ってたわよ」

綸太郎は苦笑した。結局、昨日はあれから一時間近く、向こうの携帯が電池切れになるまで話し込んでいたからだ。細川も細川だが、それに付き合った自分の方もかなりテンションが上がっていたにちがいない。

「まあ、シャーロッキアンのトンデモ解釈みたいなものですよ。深読みのこじつけだと承知のうえで、想像をふくらませているだけだから」

「そうでもないんじゃない？」

ロザムンドはこっちの胸の内を見透かしたような声つきで、

「のりりんの本気度は別として、畝明ったらずいぶん張りきっていたもの。キンドルでクリスティーの電子書籍を全部オトナ買いしたって言ってたわよ」

「それはすごい」

「新堀さんとも連日、メールで情報交換してるみたい。あの人、SNSはやらないけど、パソコンのメールは使えるそうだから。ただでさえ台本の遅い人なのに、あんまり仕事の邪魔しちゃダメよって釘を刺したんだけど、あれはもう止まらないわね。二人とも凝り性だから、どんどん話がエスカレートして……。本職の法月先生を交えて、いちど勉強会を開けないかって聞かれたわ」

「勉強会？　企画会議みたいなものですか」

「っていうか、もうちょっと雑談的な？　新堀さんも乗り気だって。台本のスケジュールもあるし、なるべく早い方がいいんだけど、来週の前半あたりどうかしら」

なんだか知らないうちに話が進んでいる。特に不都合はなかったが、本業をサボっているると思われても困るので、綸太郎は予定表を確認するふりをしながら、

「――勉強会の顔ぶれは？」

「こぢんまりしたものよ。あたしと畝明、それに新堀さん――ポアロの香坂さんも呼べるといいんだけど、今月いっぱい映画の撮影で地方に行ってるから無理ね。あと、製作のスタッフを入れると話が生臭くなっちゃうので、今回は遠慮してもらうことに」

「それならこっちも気が楽だ。いいですよ、来週前半で」

「じゃあ、それで決まりね。明日かあさってに、場所と日時を知らせるわ」

すっかり仕切り屋の口調になっている。勉強会に向けてやる気満々なのは、どうやら細川畝明と新堀右史の二人だけではなさそうだ。

「ひょっとして、ロザムンドさんにも何か隠し玉があるのでは？」

「あら、鋭いわね。畝明ほどじゃないけど、あたしも役作りのために、オリヴァ夫人が出てくる長編を全部読むことにしたの。そしたら、少し気になることがあって――のりりんは知ってる？　オリヴァ夫人が書いた小説に出てくるフィンランド人探偵の名前」

「スヴェン・イェルセン」

綸太郎が即答すると、ロザムンドはいささか口惜しそうに、

「さすがは本職ね。そのスヴェン・イェルセンに関して、興味深い発見をしたの」

「へえ、ロザムンドさんも隅に置けないな。どんな発見です？」

「それはこんど会った時のお楽しみ」

さっそく次の日、某キー局のイベント事業部から「企画会議へのご案内」と題した仰々しいＦＡＸが届いた。来週の火曜日、午後一時から〈ポルカ劇場〉に付設された貸会議室にて開催、とある。ご丁寧に〈ポルカ劇場〉へのアクセスマップまで付いていた。

勉強会の当日、時間通りに指定の会議室へ赴いた綸太郎は、「ＢＩＧ４様」と書かれためくり台が廊下に出ているのを目にして、思わず立ちすくんだ。誰の発案か知らないが、相当気合が入っているのは確かなようである。

中に入ると、ロザムンドと細川畝明が先に来ていた。二人とも芸能人オーラを消した地味な格好をしている。お定まりの長机にパイプ椅子ではなく、ブリッジテーブルを四人で囲むような配置にしてあるのは、『ひらいたトランプ』を意識したのだろうか。

「新堀さんはまだですか？」

荷物を置きながらたずねると、細川がいきなり頭を下げてきて、

「すみません。新堀さんはインフルエンザにやられて、今日は来られなくなりました。四十度の高熱で、一歩も外に出られないそうです。法月さんには合わせる顔がない、くれぐれも申し訳ないと伝えてくれと」

ロザムンドも神妙な顔で相槌を打つ。綸太郎はがっかりした。自分だけならまだしも、親父さんにサインを頼まれて『判藤幾三郎』の原作者ノベライズ本を持参していたからである。残念だが、インフルエンザならドタキャンされても責められない。

「――ぼくからもお大事にと。新堀さん抜きだと、勉強会も延期ですか」

「いや、せっかく法月さんに来てもらったんだし、このままお開きにするのはもったいない。ピンチヒッターと言ったら何ですが、急遽ゲストを呼ぶことになりまして。新堀さんの知り合いで、アガサ・クリスティーに詳しい専門家です」

「クリスティーの専門家というと、翻訳関係の人ですか？」

「いえ、それとはちょっとちがうんですが――」

細川はお茶を濁して、わざとらしく咳払いした。それが出番の合図だったかのように、会議室のドアにノックの音がする。ロザムンドがドアを開けると、ショーン・コネリーもどきのコスプレをした年齢不詳の男が入ってきた。

バケット帽にメガネ、顔の下半分は白いひげに覆われている。三つ揃いのスーツに蝶ネクタイを結び、口ひげだけが黒かった。コウモリ傘と鞄を携えているから、『インディ・ジョーンズ 最後の聖戦』のヘンリー・ジョーンズ教授がモデルなのだろう。

ロザムンドと細川とは初対面ではないらしい。帽子を取って二人に会釈したが、頭は禿げていなかった。半白の髪を丁寧になでつけているのは、そこだけシドニー・ルメット版『オリエント急行殺人事件』のアーバスノット大佐がお手本なのかもしれない。

「お初にお目にかかります。わたくし、こういう者です」

綸太郎に一礼すると、男は背広のポケットから名刺を出してよこした。受け取った名刺には、「国際クリスティー評議会・日本支部 富田芹」と記されている。裏返してみたけれど、肩書きや名前のアルファベット表記はなかった。

「失礼ですが、お名前は何と読むのでしょうか?」

「法月さんともあろう方が、おわかりにならないとは! 『芹』という漢字は、イギリスの通貨単位ペンスの当て字にされております。ですから、富田ペンスとお呼びください。いうまでもなく、トミーとタペンスの洒落なのですが」

綸太郎は行儀よく空咳をしてから、相手に名刺を示し、

「ですが、この字は重さの単位を表す『斤』ではないでしょうか？」

富田某はメガネの縁に指を当て、自分の名刺を見つめていたが、突然、

「これはしたり！」

と叫んだ。日常会話でそんな言い回しを用いる人間は珍しい。ポケットから軸の太い万年筆を取り出し、「斤」の字のてっぺんに短い線を二本書き足して「片」に訂正すると、あらためて綸太郎に差し出した。

どうもそこまで含めて、なりきりキャラの持ちネタっぽい。横目でロザムンドと細川をうかがうと、明らかに見て見ぬふりをしている様子だった。

「〈国際クリスティー評議会〉というのは、どういう団体なんですか。故人の著作権を管理している〈アガサ・クリスティー財団〉と関係が？」

綸太郎が水を向けると、自称・富田ペンスはかぶりを振って、

「〈財団〉と直接の関係はありませんし、〈お茶とケーキ〉を愛するコージーなファンクラブともちがいます。あえて申し上げるなら〈メンサ〉のような非営利文化団体でしょうか。わたくしどもは一定の資格を満たした識者による学術的なネットワークで、その主たる目的はクリスティー作品の野放図な濫用に目を光らせることです」

「富田さんには、今度の舞台でもいろいろと助言してもらってるの。だけどこうやって突っ立ってるのも何だから、とりあえず席を決めましょうよ」

ロザムンドがややうわずり気味の声で促し、四人はテーブルを囲んで腰を下ろした。座った席は綸太郎から左回りに、細川、富田、ロザムンドの順である。

「——目を光らせるというのは、〈クリスティー警察〉みたいな？」

真向かいに座った富田に、綸太郎はあらためて問いかけた。

「そういう呼び方は好ましくないですが、あまりにも原作無視が甚だしい場合は、警告を発せざるをえません。過去には〈財団〉と意見が衝突した例もあります」

「今日ここへ来られたのも、監視と警告が目的で？」

「ご心配なく。ロザムンドさんがおっしゃったように、あくまでも助言のためですよ」

富田はにやりとすると、持参したICレコーダーをテーブルに置いて、

「後学のために、今日の勉強会の内容を録音してもかまいませんか？」

細川とロザムンドが相次いで同意のしぐさをする。なんだか妙な具合になってきたけれど、綸太郎も反対はしなかった。富田は録音ボタンを押しながら、

「では、さっそく始めましょう。本日の議題は、アシル・ポアロ実在説だと聞いております。皆さんそれぞれにご意見をお持ちでしょうから、欠席された新堀さんに代わって、わたくしが聞き手の役を務めさせていただきます。まず最初に細川さん、ポアロの従僕ジョージを演じることになっているあなたから、お話をうかがいたいのです

が」

「かしこまりました」

　細川は自分の役を意識した慇懃な口調で応じると、マジシャンがカードを繰り出すような手つきでキンドル・ペーパーホワイト（黒）を披露した。クリスティーの電子書籍が全部入っているという噂のあれである。

「ことの起こりは、クリスティー・ファンの新堀さんが『象は忘れない』の舞台化に当たって、従僕のジョージをポアロの甥にするという設定を思いついたことです。これはギリシャ神話を下敷きにした『ヘラクレスの冒険』から派生した設定ですが、そもそも新堀さんがポアロの甥に注目したきっかけは『アクロイド殺し』のとある一節だった――前座の警部の伝聞情報は省略して、今からそのくだりを朗読します」

　細川はキンドルのスリープを解除し、タッチパネルを操作した。ブックマークの一覧から目的のページを選んで画面に表示する。『アクロイド殺し』の二十一章、語り手のジェームズ・シェパード医師が姉のキャロラインと会話する場面だった。

　だが、キャロラインの言葉で、別のことを思い出した。

「そういえば、ムッシュー・ポアロに頭のいかれた甥がいるなんて、知らなかったよ」わたしは興味しんしんで話を切りだした。

「知らなかったの？　あら、わたしにはすっかり話してくれたわよ。かわいそうにね。一族全員にとって、大きな悩みの種みたい。これまでは自宅で世話してきたけど、具合がとても悪くなってきているので、いずれどこかの施設に入れなくてはならないと心配しているんですって」

「ポアロの家族のことは、もう何から何まで知っているらしいね」わたしはいったが、腹が立っていた。

細川が朗読を止めると、富田は失望を隠そうとしない顔つきで、

「あいにくですが、ポアロの甥という設定には無理がある。その打ち明け話は、おしゃべり好きのご婦人から情報を引き出すため、ありもしない親戚をでっち上げただけですからな。ポアロの常套手段です。たとえば『もの言えぬ証人』でも、同じ手口を使っている。ものわかりのいい看護婦を探すふりをして、ポアロは非常に気むずかしやの、年とった母親がいるとありもしない嘘をついております」

「だとしても、甥の存在を否定する証拠もないでしょう。施設に入れるかわりにポアロが精神を病んだ甥を引き取り、自分の従僕として雇ったとすれば？」

「いや、その可能性もありません」

富田はにべもなく首を横に振り、

「なぜなら作中に描かれたジョージのキャラクターにそぐわないからです。従僕のジョージは典型的なイギリス人で、貴族階級の裏表に通じており、しばしばベルギー人のポアロに英国的なしきたりを説いて聞かせる。彼が初登場した作品をご存じですか？」

「一九二八年の『青列車の秘密』ですね」

細川は迷いなく答えた。富田はあごひげをなでながらうなずいて、

「さよう、有名な失踪事件の後始末と最初の夫との離婚をめぐるゴタゴタが続くなか、プロの作家として再出発した苦心の作です。この長編でジョージは『二年前にエドワード・フランプトン卿にお仕えして』いたと述べていますし、貴族階級に属さないポアロに雇われたのも『たまたま《社交界情報》であなたさまがバッキンガム宮殿で謁見を許されたという記事を見たのです。ちょうど新しい勤め先を探している時でした。国王陛下は非常に親しくお優しいお言葉をおかけになり、あなたさまの才能を大変高く評価されたと書いて』あったからだと答えている。その発言を信じるなら、『アクロイド殺し』の時点でジョージが精神を病んでいたとは、とても考えられません」

「おっしゃる通りです。この説に関しては、いったん取り下げましょう」

細川はあっさり認めると、横目で綸太郎にウィンクした。

綸太郎も目顔で返す。ジョージの経歴については、前に電話で話した時に確認済みだった。ジョージがポアロの甥だとは二人とも思っていない。

「――ですが、本題はこれからです。富田さんのご指摘によって、従僕のジョージとポアロの甥が同一人物であるという可能性は否定されましたが、だからといって一足飛びに、ポアロの甥が存在しないということにはなりません」

細川はキンドルを操作して、別のブックマークを呼び出しながら、

「というのも、後年に書かれた『カーテン』の終盤に、この〈頭のいかれた甥〉と微妙にリンクする興味深い記述があるからです。病に倒れ、思い出のスタイルズ荘に舞い戻ったポアロは、長年仕えたジョージを郷里のイーストボーンに帰らせ、カーティスという新しい従僕を雇う。ポアロの死後、事件の真相を探るためにその地を訪れた語り手のヘイスティングズは、その経緯をジョージに問いただします――」

「きみは父上の看病をするためにポアロのもとを離れなければならなかったんだろう？」

「わたくしはお暇（いとま）などいただきたくありませんでした。ポアロさまに暇を出されたのです」

「暇を出された？」私は驚いてジョージを見た。

「解雇されたというわけではありませんが。あとでまた呼び戻していただけるということでした。ですが、わたくしがおそばを離れたのはポアロさまがそう望まれたからでして、わたくしが年老いた父のもとに身を寄せているあいだも、相応のお給金をいただいておりました」

「さらにジョージは、ポアロが自分を実家に帰らせたのは、カーティスを雇うためだったのではないかと示唆します。『カーティスには会ったことがあるのですが、どうも――こう言ってはなんですが――これといって気の利く男というわけでもないようでした。もちろん、体は頑健ですが、ポアロさまが納得されるようなレベルの者とはとても思えませんでした。以前、精神病院で助手を務めたこともあるそうですが』と」

細川は最後のセンテンスをさりげなく強調した。実力派のバイプレーヤーという看板に偽りはない。キンドルを手にジョージの台詞を読み上げる声つきは、有能で忠実な従僕になりきっている。

「法月さんが読んだ旧訳では〈助手〉ではなく、〈雑役夫〉と訳されているとか……。それはともかく、ヘイスティングズは『精神病院や施設に入院したことのある者は、ときに助手として病院にとどまったり、戻ったりすることがある。そんな記事を何かで読まなかっただろうか?』と思いをめぐらす。そして、『無口で、あまり賢そうには見えないおかしな男』であるカーティスが『自分にしかわからないような、ねじくれた奇怪な動機で人を殺しかねない男』、すなわち殺人鬼Xなのではないかと疑います。

彼の疑惑は例によって見当はずれなのですが、見過ごせないのはこの記述から〈頭のいかれた甥〉—〈精神病院の元助手〉—〈ポアロの従僕〉という連想の線がつながることです。精神を病んでどこかの施設に入れられた甥が、ある程度回復してから病院の助手となり、その後ポアロのもとに引き取られた……とすれば、新しい従僕のカーティスこそ、『アクロイド殺し』で言及されたポアロの甥だったのではないでしょうか?

もちろん、こうした連想は不確かな憶測(おくそく)にすぎません。だとしても、ポアロとカーティスの関係には不透明な点が多すぎる。『カーテン』のエピローグに当たるポアロの手記では、ポアロがカーティスを雇ったのは、足腰が不自由でないことをジョージに悟られないためと説明されています。一見もっともらしい理由ですが、はたしてそれだけの理由で、ポアロが人生最後の日々を長年連れ添ったジョージ抜きで過ごそうと思うでしょうか。カーティスが雇われたことには、もっと別の理由があるような気がします」

「別の理由というと？」

　ふとわれに返ったように、富田が合いの手を入れた。細川は薄い笑みを浮かべて、

「私が気になったのは、ジョージが年老いた父親のもとにいる間も、ポアロから給金をもらっていたことです。『カーテン』を読んでも、ヘイスティングズがジョージの父親に会ったという記述はありませんが……。

　ところで、ここにいる皆さんは、なりすましと人間関係を誤認させるトリックがクリスティーの得意技だったのをよくご存じでしょう。それを踏まえて『カーテン』を読み直すと、この物語には二人の従僕が登場しますが、そのひとりは雇い主に仕え、もうひとりは父親の世話をしているという。もしこの二組の関係が見かけと逆だったとすれば？　カーティスの仕えていた相手が、実は彼の父親だったということになりませんか」

「なるほど、なるほど」

　富田は二度くり返すと、大げさな身ぶりで左右の手を握り合わせ、

「やっと話の行方が見えてきましたよ、細川さん。新しい従僕のカーティスがポアロの甥だとすれば、その父親はポアロの兄弟ということになる。スタイルズ荘で死んだのは、弟のエルキュールではなく、双子の兄のアシル・ポアロだったというわけです

な」

「そうです。双子の入れ替わりトリックですよ」

細川は真顔で応じた。富田は目を細め、含み笑いするような口ぶりで、

「だとすると、本物のエルキュール・ポアロはジョージの郷里イーストボーンで、有能で忠実な従僕の世話になりながら、静かな余生を送っているということに？」

「でしょうね。隠退生活はポアロの長年の夢だったし、快適な余生を過ごすのにジョージを手放したくはなかったでしょう。ちなみにヘイスティングズは、ジョージと面会した時の印象をこう記しています。『とにかく、私はジョージに会いにいった。ポアロの死を伝えると、ジョージはいかにも彼らしくその知らせを受け止めた。ショックを受け、心から悲しんでいたが、それを表にはほとんど出さなかった』。でも、それはヘイスティングズの買いかぶりで、ジョージは真実を知っていながら嘘をついた可能性もある。彼は一度も主人のそばから離れなかったのではないでしょうか」

「ヘイスティングズが〈ジョージの父親〉に会っていれば、死んだはずの旧友と感動の再会を果たしていたかもしれないと？　なかなか愉快な仮説ですな。もしそうなら、『カーテン』には知られざるハッピーエンドが存在していたことになりますが――」

　富田は言葉を切り、ぐいっとあごを引き上げた。綸太郎とロザムンドにも厳しい視線を投げながら、人が変わったように語気を荒くして、

「〈国際クリスティー評議会〉の一員として、そのような与太話を認めるわけにはまいりません。老いた名探偵ポアロは、五人の人間を殺しながらけっして有罪とされることのない技巧を編み出した完全犯罪者、殺人鬼Xの正体を突き止め、法に代わって裁きを下した。しかし、一個人が法を私物化することは許されない。たとえそれがエルキュール・ポアロであっても。ゆえにポアロは彼自身の罪を告白し、神の手に裁きを委ねる――それが『カーテン』の真相です。英雄ヘラクレスの名を持つ名探偵にふさわしい、唯一無二の真実なのです。翻って細川さん、あなたの仮説は偉大なポアロの生涯に泥を塗るものだ！　わたくしは断固としてあなたに抗議します。そして、アシルの入れ替わり説をこっぱみじんに打ち砕いてみせましょう。念のためにうかがっておきますが、お集まりの皆さんは『ビッグ４』をお読みになったうえで、今日の議論に参加しているのでしょうな」

　富田以外の三人はいっせいにうなずいた。

「では当然、アシル・ポアロなる人物がエルキュールの一人二役だったこともご承知のはずだ。ポアロ本人が『ヘラクレスの冒険』の冒頭で、アシルの生涯について『ほんの短いあいだのことだったがね』と述べていることも」

「お言葉ですが、富田さん。ポアロの発言が信用できないことは、あなたもよくご存じのはずですよ。ポアロがアシルのことを架空の存在だと言ったからといって、双子の兄が実在しない証拠にはなりません」

細川がやんわりと反論すると、富田はフンと鼻を鳴らして、

「詭弁にしか聞こえませんな。悪魔の証明というやつですか」

「いや、むしろそれを逆手に取った高等戦術というべきでは？『カーテン』の原題は *Curtain: Poirot's Last Case* で、エルキュールという名前は記されていませんし、アシル・ポアロの存在はシリーズの旧作で言及されているから、双子トリックの使用もアンフェアとはいえない。スタイルズ荘で死んだ男がエルキュールではなく、双子の兄のアシルだったとすれば、息子のカーティスがその最期を看取るのも自然なことでしょう」

「お涙頂戴になってきましたな。しかし、あなたの話は自分に都合のいい想像ばかりだ。もっと説得力のある根拠を示していただかないと、とても聞くに堪えません」

「説得力のある根拠ですか。それならいくらでもありますよ」

細川はまたキンドルを触りながら、余裕たっぷりの態度で、

「まず『カーテン』の冒頭には、こんな文章があります——」

昔の思い出、あるいは昔覚えた感覚や感情が甦り、思わず胸を突かれるといった思いを一度も経験したことのない人などいるだろうか？

「これは身に覚えのあることだ……」

どうしてこんなことばがかくも激しく人の心を揺さぶるのか？

「この書き出しは『スタイルズ荘の怪事件』を指しているように見えますが、最後まで読むとまったく別の意味を持ってくる。というのも、ヘイスティングズが〈ポアロの死〉という出来事に直面したのは『カーテン』が初めてではないからです」

「――『ビッグ４』の茶番劇のことを言っておられるのですか？」

富田が眉をひそめながら聞いた。細川はしたり顔でうなずいて、

「『カーテン』のクライマックスで、ポアロはかつらとつけひげを使ってヘイスティングズの目を欺き、殺人鬼Ｘの死を自殺に見せかけました。ところが、この〈世に名高いポアロの口ひげ〉を隠れ蓑にした変装トリックは、『ビッグ４』でアシル・ポアロの登場と退場を演出した手口の二番煎じにほかならない。口ひげトリックの再使用が、アシル・ポアロの関与をほのめかす手がかりになっているということです。ちなみに『ビッグ４』の冒頭には、精神病院の介護士に変装したナンバー・フォーが、脱走した患者を追ってきたふりをする場面がある。カーティスの経歴もこの挿話に呼応

するものでしょう。

それだけではありません。『ビッグ４』の十六章で、ヘイスティングズはとある法律事務所を通じて、ポアロの手紙を受け取ります。〈モン・シェラミ〉という呼びかけから、『あなたがこの手紙を受け取るときには、わたしはこの世のものではないでしょう』と書き出された手紙です。一方『カーテン』の大詰めでも、やはりさる法律事務所を通じて、ヘイスティングズはポアロの手記を手に入れる。〈モン・シェラミ〉という呼びかけはもちろん、『この手紙をきみが読む頃には、私はすでに死んでおり、四カ月ほど経っているはずです』という書き出しまでそっくりです。この手記を読み終えてから冒頭の文章に立ち返ると、『これは身に覚えのあることだ……』という言葉のニュアンスも変わってしまう。熱心なクリスティー読者ほど、そう思うはずです。〈これは身に覚えのあることだ。ポアロは死んだと見せかけて、本当はピンピンしていたのだ！〉とね。

もっと興味深いのは、作者のクリスティーがずっと前に『ビッグ４』の再演を予告していたことでしょう。一九三六年に発表された『ＡＢＣ殺人事件』には、こんなきわどいやりとりがあります――」

「先日もヘイスティングズに言ったのだが、これが最後だと言いながら、何度も引退興行をするプリマドンナみたいなものですよ」ポアロは微笑みながら言った。

「あなたがご自分の死について捜査する、なんてことになっても驚きませんね」ジャップは大笑いしながら言った。「こいつはいい思いつきだ。本に書いたほうがいいな」

「それをするのはヘイスティングズの仕事です」ポアロはいたずらっぽい目でわたしを見ながら言った。

「ははは！　すばらしいジョークになるな」ジャップ警部は笑った。

どうしてそんなに面白いのかわかりかねるし、ジョークとしても趣味がよくない、とわたしは思った。かわいそうなポアロは老いつつある。死が近いことをジョークにされて、嬉しいはずがない。

「これが最後だと言いながら、何度も引退興行をするプリマドンナ――ポアロ自身のこの台詞ほど、『カーテン』の舞台裏にふさわしいコメントはないでしょう。いかがですか、富田さん？　これでも聞くに堪えない仮説だとおっしゃいますか」

細川はキンドルから目を上げて、富田の方へあごをしゃくった。富田は神経質そうに口ひげを触りながら、ぎくしゃくと首を振って、

「よく研究されているようですな、細川さん。『カーテン』が『ビッグ4』の再演で

あるというご意見は、たしかに傾聴に値するでしょう。だとしても、それだけではアシル・ポアロの実在を裏付ける根拠として弱すぎる。むしろ再演というのであれば、アシルの不在という事実こそがいっそう強調されるのではありますまいか」

「根拠ならいくらでもあると申し上げたはずですよ」

細川は聞き手を挑発するように、勝ち誇った声で、

「『カーテン』のラスト、旧友の手記を読み終えたヘイスティングズは、死んだ殺人鬼Xの額に残された傷を思い出して、ポアロの真意に気づきます。左右のバランスの取れた額中央の銃創は、カインの烙印さながらだったと……。

ですが、弟アベルを殺したカインの額に押された烙印は、アシル・ポアロの最期にこそふさわしい。双子の弟になりすましたアシルは、自分の命を絶つことによって、名探偵エルキュール・ポアロを故人にしてしまったからです。だとすれば『カーテン』の最後の一行に記されたカインという語は、双子の兄による象徴的な〈弟殺し〉を告げている。その名前こそが、アシル・ポアロの実在を裏付けているのです」

4　ロザムンド山崎の話

この章では「白鳥」の故事が語られ
『ハロウィーン・パーティ』の結末が明かされる

「――象徴的な〈弟殺し〉とおっしゃられてもね」

富田は煙たそうに首をかしげると、鼻であしらうような口ぶりで、

「根拠というには、あまりにも漠然としすぎてはいませんか？　いや、それ以前に細川さん、あなたは大きな誤解をされているようだ。『カーテン』のラストでポアロが自殺したとお考えのようですが、それはまちがいだと申し上げねばなりません」

「まさか。あれはどう見ても自殺でしょう」

「いいえ。ベルギー出身のポアロは、生涯にわたって敬虔なカトリック信者でした。『ヘラクレスの冒険』の第十一話『ヘスペリスたちのリンゴ』には〈ポアロは生まれつきのカトリック教徒だった〉という記述がありますし、『満潮に乗って』のプロローグでも本人がそう述べている。同じ本の後半には、捜査中に立ち寄ったローマ・カトリック教会の会堂で祭壇にぬかずき、祈りの言葉をつぶやくポアロの姿が描かれて

います。晩年の『象は忘れない』でも、最終章でヒロインのシリヤから『（あなたは）カソリックでしょうから』と念押しされて、特に異を唱えていないのです。皆さんもよくご存じのように、カトリック教会は伝統的に自殺を殺人と同じ大罪と見なしてきました。自分を殺すのも他人を殺すのも、生命をつかさどる神への反抗という点では変わりがないからです。それを踏まえてポアロの手記を読むと、『自らを善き神(ボン・デュー)の手に委ねたいと思います。願わくは、神の懲罰、あるいは慈悲の速やかならんことを！』という表現が自殺の拒絶にほかならないとわかる。彼は心臓病の薬である硝酸(しょうさん)アミルのアンプルを枕元から遠ざけただけで、自ら命を絶ったわけではありません。敬虔なカトリック信者だったポアロが、自殺という大罪を犯すはずがないのです」

「気持ちはわかりますが、それは全然反論になっていませんよ」

相手の意を汲(く)みながら、細川は一歩も引かない構えで、

「今はアシル・ポアロの話をしているのですから。双子の兄弟だからといって、兄のアシルも敬虔なカトリック信者だったとは限らない。むしろ『カーテン』の幕引きは、カトリックを信奉するエルキュールらしくないと考えるべきでは？」

うまい切り返しだったが、富田は涼しい顔で首を横に振り、

「それについては見解の相違としか言いようがありませんな」

と取りつく島もない。細川はため息をついて、綸太郎とロザムンドに目を向けた。視線の動きでロザムンドにバトンを渡そうとしているのがわかる。綸太郎が腕を組んでだんまりを決め込むと、おもむろにロザムンドが口を開いた。

「要するに富田さんは、ポアロの死は覚悟の自殺じゃなくて、あくまでも心臓発作による自然死だったことにしたいのね」

身も蓋もない言い方に、富田は肩をすくめるようなしぐさをして、

「少なくともポアロ自身に、自殺の意図はなかったと申し上げただけですが」

「あらそうなの。だとしたら、逆にその方がアシルにふさわしいんじゃない？　だとしたらっていうのは、自然死だとすればっていう意味だけど」

「自然死の方がアシルにふさわしい？　それはまたずいぶん大胆なご意見ですな。ということは、あなたもアシル・ポアロ実在説を支持されるわけですね。これはなかなか手ごわそうだ。オリヴァ夫人を演じる山崎さんまで、アシルの入れ替わりなどという与太話を真に受けているとなると――」

「与太話と決めつけるのは、あたしの話を聞いてからにしてちょうだい」

ロザムンドが啖呵を切ると、富田はすっかり恐縮した面持ちで、

「これは失礼しました。ではあらためて、山崎さんのお考えを拝聴しましょう」

「望むところよ」

テーブルを囲む三人を見渡すと、ロザムンドは艶然と微笑んで、

「あたしもね、最初はアシル・ポアロが実在するかどうかなんて、別に気にしてなかったんだけど。新堀さんと畝明が盛り上がってるみたいだから、あたしも置いてかれないように、もちろん役作りのためにも、せめてオリヴァ夫人の出てくる小説ぐらいは目を通しておかないと、ぐらいの軽い気持ちだったのよ。さっそく調べてみたら、ポアロとオリヴァ夫人が共演してる長編は全部で六冊あるとわかって。発表順に『ひらいたトランプ』『マギンティ夫人は死んだ』『死者のあやまち』『第三の女』『ハロウィーン・パーティ』、それにこんど舞台化する『象は忘れない』が熟年コンビのフィナーレってことになるわね。ほかにも短編集の『パーカー・パイン登場』とか、ノンシリーズの『蒼ざめた馬』にも特別出演してるらしいけど、ポアロとのからみがないから、とりあえずそれはスルーしちゃった」

「お話の途中ですが――」

と性懲りもなく、富田が口をはさんだ。

「ポアロ・シリーズの『複数の時計』にも、オリヴァ夫人への言及があるのをお忘れなきよう。ポアロが探偵小説論を開陳する中で、彼女の作品についても率直な感想を述べている。偶然の一致という可能性のうすいことをやたらに使いすぎるとか、若気の至りでフィンランド人の探偵を登場させているが、彼の出身国についてシベリウス

以外は全然知識がないのが明らかだとか、ずいぶん辛辣なことを言っております。もとより、作者自身による一種の自虐ネタなのですが」

「そうなんですってね。けど本人が出てこないから、あたしの目的には合わないの。役作りの参考にもならないし」

ロザムンドは富田の差し出口を容赦なく切り捨てて、

「ところが、初共演の『ひらいたトランプ』から順番に読んでいったら、怪しいことがいっぱい書いてあるじゃない。それであたしもアシル・ポアロ実在説に肩入れしたくなったわけ。畝明じゃないけど、根拠ならいくらでもあるわ」

そう言って、向かいの細川に目配せする。細川は何も言わずに手元のキンドルを操作すると、腰を浮かせてロザムンドに手渡した。受け取ったキンドルの画面を確認してから、ロザムンドは軽くあごをしゃくって、

「ありがと。一番わかりやすいのはこれ、『第三の女』の中の記述ね。ポアロに会いにきたロデリック・ホースフィールド卿という老人が、どうやって彼の住所を突き止めたか、得意げに説明する場面——」

「わしは訊いた、ある時期にフランスのある場所でわしと対面したことのある連合国の情報部の人間の住所が知りたいとな。やつはちょっと途方にくれたようだっ

た、そこでわしは言った、『だれのことかわかるだろう』フランス人かベルギー人だ。きみはベルギー人だったな？　わしは言った、『名前はアキレスとかいうんだ。アキレスではないが』とわしは言った、『だが、アキレスに似た名前だ。小男で』とわしは言った、『大きな口髭で』すると思いあたったらしくてな、電話帳に出ているなどとぬかしおった。それはそうだがとわしは言った、『アキレスだかエルキュールでは（これはやつが教えてくれた）出ておらんだろう？　苗字が思いだせんのだから』するとやつは教えてくれた。たいそう丁重なやつでな。まったくいんぎんなやつだった」

朗読を終えたロザムンドが顔を上げると、富田は不満そうに鼻を鳴らして、

「いや、それは何の証拠にもなりません。『第三の女』のロデリック卿はすっかりぼけていて、ポアロのハッタリを真に受けたにすぎない。ポアロはロデリック卿と過去に対面したことがないのに、言葉巧みに誘導してそう信じ込ませただけです。アキレスという名前を口走ったのも、単にギリシャ神話の英雄の名をうろ覚えしていたからで」

「あら、そうかしら。往年のロデリック卿が連合国軍の大物で、耄碌する以前はさまざまな重要機密を知る立場にあり、諜報活動にも携わっていたことはまちがいないの

よ」

「まあ、それは作中にそう書いてある通りですけれども」

「だとしたら、彼が実際に『アキレスに似た名前の小男』と戦時中に接触していた可能性も否定できないんじゃない？　だってアシル・ポアロは、マイクロフト・ホームズに匹敵するぐらい、すぐれた素質を持った人物だったんだから。双子の弟のあずかり知らぬところで、連合国の秘密任務に従事していたとしても全然おかしくないでしょう」

「やれやれ、そんな妄想を並べ出したらきりがない」

「たしかに妄想かもしれないわよ。だけどね、富田さん。どうしても見過ごせないのは、『第三の女』が一九六六年に発表された作品だってこと。アシル・ポアロの存在が遠い昔の与太話だったとすれば、わざわざ四十年もたってからそれを蒸し返す必要なんてないでしょ？　この本が出た時、クリスティーは七十六歳のおばあちゃんだったのよ。そんな高齢の作者があえて『アキレスに似た名前の小男』の思い出をよみがえらせたからには、きっと何かわけがあると思うのが人情じゃない」

「それがアシル・ポアロ実在説の根拠だと？」

「根拠のひとつよ」

ロザムンドは小手調べみたいな余裕の口ぶりで、

「この『第三の女』を読んで、あたしはもうひとつピンと来たことがあるんだけど、それは後から言うわね。先に片づけておかなきゃいけない問題があるから。ええっと、何の話だっけ？　そう、『カーテン』のポアロの死因についてだった！」

　ロザムンドはポンと手を打つしぐさをした。話題が行ったり来たりするのは、オリヴァ夫人の語り口を意識しているのだろう。細川と同様、ロザムンドも舞台に上がる前から、自分が演じる役の勘所をつかむ努力を怠っていないようだった。

「ポアロの死因というと、さっきのあれですか？　自殺ではなく自然死だとしたら、逆にその方がアシルの死にふさわしいという」

　話を仕切り直すように富田が聞いた。ロザムンドは威勢よくうなずいて、

「そうなのよ。でもそのわけを説明するには、ギリシャ神話でヘラクレスと並び称される英雄、アキレスの物語をおさらいしなくちゃね。アキレスはプティア王ペレウスと海の女神テティスの子で、英雄の中ではマイナーな母系の半神なの。生まれてまもない頃、母親のテティスは彼を不死身にしようとして、冥界（めいかい）の川スティクスに浸したんだけど、その時息子のかかとをつかんでいたせいで、そこだけ不死にならなかった」

「アキレス腱（けん）の由来になった有名な話ですな。トロイア戦争でギリシャ軍最強の戦士と称えられたアキレスは、トロイアの王子パリスが放った矢に急所のかかとを射抜か

れて命を落とした。ポアロの死因とは、まったく結びつかないと思いますが」

「そうでもないのよ」

ロザムンドはしたり顔で富田に釘を刺すと、

「トロイア戦争って、基本的にはギリシャ軍とトロイア軍の戦いなんだけど、戦闘が長引いたうえに、神々の思惑と地上の人間関係が複雑にからみ合って、なかなか簡単にまとめきれないのよね。戦争の端緒になった〈パリスの審判〉だって、元はといえばアキレスの両親の結婚式にまつわるトラブルが原因だから、ものすごく根が深いわけ。

いちいち説明しだすときりがないから端折っちゃうけど、戦争が長引いた理由のひとつは、太陽神アポロンが人間どうしの争いに介入したからなのよ。ギリシャ軍の総大将を務めたアルゴス王アガメムノンがアポロンに仕える神官の娘を拉致したせいで、激怒したアポロンはトロイア軍に加勢することになったのね。弓の名人だったアポロンは〈遠矢を射る神〉とも呼ばれ、地上に矢を放ってギリシャ軍に悪疫をもたらした。パリスがアキレスを討ち取った時も、その矢を導いたのはアポロンだったと伝えられてるわ。

アポロンの矢は苦痛なく、一瞬で人間を殺すことができる。だから〈アポロンの矢に射られる〉という表現は、男性が急に死んでしまうことを意味するんですってね。

『カーテン』のポアロも心臓発作で急死したわけだから、〈アポロンの矢に射られた〉ことになるでしょう。これは明らかにアキレスの死を踏まえていて、ヘラクレスの最期には当てはまらない。だってヘラクレスは、晴れ着に仕込まれた毒が全身に回って力尽き、その体を薪の火で焼かれてやっと昇天したんだもの」

「とても興味深いご指摘ですが、ちょっと比喩に頼りすぎではありませんか？　それに比べれば、細川さんの象徴的な〈弟殺し〉の方がまだしも――」

「ごめん。悪いけど、途中でさえぎらないで！」

すっかり女優モードになったロザムンドは、富田の苦言をぶった切って、

「やっとエンジンが暖まってきたところなの。クレームは後でまとめて受け付けるから、もうしばらく辛抱してちょうだい……。それでね、面白いのはアキレスの死が何度も予言されてることなのよ。最初は母親のテティスで、息子がトロイア戦争に参加すれば死ぬ運命にあると予知し、アキレスを女装させてスキュロス島に隠した。だけどオデュッセウスに正体を見破られて、親友パトロクロスとともにトロイア攻囲戦に加わるの。

　ところがアキレスは、総大将アガメムノンに侮辱されたうえ、愛妾ブリセイスを奪われたことに憤怒して、戦線から離脱。たちまちギリシャ軍は劣勢に立たされ、見かねたパトロクロスがアキレスの武具を借りて反撃に打って出るも、トロイア軍の総大

将ヘクトルに討ち取られてしまう。親友の仇を討つため、アキレスは戦線に復帰するんだけど、その出陣に当たって愛馬クサントスが人語を発し、彼に死が迫っていることと、ひとりの神とひとりの男によって打ち倒されることを予言するのね……。死を覚悟したアキレスは殺戮の化身となってトロイアへ進撃し、城壁の外で壮絶な一騎討ちをくり広げた末にヘクトルを倒す。最後の予言は、断末魔のヘクトルの口から告げられるのよ──『わが弟パリスと光り輝くアポロンが、やがておまえを打ち倒すだろう』って」

独白を終えたロザムンドは、含みのある目つきで綸太郎を見た。台詞のきっかけを出すように唇の片方の端を持ち上げると、マニキュアした指先でキンドルのタッチパネルをいじり始める。謎かけの答えに、綸太郎はやっと思い当たって、

「ロザムンドさん、ちょっといいですか？　今の予言の話ですが、馬が人語を発するといえば『象は忘れない』にもそんな会話があったような気が」

「さすがだわね、のりりん。ほら、やっと出てきた。第二部の十二章で、ヒロインのシリヤがポアロに調査を続けてほしいと頼む場面よ──」

「でも、あたし、馬の口から直接聞きたいんです。こんなことを言って失礼いたしました。ムシュー・ポアロ、でも、そんなつもりで言ったんじゃないんです」

「いや、馬の口で満足ですよ」

「それで、馬の口になっていただけますかしら？」

「わたしは、なれるとつねに確信しております」

「そして、それはつねに真実なのですわね？」

「だいたいにおいて、それは真実です。それ以上のことは申しあげません」

「――その場面なら、わたくしもよく存じておりますよ」

富田は空気を読まない憎まれ役のテンプレみたいな口ぶりで、

「〈馬の口から〉というのは、もっとも確かな筋から情報を得るという意味で、競馬から来たスラングでしょう。ギリシャ神話を引き合いに出すまでもありません」

「だとしても、とても暗示的だと思いませんか？『カーテン』の前の作品で、エルキュール・ポアロが〈馬の口〉と自称するんですよ。それって〈アシルの死〉を予言するのとおんなじじゃないかしら！」

「いやはや、こう申しては何ですが、山崎さん。あなたのお話は暗示とか比喩とか、どれも具体的な裏付けに欠ける思いつきばかりだ。想像力に富んでおられることは認めますが、まず結論ありきのひとりよがりな解釈としか言いようがない。せっかくオリヴァ夫人の登場作品を読み込んだのに、そこから何も学ばれなかったようですな」

「ひとりよがりな解釈とは、ずいぶん言ってくれるじゃない」

言葉とは裏腹に、ロザムンドは富田との議論を楽しんでいる顔つきで、

「だけど、あたしがオリヴァ夫人から何も学んでないと思ったら大まちがいよ。ここまでそれを出さなかったのは、あたしがおいしいものを後に残しておく主義だから。お待ちかねのメインディッシュは、これからお目にかけますわ。畝明が従僕のジョージの目からもうひとりのポアロを見いだしたように、あたしはオリヴァ夫人の目を通して、ポアロに対する作者のイメージを再構成してみたの。だって、オリヴァ夫人はクリスティーが自分を投影した作中の分身で、スヴェン・イェルセンという架空の名探偵も、作者自身がパロディ化したもうひとりのポアロにほかならないんだもの……」

ほかの三人が固唾（かたず）を呑んで見守るなか、ロザムンドはキンドルのタッチパネルを操作して、また別のブックマークを呼び出した。細川に比べると頼りない手つきだが、あらかじめ二人で分担を決め、必要な朗読箇所を登録しておいたにちがいない。

画面を確認すると、ロザムンドはいきなり作中人物の台詞を読み始めた。それまでとはちがう抑揚（よくよう）の付け方で、アリアドニ・オリヴァ夫人の口調だとわかる。

「――気がついたときには、考えても不愉快になるような、スベン・ヤルセンとい

う作中人物が、わたしに一生つきまとって、離れなくなってしまっているのよ。おまけに世間の人ときたら、作者のこのわたしは、スベン・ヤルセンがお気に入りなのだなどと書いたり話したりするわ。スベン・ヤルセンが好きですって？　とんでもない、こんなやせっぽちのベジタリアンのフィンランド人に、実際に会ったら、わたしがいままで書いて来たどんな殺人方法より、ずっとましな方法でかたづけてやるから」

ロビン・アップワードはうやうやしく敬聴しながら、彼女を見つめていた。

「ねえ、アリアドニ、そりゃあすばらしいアイデアじゃないですか。実在のスベン・ヤルセン——そして作者のあなたが彼を殺害するのだ。それを、あなたの『白鳥の歌』として書くのですよ——あなたの死後に出版されるようにね」

「冗談じゃないわ！」とオリヴァ夫人が言った。「じゃ、お金はどうするのよ、人殺しを書いて入るお金なら、いま欲しいわ」

ロザムンドが口を閉じると、すかさず富田が注釈を入れた。

「『マギンティ夫人は死んだ』の一節ですな。オリヴァ夫人と、彼女の小説を舞台化する若い劇作家ロビンの共同制作（コラボレーション）が難航している場面。『ホロー荘の殺人』の舞台化と前後する時期の作品で、クリスティーの演劇観がうかがえる興味深い記述のひとつです」

「おっしゃる通りですけど、あたしがこの場面を選んだのは、二人の会話が『カーテン』の予告編になってるからなの。それでふと思ったんだけど——エルキュールにしろアシルにしろ、クリスティーという人は探偵のファースト・ネームにこだわる作家だった。だとしたら、このスヴェンという名前にも何か意味があるんじゃないかって。あたしはフィンランド語なんてからっきしだから、イプセンに詳しい演出家に聞いてみたのよ。イプセンはノルウェー人だけど、同じ北欧つながりで。

その人の話だと、スヴェン（Sven）っていうのはもともと少年・見習い戦士・召使いを指す北欧の古語で、それが個人名に転じたものらしいわね。その名前がバイキングを通じて英国に伝わり、Swain とか Swayne とか Swan という英語の姓になった。だから語源は全然ちがうんだけど、たまたま綴りが一緒だったせいで、白鳥のスワンと混同されちゃったみたいなの。それであたしは思ったわけ、劇作家のロビンが『白鳥の歌』という慣用句を口にするのは、スヴェンという名前の語呂合わせじゃないかって。もちろん、それだけならただの偶然の一致かもしれない。でも富田さん、この思いつきには傍証があるんです」

「傍証といいますと？」

「これも『象は忘れない』からだけど、ポアロとの会話の中で、ほかならぬオリヴァ夫人が白鳥にまつわる思い出を語る場面があるでしょう？」

「それで、あなたのほうは？」

「白鳥探しでもしましょうかしら」

「これはまた、どうして白鳥なんか？」

「いえね、乳母に言われて思いだしただけですよ。よくいっしょに遊んだ男の子が二人いて、一人はわたしのことを『象さん』もう一人は『白鳥さん』って呼んでいたんです。白鳥になってるときは、わたし、床で泳いでる真似をするんです。象になってるときは、その子たちが背中に乗るんですよ。この事件に白鳥は出てきませんけどね」

「それは結構なことです。象はもういいでしょう」

「それは面白い発見ですね――この事件にスヴェンは出てこない、か」

綸太郎はお世辞抜きで言った。先日の電話でロザムンドがほのめかしていたのは、そのことだったのである。

「ありがと、のりりん。だけど、本当に面白いのはこれから。スヴェン・イェルセンの名前が白鳥を指してるとしたら、当然はくちょう座の神話が気になるわよね」

レダと白鳥だ！　綸太郎は思わず膝を打って、

「スパルタの王妃レダは白鳥に化けたゼウスと交わって、双子のカストルとポルックスを身ごもった。つまりスヴェンというファースト・ネームは、白鳥のイメージを経由して、双子の兄弟を暗示していることになる」

「大正解！　でもそれだけじゃないわ。はくちょう座の由来には諸説あって、ギリシャ語で白鳥を意味するキュクノスという人物にまつわる神話も無視できない。同名の人物が複数いて、太陽神ヘリオスの戦車の操縦を誤って死んだパエトンの友人とか、アポロンの美形の息子って説もあるんだけど、あたしの推しはトロイア戦争でギリシャ軍と戦ったキュクノスね。海神ポセイドンの息子で、けっして傷つかない肉体を持ち、無数の敵兵を血祭りに上げたトロイア軍の勇将よ。キュクノスと対決したアキレスは、剣と槍（やり）の攻撃が全然効かないので、相手の首に兜（かぶと）の緒を巻きつけて渾身（こんしん）の力で絞め殺した。息子の死を悲しんだポセイドンが、天上に引き上げてはくちょう座に変えたという伝説があるの」

「――アキレスに絞殺された？」

「そう、アキレスによる白鳥殺し。つまりスヴェンという名前には、双子の兄弟とアキレスに殺された男、という二重の意味があるわけ。スヴェン・イェルセンはエルキュール・ポアロの分身だから、畝明が言った象徴的な〈弟殺し〉とおんなじ図式になるでしょう。これってアシル・ポアロ実在説の有力な根拠にならないかしら、富田さん？」

富田はむずがゆそうに口を曲げ、頬ひげの生え際を掻きながら、

「お話としては面白いが、さすがにそこまで行くと牽強付会、深読みのしすぎと言うほかありませんな。それに名前が似ているからといって、いちいちギリシャ神話に当てはめるのは反則です。神話と関連づければ、どんな解釈でも引き出せますから」

ロザムンドは獲物が餌に食いついたのを見届けるようににんまりして、

「ええ、もちろん、あたしだって深読みのしすぎなことは認めるわ。でもヘラクレスといい、アキレスといい、ギリシャ神話と関連づけたのはクリスティー本人なのよ。おまけにオリヴァ夫人のファースト・ネームは、アリアドニ——テセウスにミノタウロスの迷宮を攻略する糸玉を与えたアリアドネと同名ですからね。ポアロの死の謎を解く手がかりとしてギリシャ神話を参考にしても、罰は当たらないと思うんだけど」

富田は小鼻をふくらませたが、一本取られたのは明らかである。口をつぐんだ富田に代わって、綸太郎はずっと気になっていたことを質問した。

「ひとついいですか、ロザムンドさん。さっき『第三の女』を読んで、もうひとつピンと来たことがあると言ったでしょう。その話はまだですよね？」

「そうそう、いちばん大事な話を忘れるところだった。オリヴァ夫人じゃないけど、

あたしの記憶力もだいぶ怪しくなってきたわね……。それはともかく、実は『第三の女』でピンと来たっていうのはあくまでもきっかけにすぎなくて、もっと重要なのはその次の『ハロウィーン・パーティ』の方。この二作には共通点があって、それはどっちの小説にもギリシャ神話のイピゲネイアへの言及があることなのよ」

「イピゲネイア？」

「英語の翻訳だとイフィゲニアだったり、イフィジナイアだったりするみたい。あたしはエウリピデスの『アウリスのイピゲネイア』が刷り込まれてるけど」

綸太郎は〈六号室〉でのやりとりを思い出した。ロザムンドはたしか、ヒロインの母親クリタイムネストラを演じたことがあると言っていたが。

「アキレスと偽の縁談をでっち上げられるんでしたっけ？」

綸太郎がうろ覚えでたずねると、ロザムンドはこっくりうなずいて、

「ええ、それもトロイア戦争がらみなんだけど。開戦前、ギリシャ軍の艦隊がアウリスの港に集結し、出撃の準備を整えていた頃、よせばいいのに総大将のアガメムノン王が狩りに出て、純潔の女神アルテミスの聖なる鹿を殺してしまうの。激怒した女神が逆風を吹かせたため、ギリシャ軍は足止めを余儀なくされる。アガメムノンが神託を求めると、娘のイピゲネイアを生贄（いけにえ）に捧（ささ）げよ、というお告げが下るのね。悩んだ末にアガメムノンは私情を捨てる決心をして、妃（きさき）のクリタイムネストラに使

者を送り、ギリシャ一の英雄アキレスとの婚礼を口実にしてイピゲネイアを呼び寄せた。ところが当のアキレスには何の相談もなく、喜び勇んでアウリスへやってきたクリタイムネストラとイピゲネイアの母娘は、アガメムノンの真意を知って呆然とするわけ。義憤に駆られたアキレスは王女を助けようと手を尽くすんだけど、イピゲネイアは父王の名誉と威信を守るため、自ら生贄になることを受け入れて祭壇に身を捧げた。彼女の犠牲によって女神の怒りは解け、ギリシャ軍はようやくトロイアへ出撃する……。

　イピゲネイアの勇気に感銘を受けたアルテミスは、最後の瞬間に身代わりの仔鹿を送って彼女を救い、タウリケの神官として自分に仕えさせたともいうわ。だけどアキレスは、アガメムノンの非情な仕打ちに憤って、これが後の対立の遠因になるし、クリタイムネストラも夫への不信を募らせて、トロイア戦争終結後に愛人と謀り、凱旋したアガメムノンを殺害することになる——エレクトラとオレステスの悲劇の発端ね」

「それはまた別の話でしょう」

　と富田が横槍を入れた。ロザムンドはぺろっと舌を出してから、

「少し話がそれたけど、要するにイピゲネイアっていうのは生贄、それも父親に欺かれた娘の代名詞的な存在になるわけ。で、『第三の女』に話を戻すと、ポアロは真相

を見抜く重要なシーンで、イピゲネイア（イフィゲエネイア）の名を口にするのね。濡れ衣を着せられた生贄という意味で、あんまり詳しい説明はないんだけど、クリスティーがこの神話に強い関心を寄せていたのはまちがいないわ。そう思うのは、三年後の『ハロウィーン・パーティ』で、イピゲネイアの悲劇をもっと深く掘り下げているからなの」

「一九六九年に発表された長編ですな」

頬ひげの生え際を何度も掻きながら、富田がもったいぶった口調で、

「オリヴァ夫人が招かれたパーティの会場で、殺人の現場を目撃したことがあると爆弾発言した十三歳の少女が、リンゴ食い競争のバケツの水で溺死させられる……。ポアロ・シリーズでは『象は忘れない』の前作に当たり、一九五二年の『マギンティ夫人は死んだ』と五六年の『死者のあやまち』を作者自身の手で仕立て直したような趣があります。ポアロの捜査に協力するスペンス元警視は『マギンティ夫人は死んだ』以来の登場ですし、オリヴァ夫人の立場と妖精物語みたいな雰囲気は、園遊会の犯人探しゲームで死体役の少女が本当に殺されてしまう『死者のあやまち』とよく似ておりますから」

「ツボを押さえた解説をありがとう。でも『ハロウィーン・パーティ』は、ただ単に過去の作品を焼き直したものじゃない。イピゲネイアのモチーフを大胆に導入したせ

いで、作品の印象がすっかり様変わりしてるんですもの」

「様変わりといいますと?」

「物語の整合性さえ食い破るような、犯行動機の異常性とでも言えばいいかしら。神話的な幻想美を愛する犯人は、ギリシャの島に美しい庭園を造る夢のためなら、いかなる犠牲を払うこともいとわない。たとえそれが愛する娘であっても。そして儀式殺人の生贄に選ばれた娘の方も、自ら進んで祭壇に身を捧げようとする……。

危機一髪で救出された娘の母親に、ポアロはこう告げるの。『イフィゲネイア。アガメムノンは、自分の船をトロイまでやってくれる風を呼ぶため、おのれの娘をいけにえに捧げました。マイケルは新しいエデンの園を手にいれるために、自分の娘をいけにえに捧げようとしたのです』。だけどクリスティーが本当に描きたかったのは、異様な動機そのものより、ギリシャ神話の見立て殺人みたいなものだったと思う」

「見立て殺人とは! なんともはや、ずいぶん荒っぽい解釈を」

「そうかしら。マイケルが設計した石切り場の庭園を訪れ、ギリシャ的美と恐怖に魅入られたポアロが『ヘラクレスの冒険』を思い出す場面をごらんなさい。神話の見立てに取りつかれているのは作者で、犯人の美学は二の次なのがわかるから……。クリスティーはプロットの分裂や無理筋の偶然にも目をつぶって、イピゲネイアの悲劇をハッピーエンドに書き換えることを最優先したのよ。これがどういう意味かわかる、富田さん？

『第三の女』と『ハロウィーン・パーティ』でポアロが果たす役割は、生贄の祭壇からイピゲネイアを救い出すことだった——それはつまり、ギリシャ神話のアキレスがやろうとして果たせなかったことじゃない。クリスティーはあえて伏せているけど、シリーズが大詰めを迎える〈生贄三部作〉の結末は、まぎれもなくアシルの再来を予告しているのよ」

5　法月綸太郎の話

この章では『レーン最後の事件』の結末が明かされ
金庫の中に生死不明の〈猫〉が閉じ込められる

「聞き捨てなりませんな。それはひょっとして、すでに六〇年代後半の時点で、兄のアシルがエルキュール・ポアロと入れ替わっていたという意味ですか？」

火に油を注ぐような富田の質問に、ロザムンドはそっけなく首を横に振って、

「そういう意味じゃないの。だってどっちの本でも、三人称の地の文にエルキュール・ポアロって書いてあるんだから。ヘイスティングズの一人称で綴られた『カーテ

ン』とは、一緒にできないわ。そうでしょ、のりりん？」

綸太郎は厳粛な面持ちでうなずいた。三人称の地の文で虚偽の記述をしてはならない、というのはフェアプレイの基本原則である。

「あたしが言いたかったのは、七十代後半に差しかかったクリスティーが『カーテン』の出版を視野に入れて、語られざるポアロの死の真相に迫るヒントを書き残していた可能性があるってこと――『第三の女』で『アキレスに似た名前の小男』の存在を蒸し返したことも含めてね。そう考えないと、よりによってこの時期に、二冊のポアロ長編でイピゲネイアの主題をくり返す必要なんてないはずだもの」

富田はあごひげを掻きなでながら、尊大ぶった態度はそのままに、

「なるほど。山崎さんがおいしいものを後に残しておく主義だということは、よくわかりました。特に『ハロウィーン・パーティ』のギリシャ的な舞台装置に目をつけたのは、今日の殊勲賞でしょう。もちろん、いくらでも反論の余地はありますが」

「そう言うと思ったわ」

余裕の笑みを返してから、ロザムンドは急に顔色を曇らせて、

「でもねえ、この本にはまだ解せないことがあるの。リンゴに関する疑問なんだけど、役作りにも微妙に影響しかねないとこだから、どうしても見過ごせなくて」

「リンゴというと、オリヴァ夫人のリンゴ好きのことでしょうか？」

「そうなのよ。あなたには言わずもがなでしょうけど、リンゴ好きはオリヴァ夫人のトレードマークで、どこへ行くにもリンゴをぎっしり詰め込んだ紙袋を手放さない。『ひらいたトランプ』から『ハロウィーン・パーティ』まで、どれを読んでもリンゴをかじる場面があるのに、ラスト出演の『象は忘れない』だけが例外なのよね」

「その表現は正確さに欠けますな。わたくしの記憶する限り、『第三の女』にもリンゴをかじる場面はなかったはずです」

「あら、そうでしたっけ？　あたしも焼きが回ったわね。『ハロウィーン・パーティ』がやたらとリンゴの出てくる話だったから、それとごっちゃになったのかも」

「よくあることです。『象は忘れない』でオリヴァ夫人の好みが変わったのはまぎれもない事実ですが、その理由も『ハロウィーン・パーティ』に書いてある。被害者の少女がリンゴ食い競争のバケツに首を突っ込んでいるのを目にしたショックで、リンゴ恐怖症に陥ったからです。解せないどころか、ごく自然な反応ではありませんか」

富田が説いて聞かせると、ロザムンドはためらいがちに頬をすぼめて、

「それはそうなんだけど……。あたしが解せないのは、クリスティーがいきなりオリヴァ夫人の習癖を切り捨ててしまったことなの。解せないっていうか、このタイミングでわざわざそうしたのは、次回作の『象は忘れない』でポアロとオリヴァ夫人の共演に終止符を打つと決めていたせいじゃないかと思って」

「リンゴ恐怖症が、オリヴァ夫人退場への布石ですと?」

「うーん、あたしもそう言いきれるほど自信はないけど」

「リンゴといえば、『ヘラクレスの冒険』にも金のリンゴの話があるだろ――第十一話の『ヘスペリスたちのリンゴ』が。緑のエメラルドのリンゴがなった木を浮き彫りにした、ボルジアの金の酒杯が盗まれる事件なんだが、何かヒントにならないかね」

見かねた細川が助け船を出したが、ロザムンドはため息をついて、

「金のリンゴなら〈パリスの審判〉にも出てくるけど、ピンと来ないのよね。『もっとも美しい女神へ』と記された金のリンゴをめぐって、ヘラとアテナとアフロディテの三人がいがみ合う話よ。審判役のパリスが美の女神アフロディテを選んだ結果、美貌のスパルタ王妃ヘレネと道ならぬ恋に落ちるフラグが立って、トロイア戦争に通じる道が開けてしまうんだけど、それがオリヴァ夫人を理解するヒントになるかというと……」

ロザムンドはお手上げのポーズをしながら、物問い顔をこっちへ向けた。

アシル・ポアロにかこつけて、役作りの妨げになっているリンゴの謎までアンカーの綸太郎に丸投げしようという魂胆らしい。ロザムンドの無茶振りは毎度のことだが、当人の口からそれと関係のある台詞を聞いたばかりのような気がする。何だったか思い出そうとして、ふと卓上のキンドルに目が行った。

「ちょっとそれを見せてくれませんか？」

ロザムンドから受け取ったキンドルの画面には、『ハロウィーン・パーティ』の幕切れのページが表示されたままだった。ポアロの台詞を黙読してから、綸太郎はゆっくりと顔を上げ、固唾を呑んで見守っている三人に告げた。

「アシルの死とリンゴの関係も説明できると思います」


「――いよいよ、真打ち登場とあいなりましたか」

揉み手をしながら、すかさず富田が決まり文句を口にした。

「先鋒の細川さんは従僕のジョージ、中堅の山崎さんがオリヴァ夫人の立場から、それぞれのご意見を披露されたわけですから、大将の法月さんにはぜひともエルキュール・ポアロばりの名推理を聞かせていただきたいものです」

「いや、ポアロの役は香坂延浩さんがお似合いだ。ぼくはミステリー作家らしく、実作者の立場からアシル・ポアロ実在説を検討してみましょう」

綸太郎がはぐらかすと、富田はひげだらけの顔に不敵な笑みを浮かべ、

「なかなか大胆なことをおっしゃる。ジョージやオリヴァ夫人とちがって、あなたの取り組む相手が『欺しの天才』、アガサ・クリスティーその人であることをお忘れなく。わたくしごときが申すのもおこがましいですが、相当手ごわい相手ですよ」

「手ごわい相手なのは、十分承知しておりますよ」

富田の口真似で答えると、綸太郎は手提げ鞄からコピーの束を取り出した。細川のキンドルにはかなわないが、口頭の発表に必要な資料はそろっている。

「さて、アシル・ポアロ実在説の是非を問うには、まず『カーテン』の真相を見直すところから始めないといけません。今回ぼくが参考にしたのは、西村京太郎氏が一九七六年に発表した『名探偵に乾杯』というポアロへのオマージュ作品です」

「それって、十津川警部が出てくるやつ？」

ロザムンドが発した問いに、綸太郎は首を横に振って、

「出てきませんよ。英米仏日を代表する名探偵、エルキュール・ポアロ、エラリー・クイーン、メグレ警視、明智小五郎が推理を競い合う〈名探偵シリーズ〉四部作というのがありましてね。どれもマニアックな趣向をこらした本格パロディなんですが、最終巻の『名探偵に乾杯』にはポアロが登場しない。『カーテン』の翌年の作品で、〈今は亡きエルキュール・ポアロに捧ぐ〉という献辞があるように、ポアロの死にまつわる謎が最大のテーマになっているからです。

設定を要約すると、明智小五郎が西伊豆の無人島に築いた別荘に、亡きポアロを偲んで老いた名探偵たちが顔をそろえる。一同はヘイスティングズをゲストに招いて、ポアロ追悼の夕べを催しますが、そこにポアロ二世と称するマードック青年が現れ

る。青年は自分がポアロの遺児であることを証明するため、『カーテン』事件の真相を暴いて父親の汚名をすすごうとしていた。無人島の連続殺人が解明された後、最終章でマードック青年はあらためて『カーテン』に対する疑問点を挙げていきます。手っとり早く、旧文庫版の解説から山下泰彦（やましたやすひこ）氏が箇条書きにまとめたものを読んでみましょう――」

①ポアロが最も尊重したのは想像力であり、独創性であったにもかかわらず、すでに他の名探偵などに先例のある死に方をしたのは何故（なぜ）か。
②ヘイスティングズの手記である『カーテン』は、その中で犯人を「恐るべき男だった」と表現しているが、ポアロの心理学的な才能からいって、果して本当に恐れるに足る相手だったのか。
③かつてポアロは、「自分が殺人を犯しても、事件が起ったことさえ他人には気付かれまい」と明言していたにもかかわらず、何故に歴然たる他殺の痕跡（額の真中を撃（う）ち抜く）を残したのか。
④生涯の親友という仲でありながら、ヘイスティングズがポアロの車椅子を擬装だと見抜けなかったのは何故か。

「これらの疑問からマードック青年は、ヘイスティングズの一人称記述そのものに疑いを向ける……。ですが、ぼくはこの解決には与しません。虚偽の前提を認めれば、どんな結論でも真になってしまうからです」

「あの本の解決については、わたくしも同感です。というか、さすがにポアロの遺児という設定を認めるわけにはいきませんからな」

と富田が言った。綸太郎はにやりとして、

「あなたならそう言うと思いました。そこで、ヘイスティングズを疑うかわりにアシル・ポアロ実在説を当てはめて、これらの疑問が解消できるかどうか、ひとつずつ確かめてみましょう。ただし最初の疑問点については、長くなるので後から説明します。

では、二番目の疑問から。『カーテン』のポアロが兄のアシルだったとすれば、『ポアロの心理学的な才能』云々は問題になりません。アシルは『生まれつき、ことを好まぬ怠惰なたち』だったため、犯人を心理的に圧迫し、追い込んでいくという回りくどい手段を嫌い、もっと直接的な行動でケリをつけることを望んだのでしょう。三番目の疑問についても同様で、殺人に関するアシルの信条が弟と一致する必要はありません。あるいは先ほど細川さんが指摘したように、アシルが犯人の額の真ん中を撃ち抜いたのは、象徴的な〈弟殺し〉を誇示するメッセージだったという解釈も可能です。

四番目の疑問点は、もっと事情が複雑です。『カーテン』のポアロが兄のアシルだったとすれば、車椅子やかつら、つけひげの擬装を見抜けなかったことより、ヘイスティングズが生涯の親友の入れ替わりに気づかなかったことの方が、よっぽどありえないしくじりでしょう。ところが見方を変えると、アシルには大きなアドバンテージがあった。ヘイスティングズは、双子トリックへの心理的アレルギーを植えつけられていたからです」

「心理的アレルギーというと？」

「彼は『ビッグ４』事件でポアロに振り回された経験から、アシル・ポアロの存在は幻であると信じきっていました。ポアロの兄に関する記憶は深いトラウマになっていて、再会したポアロの挙動に違和感を覚えたとしても、その疑念は形になる前に抑圧されたにちがいない。親友の死に直面しながら、『ビッグ４』という前例を忘れていたのもそのせいです。かつてポアロの一人二役に欺かれた経験の反作用で、ヘイスティングズは絶対に双子トリックを見破れない。ポアロ兄弟の間で、その前提は共有されていたと思います」

「なるほど。ずいぶん綱渡り的な説明ですが、わたくしはむしろ二番目の疑問の方が気になりますね。生来、怠け者だったアシルが直接的な行動でケリをつけたいと望んだからには、それ相応の動機が必要ではないでしょうか？　法の手を逃れた罪人に裁きを下すというエルキュールの正義とは別の、もっと個人的な動機が」

富田の指摘は的を射ている。綸太郎は慎重に言葉を選びながら、

「アシルに個人的な動機があるとしたら、おそらく復讐でしょう。これはぼくの想像ですが、殺人鬼Ｘが関与したとされる五件の殺人以外にも、ヘイスティングズの知らない被害者が存在するのではないか。エルキュールも兄の企てに手を貸しているわけですから、犠牲になったのはポアロ兄弟の縁者だった可能性があります。その事件の捜査が糸口となって、殺人鬼Ｘの完全犯罪があぶり出されたと考えれば、アシルの復讐とエルキュールの正義は足並みをそろえて最終的な目的地にたどり着いたことになる」

「――ひとついいですか？」

と、横合いから細川が手を挙げて、

「私も復讐説に賛成ですが、死期が近いと悟ったアシルが息子のカーティスを呼び寄せたことに注目したいですね。Ｘの犠牲になったもうひとりの被害者は、カーティスの母親、ないし兄弟姉妹だったのではないでしょうか。実際に手を下したのは父親のアシルだとしても、カーティスが肉親の復讐にいっさい関与しなかったとは考えづらい。ジョージが言うほど、気の利かない男だったとは思えないんですよ」

綸太郎は顔の前で手のひらをすり合わせた。ヘラクレスの甥が父親のイピクレスと袂を分かち、伯父に忠誠を誓ったことを思い起こしながら、ふっと息を吐いて、

「カーティスが事情を知っていたかどうかは微妙ですね。ぼくはむしろ、何も知らされていなかったと思う。アシルは頭の具合が悪くなった息子を見捨てて、精神病院に隔離したわけでしょう。だとしたら病状が改善された後も、カーティスは父親の仕打ちを恨んでいたと思うんです。親子の間には修復不可能な深い溝があったはずですが、それでもアシルは死を賭した復讐の場に息子を立ち会わせたいと望んだ。義絶状態のカーティスに最期を看取ってもらうには、父親でないふりをするほかありません。弟のエルキュールになりすましたのも、それが一番の理由だったのではないでしょうか」

「じゃあ、カーティスは最後まで叔父の世話をしているつもりだったと？」

「そうなりますね。それもぼくの想像で、具体的な裏付けはありませんが」

「いや、その説はわりといけますよ、法月さん。双子の入れ替わりという危ない橋を渡る理由がちゃんと説明できるんだから」

細川は興奮気味に認めた。すると富田がそのやりとりに水を差すように、

「待ってください。そこまで飛躍すると、もはや完全に創作ではありませんか。つじつま合わせに後出しの設定をどんどん足していくのは、原作への冒瀆ですよ」

「ついに出たわね、妖怪(ようかい)・幻錯衛(げんさくえ)ノ坊男(ぼうおとこ)！　だけど、そもそもアシルに個人的な動機が必要だって言い出したのは、あなたじゃなかったかしら」

ロザムンドは的確な援護射撃で富田の気勢をそぐと、さらに念を入れて、

「アシルの復讐説が完全な創作だとしても、『アクロイド殺し』の作者なら大目に見てくれるんじゃない？　だって当人が『事実を省いて書くことはアンフェアではない』と豪語してるんだから。それなら読者にだって、書かれていない余白を想像で埋めていく権利があるはずよ。ねえ富田さん、あたしの言うことはまちがってる？」

真顔で問われて、富田はたじたじとなりながら、

「山崎さんにはかないませんな。だいぶ旗色が悪いようですから、わたくしの異論は取り下げることにしましょう。それより気がかりなのは、後回しになっている最初の疑問点です。『他の名探偵などに先例のある死に方』というのは、一九三三年にエラリー・クイーンがバーナビー・ロス名義で発表した『レーン最後の事件』のことでしたかな」

きわどいことをさらっと口にする。ロザムンドと細川がネタバレへの拒絶反応を示していないのを見届けてから、綸太郎はおもむろにうなずいて、

「その通りです。『名探偵に乾杯』では、次のように書かれています」

「ミスター・クイーンがよくご存じの名探偵ドルリー・レーンは、その最後の事件で、新たな殺人を防ぐために犯人を殺し、自殺しています。伝えられているポアロの死は、これと同じではありませんか。想像力が豊かで、人真似をもっとも嫌ったポアロが、レーンと同じパターンの死を選ぶとは、私には、到底思えないのです。もし、そんな死に方をすれば、世の人々から、なんだ、レーンと同じ死に方ではないかと批判されるに決まっているからです。現に、多くの人が、『カーテン』を読んでから、『レーン最後の事件』との類似を指摘し、独創性がないと批判しています。こうした批判こそ、ポアロがもっとも恐れたものだったはずだし、ミスター・ヘイスティングズの手記にあるような死に方をすれば、死後、自分が批判されることが、想像力の秀れたポアロにわからぬはずはないのです」

資料のコピーから目を上げて、綸太郎は説明を続けた。

「この批判の矛先は、実際はポアロでなく、作者に向けられたものです。おそらくクリスティー本人もこうした批判を予想していた──『カーテン』を執筆する際には、『レーン最後の事件』との類似性を十分にわきまえていたと思います。なぜかというと、ドルリー・レーンが退場した翌々年に『三幕の殺人』を発表しているからです。『三幕の殺人』のイギリス版原題 *Three Act Tragedy* は、クイーンの〈悲劇四部作〉

を容易に連想させますし、意外な犯人の正体も『レーン最後の事件』の設定を換骨奪胎したように見える。ショッキングな幕切れの台詞で、ありえたかもしれない〈ポアロの死〉を暗示していることも見落とせません。同じ三五年に出た『雲をつかむ死』には、検死審問でポアロが殺人犯にされかける一幕もあって、偶然の一致にしてはあまりにもそろいすぎている。

その翌年、クリスティーは〈XYZの悲劇〉と張り合うように『ABC殺人事件』と題した長編を発表します。先ほど細川さんが引用したように、この小説には『カーテン』の結末を予告するようなきわどい会話が存在する。ドルリー・レーンへの対抗心が衰えていない証拠ですね。さらに同じ三六年、オリヴァ夫人やバトル警視、レイス大佐といった別シリーズのキャラクターがポアロをサポートする『ひらいたトランプ』のラストに、クリスティーはもっと物騒な台詞を記しています」

「ローダ、ポアロさんを刺し殺しちまおう。そしてね、彼の幽霊が出てきて犯人を探し出せるかどうか、見ようじゃないか」

「これも〈ポアロ最後の事件〉への予告といえるでしょう。被害者のシャイタナ氏は人殺しのコレクターで、『カーテン』の殺人鬼Xを予感させる悪魔的人物ですし。翌三七年の『もの言えぬ証人』に降霊術を使う霊媒の姉妹が出てくるのも、ポアロの幽霊という着想に未練があったせいではないか……。ことほどさように、クリスティーはポアロに対して愛憎半ばする想いを抱いており、三八年にはこういう発言をしています」

怒りに駆られた瞬間など、ちょっとペン先を動かして彼を完全に消し去ってしまったらどうだろうと想像してみたりします。けれども彼は傲慢にもこう答えるのです。不可能だ。ポアロはそんなやり方では消せはしない。ポアロはもっと頭がよいのだから。

「頭脳明晰なポアロを消すためには、たっぷり時間をかけて用意周到にことを運ばねばならない。ロザムンドさんによれば、アキレスの死は何度も予言されていたそうですが、『三幕の殺人』以降、クリスティーも作中でくり返し〈ポアロの死〉を予告しています。あたかも作者の脳内で〈ポアロ殺害計画〉というドラマが着々と進行するみたいに」

「ん？　どこかで聞いたような台詞だな」

細川がぽろっとつぶやいた。綸太郎は目で応じてから手元のコピーをめくり、マーカーでラインを引いた二組の文章を続けざまに読み上げた。

「『なんらかのドラマが——殺人事件に発展するドラマが——着々と進行中なのだ』『すべてがある点に向かって集約していく……そして、その時にいたる——クライマックスに！ ゼロ時間だ。そう、すべてがゼロ時間に集約されるのだ』」

細川は嘆声を洩らしながら、こぶしを手のひらに打ちつけて、

「『ゼロ時間へ』か！ でも法月さん、あれはバトル警視もので、ポアロの出番はなかったはずですが」

「そこがポイントなんです。クリスティーが『カーテン』を完成させたのは、第二次大戦中の一九四三年頃とされていますが、本格ミステリーの常識を覆す『ゼロ時間へ』が発表されたのは四四年。殺人をドラマのスタート地点ではなく、ゴールになぞらえた野心作ですね。その中に、バトル警視がポアロの捜査法を参考にする場面があります」

甥がうなずくのを見ながら、バトルはあごをなでて眉をひそめた。

「どうしてさっきからエルキュール・ポアロのことばかり考えてしまうのかな？」

「あのじいさんのこと？ ベルギー人の？ あの小男はなんだか滑稽じゃない？」

「滑稽だなんて、とんでもない」バトル警視は言った。「あの男はコブラのように

危険で、雌豹（めひょう）のように抜け目ないんだ。そうとも、やつが相手の裏をかこうと動きはじめたら、まさに雌豹だ。彼がここにいてくれたらなあ——この手のことは彼がもっとも得意とするところなんだ」

「この後の章で、バトル警視はポアロが左右対称（シンメトリー）にこだわっていたことを思い出し、重要な手がかりを発見するわけですが、そのくだりも含めてバトルの口ぶりは、まるで故人の思い出を語っているように読めませんか？」

細川は目を丸くしたが、あごを垂らすようにうなずいて、

「言われてみれば、たしかに」

「もちろん表向きには、ポアロはまだ健在です。しかし『カーテン』を書き終えた作者にしてみれば、彼はすでに死者だった。バトル警視の発見が『カーテン』のとどめの一撃、額の銃創の特徴に直結しているのも、執筆時期が近かったせいでしょう。当時のクリスティーにとって〈ゼロ時間〉というキーワードは、〈ポアロ殺害計画〉の完了を意味していたことになります」

「なるほど。独立した解釈としては悪くありませんな」

頬ひげの生え際を掻きながら、富田が口をはさんだ。同じ場所を掻きすぎて皮膚がすっかり赤くなっている。自分でもそれに気づいたのか、顔から指を離して、

「ですが『カーテン』を〈ゼロ時間〉に見立てると、アシル・ポアロ実在説が宙に浮いてしまいませんか。クリスティーが愛憎半ばする想いを抱いていたのは、あくまでもエルキュールに対してであって、双子の兄のことなど眼中になかったはずですから」

「ぼくもそう思いますね、富田さん。この時点ではまだ、アシル・ポアロの存在は幻にすぎなかった。双子が入れ替わるのは戦後になってからです」

ごまかすつもりはなかったが、富田は鼻白んだような顔をして、

「戦後になってから？　それはいったいどういう意味ですか」

「これから説明します。〈ゼロ時間〉を通過したポアロが復活するのは一九四六年の『ホロー荘の殺人』からですが、富田さんもご承知の通り、この作品のポアロは影が薄い。後にクリスティー自身、『自伝』の中でこう記しています」

『ホロー荘の殺人』はいつも思っていたことだったが、ポアロの登場が失敗の小説だった。わたしは自分の小説にポアロを出すことに慣れきっていたから、この小説にも当然彼がはいってきているのだが、ここでは失敗だった。彼は彼としての役目をちゃんと果たしてはいるが、この小説から彼を抜きにしたらもっとよくなるのではなかろうかと、わたしは思いつづけていた。そこで、劇として草稿を作るとき、

ポアロを取りのけてしまった。

「ポアロが生彩に欠けるのは、作者にとって彼が幽霊だったことの証(あかし)でしょう。唯一冴(さ)えたところを見せるのは〈トロイの木馬〉をめぐる推理ですが、その由来となった作戦がアキレスの死後の出来事だということに注意してください。というのも、翌四七年の『ヘラクレスの冒険』でいきなりアシルの名前が復活するからで、そうするとクリスティーはこの間に『カーテン』の別解を見いだした、と想像する余地が出てきます」

綸太郎が一息入れると、富田は疑わしそうに目を細めて、

「別解というと、要はアシル・ポアロ実在説のことですか？」

「ええ。銀行の金庫に収められた『カーテン』の原稿は、施錠された扉を開けるまで、ポアロの生死が定まらない状態になっていました。『鳩(はと)のなかの猫』ならぬ、『箱のなかの猫』ですね。シュレーディンガーの猫の思考実験みたいに、〈生きているエルキュール〉と〈死んだエルキュール〉が半分ずつ重なり合っていたわけですから。ところが戦後の空気に触れることで、彼に対するクリスティーの感情にも変化が生じたのでしょう。作者の気が変わっても金庫の中の原稿は元のままですが、ポアロの新たな冒険を書き継いでいけば〈死んだエルキュール〉を〈死んだアシル〉にすり替え

ることができる……。『ヘラクレスの冒険』を短編集としてまとめる際、新たに書き足された序章『ことの起こり』には、こういう一節があります」

ポアロは、アシル・ポアロの生涯についてのこまごました事柄を一気にふりかえった。あれもこれも、ほんとうに起こったことだったのだろうか？

「ほんの短いあいだのことだったがね」と、彼は答えた。

「心変わりしたクリスティーにとって、ほんの短いあいだのこととは『ビッグ４』の茶番でなく、未発表の『カーテン』を指していたのではないか。その原稿の中にだけ、実在のアシル・ポアロの生涯が描かれているからです。アシルの実在をほのめかすことが、エルキュールをこの世に呼び戻すきっかけになったのでしょう。先ほど富田さんは、ポアロは敬虔なカトリック教徒だから自殺するはずがないとおっしゃいましたが、そのことが作中に明記されたのは『ヘラクレスの冒険』と翌四八年の『満潮に乗って』だった。発表のタイミングから見て、ポアロの宗教観がいずれ『カーテン』の結末に疑念をもたらすであろうことは、作者の計算のうちだったと思います」

「わたくしはポアロの死が自殺ではなく、自然死だと申し上げたはずですが」

と富田が言った。綸太郎は軽くかぶりを振って、

「いずれにしても、目を引くのはこの時期にポアロの信仰が明かされたことです。わざわざそんなことを書いたのは、作者の心境に何らかの変化が生じたからでしょう。その証拠に、新作のポアロは『満潮に乗って』から以前の彼らしさを取り戻し、五二年の『マギンティ夫人は死んだ』では完全に主人公の地位に返り咲いている。『マギンティ夫人は死んだ』は、オリヴァ夫人との熟年コンビを結成して、戦後のポアロ・シリーズの作風を確立した作品です。ロザムンドさんが引用したスヴェン・イエルセンと『白鳥の歌』に関する会話も意味深長で、富田さんも触れていましたが、この小説の献辞はポアロが出てこない舞台版『ホロー荘の殺人』を演出したピーター・ソーンダーズ（サンダーズ）に捧げられている。ありていに言えば、『ホロー荘の殺人』からポアロの幽霊を取り除くことで、オデュッセウスならぬエルキュール・ポアロはようやく冥界を去り、戦後の現実世界への帰還を果たしたということになるでしょうね。その四年後に発表された『死者のあやまち』の中で、老いたポアロは自分の死についてこう語っています」

「たしかにあなたのおっしゃるように、われわれのような年寄りには、もう死ぬことなどあたりまえのことですがね、しかしそうは言っても、ほんとのところは死にたくはないのですよ、いや、すくなくとも、このわたしは死にたくないですな。人生はわたしにとって、依然として興味津々たるものがありますからね」とポアロが言った。

「この台詞を書く十数年前、クリスティーは〈ポアロの死〉――それも限りなく自殺に近い死を描いています。にもかかわらず、ポアロは『すくなくとも、このわたしは死にたくないですな』と宣言する。これはポアロという作中人物の生命力が、封印された〈ゼロ時間〉をこっぱみじんに打ち砕いてしまったことを意味します。金庫の中のポアロが相変わらず生と死の混合状態に置かれているとしても、作者の頭の中では明らかに〈生きているエルキュール〉が勝利しているわけです。極論すれば、戦後のポアロ・シリーズは〈ゼロ時間〉を上書きすることに費やされたといってもいいでしょう。

その中でオリヴァ夫人が果たした役割は、見かけよりずっと大きい。とりわけシリーズ終盤の三作に出ずっぱりなのは、晩年の作者の強いこだわりを感じさせます。ロザムンドさんが言うように、オリヴァ夫人はクリスティーの分身で、エルキュールを庇護(ひご)する女神のような存在ですからね。『第三の女』と『ハロウィーン・パーティ』の結末が、アシル・ポアロを名指ししているという説には説得力がある。その見立てに付け加えるなら、イピゲネイアのモチーフが双子の弟の生贄になるアシルへのはなむけにふさわしいことでしょう。『マギンティ夫人は死んだ』以来二十年にわたるポアロとオリヴァ夫人の二人三脚も、彼の身代わりになるアシルのイメージを外側から埋めていく作業だったにちがいない。そして、最後の仕上げとして書かれたのが『象は忘れない』だったと思います」

6　カーテンコール

この章では『象は忘れない』の結末が明かされ
謎の人物が一座を代表して謝辞を述べる

「『間奏曲』の章でポアロがつぶやく台詞は、『わが終りにこそ初めはあり』だったかしら。ぐるっと回って、スタート地点に戻ってきたようなものだわね」

じっと耳を傾けていたロザムンドがしみじみと洩らした。テーブルの左右に顔を振り向けながら、綸太郎も頬をゆるめて、

「それも細川さんとロザムンドさんの貢献あってのことですよ。でも、一番の殊勲賞はやっぱり新堀さんでしょうね。舞台化に取り組んだのがほかの作品だったら、こういう議論にはならなかったはずだから」

富田の顔を正視すると、メガネの奥の目が急に落ち着きをなくした。

「――殊勲賞というのは、彼がポアロの甥に注目したことに対して？」

「それもありますが、もっと大きいのは『象は忘れない』を『カーテン』への布石、前哨戦と位置づけたことですよ。その二作をセットにしたことで、いろんな切り口が見えてきた。中でも決定的だったのは、シンプルな双子トリックが持つ意味で」

「ああ」

富田は妙にこそばゆそうな返事をした。綸太郎はなにくわぬ顔をして、

「結論に入る前に、ここまでの論点を整理しておきましょう。そもそもクリスティーは、シャーロック・ホームズのファンでした。だからこそポアロにも、ホームズと肩を並べるような死と復活のドラマを演じさせたかったにちがいない。『ビッグ４』で双子の兄アシルをでっち上げたのは、そんな色気があったからでしょう。しかし当時のクリスティーは作家として未熟だったうえに、失踪事件と離婚というスキャンダルの最中に出版を急いだせいで、せっかくのアイデアを十分に生かしきれなかった。彼女がそのことを悔やんでいたのは、『レーン最後の事件』への屈折した反応からも見て取れると思います。

そうした土壌から芽吹いた〈ポアロ殺害計画〉は、全盛期を迎えた作者の手で密か（ひそか）に育まれ、第二次大戦下の不安と混乱の中で実を結んだ――それが『カーテン』とい

う禁じ手の犯行です。一家の大黒柱だったクリスティーは、ドル箱の名探偵を延命させるため原稿を封印しますが、むしろもっと別の理由で発表を控えたとしてもおかしくない。『名探偵に乾杯』で指摘されているように、『カーテン』の結末には先例があり、独創性に欠けるという批判を招きかねない弱さを抱えていたからです。

クリスティーもそのことは自覚していたでしょう。先例のないパターンを模索したはずですが、正攻法では『ビッグ4』や『レーン最後の事件』の二番煎じにしかなりません。でも『カーテン』の裏地に『ビッグ4』の図案を刺繍(ししゅう)すれば、ほかに例のない〈ポアロ最後の事件〉が実現できるのではないか。新たな着想を得たクリスティーは、アシル・ポアロという最強の切り札を使うため、念入りに準備を整えていった……」

「まとめはいいけど、ひとつ大事な論点を忘れてるんじゃない？」

ロザムンドがしびれを切らしたように、綸太郎の上着の袖(そで)を引っぱった。

「オリヴァ夫人のリンゴ恐怖症はどうなったのかしら。あなたさっき、アシルの死との関係も説明できるって言ったわよね」

「忘れちゃいませんよ。だけどそれは、最後のデザートに取ってあるので」

涼しい顔ではぐらかすと、綸太郎はおもむろに手元のコピーをめくって、

「さて、総仕上げとなる『象は忘れない』は、死によって固く結ばれた三人の男女の

物語です。依頼人であるシリヤの両親と伯母――アリステア・レイヴンズクロフト将軍とマーガレット夫人、その姉であるドロシアがイレギュラーな三角関係を構成する。ドロシアとマーガレットは一卵性双生児の姉妹でしたが、ドロシアは若い頃から心を病んでおり、何度も子供を手にかけて専門医の治療を受けていた。そのことが後の悲劇を招きます」

「事件の真相はこうだと思います。ドロシアが妹のマーガレットを殺したのです。ある日、二人は一緒に崖の上を散歩していた。そして、ドロシアがマーガレットを崖から突き落としたのです。自分と瓜二つでいながら、正常で健康な妹に対する憎しみと恨み、その潜在的な強迫観念に耐えられなかったのです。憎悪、嫉妬、殺人の欲望、こうしたものがすべて頭をもたげ、彼女を支配したのです」

「ところがドロシアの境遇を深く憐れんでいた将軍は、彼女をマーガレットに仕立て、義姉が事故死したことにする。それから三週間後、夫婦が心中したように偽装して、ドロシアを射殺し自分もその後を追った。『一人は殺され、一人は殺人者を処刑した、これ以上子供たちに危険がおよばないよう、人道のためにです』――それがポアロのたどり着いた悲しい真相でした。

根幹となるプロットは非常にシンプルで、ポアロが真相を見抜く手がかりもわかりやすい。ドロシアとマーガレットが瓜二つの双子であると明かされた時点で、ほとんどの読者は姉妹の入れ替わりに気づくでしょう。だからといって、一概にクリスティーの筆力が衰えたとは言いがたい。入れ替わりトリックは見え見えでも、心中事件の真相と将軍の動機には、読者を震撼させるものがあるからです。特にドロシアの不気味さは、クリスティーが幼い頃、姉のマッジと興じた〝上の姉さん〟という遊びに通じます」

「マッジというのは、マーガレットの愛称でしたね」

どこか上の空の口調で、富田がつぶやいた。

「それなんです。〝上の姉さん〟はマッジと姿形がそっくりな、気の触れた年上の姉という設定だった。依頼人の母親である双子の妹に、自分の姉と同じマーガレットという名前を与えていることも含めて、子供時代に体験した恐怖が『象は忘れない』に影を落としているのはまちがいありません。ただクリスティーは単にプライベートな思い出を焼き直しただけでなく、そこにもっと複雑で手のこんだニュアンスを付け加えている。だからこそこの〈最後から二番目のポアロ作品〉を前にして、読者はこう問わねばなりません――これだけあからさまなトリックを使った作者の真意はどこにあるのか？」

細川とロザムンドはすぐに察したようだが、富田の反応は鈍かった。相変わらず上の空の表情でひげの生え際を掻いているのは、名前のことに気を取られているせいか。

「〈ポアロ最後の事件〉への布石ですね」

ロザムンドに目で催促され、細川が答えを口にした。

「双子の姉が妹を殺し、その妹になりすまして殺される『象は忘れない』の真相は、やがて発表されるであろう『カーテン』の別解——双子の弟エルキュールになりすまして殺人鬼Xを殺害し、その後自殺に近い死を迎える兄アシルという構図とシンメトリーをなしている。この二作を続けて読めば、自然とそうした連想が働くでしょう」

「あたしもそう思う」

とロザムンドも尻馬に乗って、

「双子の入れ替わりの可能性を考えるように、クリスティーがお膳立てしたのよ。新堀さんと畝明がアシル・ポアロ実在説に飛びついたのも、そのせいじゃないかしら」

「お二人の言う通りでしょうね。ぼくの見たところ、ポアロが目をつけた二つの手がかり——将軍夫人の遺品から見つかった多すぎるかつらと、遺体に残されていた犬の噛み傷も同じ役目を果たしている」

「かつらの意味はわかるわ。姉妹の入れ替わりをごまかす小道具で、『カーテン』のポアロもヘイスティングズの目を欺くためにかつらを使用したんだもの。だけど、噛み傷っていうのはどういうこと？」

「犬ですよ。利口な犬だからなりすましの女主人に噛みついたわけですが、『ヘラクレスの冒険』の最終話にも〈冥府の番犬(ケルベロス)〉になぞらえた忠犬が登場する。その飼い主は『ビッグ4』のヒロイン、ヴェラ・ロサコフ伯爵夫人そのひとなのですから、この二つの手がかりによって『カーテン』と『ビッグ4』が紐付(ひもづ)けられることになります。熱心なファンなら、否応(いやおう)なしにアシル・ポアロを思い出さざるをえない」

「新堀さんは『ビッグ4』のことを忘れていたそうですが」

細川が思い出したように言った。綸太郎は肩をすくめるしぐさをして、

「本当に失念していたかどうか、怪しいものですけどね。ずっと引っかかっていたことがあって、実は『ヘラクレスの冒険』にはアシルとエルキュールが双子だとは書いてないんですよ。だから細川さんが『ビッグ4』を読む前からそのことを知っていたのも、ほかならぬ新堀さんに吹き込まれたせいじゃないかと思ったんですが……。それはともかく、話を先に進めましょう。ぼくはさっき『象は忘れない』という小説には、作者の子供時代の体験が影を落としていると言いました。それもそのはずで、*Elephants Can Remember* という原題が示す通り、この本には後期のクリスティーが得意とした〈回想の殺人〉というテーマを時間をかけてさらに熟成したような、深

い味わいと余韻がある。老齢の作者でなければ書けない凄みがあるといってもいいでしょう。過去に起こった事件を捜査する〈回想の殺人〉――このテーマにクリスティーが挑んだのは、一九四三年に発表された『五匹の子豚』が最初です。もっとも、同じテーマで作者の死後に発表されたミス・マープルの最終作『スリーピング・マーダー』の方が先に執筆されたという説もあるようですが」

「いや、そうとも言いきれません」

急に何かのスイッチが入ったように、富田が沈黙を破って、

「クリスティーの創作ノートを詳しく分析した熱狂的ファンのジョン・カランはその著書の中で、『スリーピング・マーダー』の執筆は一般的に考えられている一九四〇年代前半よりも、十年近く後なのではないかと推測しています。ノートの中には、戦後数年たってから書かれたことを示す記述もあるらしい」

「そうなんですか」

富田の話しぶりから、それまでの尊大ぶった言い回しが消えていることに綸太郎は気づいた。揚げ足取りではなく、まっとうな助言なのである。

「いずれにせよ、ポアロが過去の事件の解明を依頼された初めてのケースなのはまちがいないでしょう。『五匹の子豚』は結婚を控えた若い女性が、自分の親に関する真

実を知ろうとしてポアロに調査を託す物語ですから、『象は忘れない』がその三十年後の変奏曲であることも明らかです。クリスティーはそのことを強調するように、作中で何度も『五匹の子豚』事件を引き合いに出している。たとえば――」

ポアロは黙っていた。過去のことを調べるように依頼され『五匹の子豚』の童謡を思いださせる、過去の五人の人物を調査したときのことを考えていたのだ。おもしろい事件だったし、結局は苦労のしがいがあったというものだ。ついに真相を突きとめたのだから。

「くり返しになりますが、『五匹の子豚』は一九四三年の初めに発表されました。その三年後の『ホロー荘の殺人』まで、ポアロの新作長編は出ていない。『カーテン』の執筆時期は四〇年代初頭、おそらく四三年には完成したと推測されているので、ポアロ・シリーズに限定すれば『五匹の子豚』の次の作品と見ていいでしょう。だからクリスティーにとって、この二作は一対のセットになっていたと考えられる。具体的な根拠として、『カーテン』のエリザベス・コールに関するエピソードを挙げることができます」

「殺人鬼Xが関与した五つの殺人のうち、四人の娘を虐待していた暴君のような父親が、長女マーガレットに殺害された事件ですね。犯行を自供したマーガレットは心神喪失の裁定を受けた後、収容先の病院でほどなく死亡。牢獄（ろうごく）のような暮らしから解放された妹のエリザベスは、母親の旧姓を名乗りながら、ずっと姉の犯行に疑いを抱いている」

　先回りするように富田がてきぱきと説明した。名前からの連想で、あらかじめその話題になると予想していたにちがいない。綸太郎は以心伝心の笑みを浮かべて、

「そう、一家の母親的存在だった長女の名前もマーガレットなんです。しかもポアロは最後の手記にこう綴っている。『友よ、彼女のようなまだ歳も若く、まだ魅力的な女性が、呪われた血を引いているなどと言って、人生を拒絶するなどまちがったことです。はい、まったくもって正しくありません。そのことを、友よ、きみが彼女に伝えるのです――女性に対してなにがしかの魅力をまだ失っていないきみが……』

　婚約者こそいませんが、エリザベスは『五匹の子豚』の依頼人カーラとよく似た境遇の女性です。獄中死したカーラの母親は、妹への負債をつぐなうために罪をかぶった姉でもありました。〈母＝姉〉の殺人ないし冤罪（えんざい）というモチーフに注目すると、『五匹の子豚』と『カーテン』は見えない赤い糸でつながっている。そこに『象は忘れない』を加えれば、三十年越しのトライアングルが完成するでしょう。

　このトライアングルは、マーガレットという〈母＝妹〉の名前を介して、双子の姉

妹とレイヴンズクロフト将軍の三角関係にぴったり重なる。『わが終りにこそ初めはあり』――ロザムンドさんが引用したポアロの独白は、解決編の間際、三人が一緒に葬られた墓の前でつぶやかれたものですが、このタイミングで『わが終り』という言葉が出てくるのは、作者が『カーテン』を念頭に置いていたことの証ではないでしょうか？　いずれにせよ、晩年のクリスティーにとって『象は忘れない』という小説は、『五匹の子豚』の変奏曲であると同時に、『カーテン』と一対のセットになるべく周到に仕込まれた〈ポアロ最後の挨拶〉だったことになります」

「そうか！　だから〈回想の殺人〉なのか」

細川がすっぱ抜くような声を発して、

「『過去の罪は長い影をひく』――戦後のポアロ・シリーズは〈ゼロ時間〉を上書きすることに費やされたと言いましたね。ポアロとオリヴァ夫人の二人三脚はアシルを身代わりにする準備工作で、『象は忘れない』の双子トリックが『カーテン』の別解、エルキュールの生存ルートを確保する。それはつまり、三十年前にクリスティー自身が犯した〈ポアロ殺し〉の真相を改変して、過去の罪を帳消しにするということです。だとすれば、オリヴァ夫人がいきなりリンゴ恐怖症になったのも……」

「ストップ！　そこから先はあたしの台詞よ」

ロザムンドは気功師みたいなポーズで細川を黙らせると、

「あたしとしたことが、ギリシャ神話のことばかり考えていたせいで、いちばん単純な答えを見逃していたのね。『ハロウィーン・パーティ』の犯人は〈新しいエデンの園〉を手に入れるために事件を起こした。エデンの園にリンゴと来れば、禁断の果実、原罪の象徴に決まってるじゃないの」

「お二人に先を越されちゃいましたね」

綸太郎は頭をめぐらせながら、同意のしるしに目を細めて、

「オリヴァ夫人がリンゴ嫌いになったのは、クリスティーが〈ポアロ殺し〉を取り返しのつかない愚行だったと認め、それをキャンセルしたことの表明だと思います。原罪というのは大げさかもしれませんが、ミステリー作家にとってドル箱の名探偵を殺してしまうのは、禁断の果実に手を出す以外の何物でもない。名探偵イコール犯人という、ドルリー・レーンの二番煎じと批判されかねない手口を流用したとすればなおさらでしょう。そのどちらでもない、見かけとはまったく異なるポアロの生存ルートを用意することで、クリスティーはやっと過去の罪から自由になることができたんです」

「象は忘れない」とミセス・オリヴァは言った。「でも、わたしたちは人間ですからね、ありがたいことに、人間は忘れることができるんですよ」

「オリヴァ夫人の最後の台詞は、クリスティーの心情を代弁したものでしょう。およそ三十年の歳月を経て、彼女はようやくエルキュール・ポアロと和解した。だから生前に『カーテン』の出版を許可したんです。もし誰かに〈ポアロ殺し〉をとがめられたら、クリスティーは笑ってこう答えたでしょう——いいえ、『カーテン』で死んだのは、エルキュールではありませんよ。きちんとお読みになれば、真実は明白なはずです……」

*

ぱち、ぱち、ぱち。

ひげだらけの顔をほころばせて、富田が柔らかく三度手を打った。

「——素晴らしい。実に見事な幕引きです」

「本当に？ アシル・ポアロ実在説を認めるということですか」

綸太郎が問いかけると、富田はゆるんだ表情を引き締めて、

「もちろんです。正直に申し上げると、ここまで中身の濃い議論になるとは思っていませんでした。ある程度までは想定内でしたが、時系列に沿った作家論がこれほどどき

れいに当てはまるとは！　すっかり感服しましたよ、法月さん」

「お褒めにあずかって光栄ですが、今のは〈国際クリスティー評議会・日本支部〉の公式回答ですか？　それとも、富田さんの個人的見解でしょうか」

重ねて問うと、富田は絶句してだらりと両手を下げた。ため息をつきながら、綸太郎から目をそらすようにして、ロザムンドと細川にちらちらと視線を送る。

じきに無言でうなずくと、メガネをはずしてテーブルに置いた。コホンと軽く咳払いしてから、また頬ひげの生え際に手をやると――

そのままベリベリと顔中のひげをむしり取った。

つけひげの下は剃り跡の目立つ色白の顔である。百面相みたいに表情筋のストレッチをしながら両手でごしごし顔をこすると、まだらになった肌の色が赤みを増した。ぴったりなでつけた髪を雑にほぐし、メガネをかけ直してから、やっと顔を上げて、

「申し遅れました。何を隠そう、わたしが脚本家の新堀右史です」

唐突に名乗りを上げたかと思うと、体中のポケットに片っ端から手を突っ込んで、

「しまった、わたしとしたことが！　申し訳ありません、法月さん。偽物の名刺だけ用意して、本物の方を忘れてきてしまったようです」

綸太郎はリアクションに窮した。見かねた細川が耳打ちするように、

「スルーしていいですよ。人見知りするひとで、自己紹介が大の苦手なんです」

「まあ、なんとなく言いたいことはわかります」

「これぐらいまだマシな方よ、のりりん。あたしが初めて挨拶した時なんか、このひと落ち武者の亡霊の格好で現れたんだから」

「いや、それは話を盛りすぎです」

新堀はロザムンドに釘を刺してから、論太郎に頭を下げて、

「何というか、そういうような次第です。エイプリルフールでもないのに、インフルエンザなんて嘘をついてすみませんでした」

「それはいいんですが、ショーン・コネリーのコスプレも人見知り対策ですか？　さすがに〈国際クリスティー評議会〉はまずいと思うんですが」

「そう言われたら返す言葉もありませんが……。ただ、名前を偽ったのは今日の集まりに緊張感をもたらすためです。四人全員が最初からアシル・ポアロ実在説を認めてしまったら、実のあるディスカッションはできませんからね。言いだしっぺのわたしが〈クリスティー警察〉の役を演じることで、是々非々の議論ができると考えたんです」

「それはたしかにそうですね。お世辞じゃないですけど、新堀さんが憎まれ役を引き受けてくれなかったら、もっとまとまりのつかない話になっていたと思います」

「でも法月さんは、だいぶ前からなりすましに気づいていたのでは？」

細川がしれっと言うと、新堀は信じられないような顔をして、

「まさか。そうなんですか？」

「そりゃそうよ。言いたかないけど、あたしだって見てられなかったもの。糊が合わなかったんでしょう？　ずうっと生え際をボリボリ掻いてるんだから。つけひげの変装だってバレバレだったわよ」

ロザムンドの容赦ないダメ出しに、新堀はがっくり肩を落として、

「これでもだいぶ我慢していたつもりだったのに、バレバレだったのか……。まあ、急ごしらえの変装を見破られたのは仕方ありません。恥を忍んでうかがいますが、どの時点でわたしのことを怪しいと疑い始めたんですか？」

そう問われて、綸太郎は思わずにんまりした。

ほかでもない、『警部補・判藤幾三郎』のエンディングで、犯行を暴かれた犯人が必ず口にする台詞だったからである。

「まあ、最初から怪しいと思ってはいましたが、新堀さんの変装だろうと確信したのは、細川さんの話を聞いている最中でした」

「細川君の？」

「ええ。従僕のカーティスをめぐるやりとりの中で、あなたはこう言いました。『新しい従僕のカーティスがポアロの甥だとすれば、その父親はポアロの兄弟ということ

になる。スタイルズ荘で死んだのは、弟のエルキュールではなく、双子の兄のアシル・ポアロだったというわけですな』と」

「たしかにそう言いましたが、それのどこにミスが？」

新堀の目つきが鋭くなった。綸太郎は手元のコピーをめくりながら、

「『三幕の殺人』の第二幕、モンテカルロでばったり再会したサタースウェイト氏に、ポアロが自らの前半生について語る場面があります」

「おわかりのように、わたしは子供のころ貧乏でした。兄弟が大勢いました。自分の力でなんとかやってゆかねばならなかったのですよ。そこで警察に入り、一生懸命に働きました。昇進し、名を揚げたのです。国際的名声を得るようになりました」

「この発言を信じるなら、エルキュール・ポアロには双子の兄アシル以外にも兄弟がいたことになります。当然、カーティスの父親候補も大勢いるはずなので、スタイルズ荘で死んだのがアシル・ポアロだとは限らない。〈国際クリスティー評議会〉の一員なら、真っ先にこの点を追及したでしょう。ところがあなたはそこをスルーして、アシル・ポアロ実在説に有利な方向へ議論を誘導した。この事実は明らかに、あらか

じめ二人の間で打ち合わせが行われていた可能性を示唆します。見るからに怪しいコスプレと合わせれば、自称・富田片氏の正体は自ずと絞られるのではないでしょうか？」

新堀はウーンとうなりながら、頭を後ろにそらして、

「やれやれ、そこまでお見通しでしたか。ポアロの兄弟に関しては、深入りすると話がややこしくなるだけだと判断して、あえて触れないことにしたんですが……。いや、一本取られました。手間をかけるのを怠ると、すぐにボロが出るものですね」

顔を戻した新堀に、綸太郎は肩をすくめるしぐさで応えて、

「ぼくも人のことは言えませんが。今日だって話のつじつまを合わせるために、見て見ぬふりをしたところがたくさんありますから」

「それはお互いさまですよ」

新堀は老獪な笑みを浮かべると、ICレコーダーの録音ボタンをオフにして、

「たとえこじつけだとわかっていても、花も実もある嘘をこしらえるのが物書きの仕事ですからね。そういう意味では、年がら年中〈ゼロ時間〉を上書きしているようなものだ。今日はあらためてそのことを実感しましたよ。いずれ『カーテン』を舞台化する時は、法月さんの説を大幅に取り入れるつもりです。その時は推理監修どころじゃない、脚本協力としてクレジットさせてもらいますが……。それはまだだいぶ先の

話になるでしょうね。弱ったな。今この場で、どうやって感謝の気持ちを表せばいいのやら」

「だったらひとつお願いが。この本にサインをしてもらえませんか？」

綸太郎は『警部補・判藤幾三郎』のノベライズ本を差し出して、

「為書き（ためがき）は、法月貞雄（さだお）としてください。王貞治（おうさだはる）の貞に、英雄の雄——何を隠そう、ぼくの父親もあなたの大ファンなんです」

「王になるはずだった英雄か。今日の主役、ヘラクレスにふさわしい名前ですね」

新堀右史はサインペンを握りながら、当意即妙の返事をした。


（クリスティー作品の発表年は、英コリンズ社版に統一しました）

あとがき

本書は二〇一七年以降に書いた〈法月綸太郎シリーズ〉の中短編をまとめたものです。シリーズ第一作『雪密室』(講談社ノベルス)が一九八九年(平成元年)の作品なので、ちょうど初登場から三十年目の新刊ということになります。

シリーズ前作『犯罪ホロスコープII 三人の女神の問題』(カッパ・ノベルス)から数えると七年ぶりの本で、ぐずぐずしているうちにすっかり間が空いてしまいました。この間、遊んでいたわけではありませんが、『ノックス・マシン』(角川書店)、『怪盗グリフィン対ラトウィッジ機関』(講談社)、『挑戦者たち』(新潮社)といった変化球ばかり書いていたのは、現代の日本を舞台に古風なアマチュア名探偵のシリーズを書き続けることが、ますます重荷になってきたからです。それは単に自分が年を取って頭が鈍(にぶ)くなり、筆力が衰えただけなのかもしれませんが。

ただ、若いうちは目もくれなかった題材に、本格の面白さを見いだせるようになったというプラス面はあるでしょう。本書は安楽椅子(あんらくいす)探偵形式に焼きなまし処理(アニーリング)(金属を熱した後で徐々に冷やし、ひずみや硬さを低減する作業)を施したような二編を、「名探偵の晩年」という主題を扱ったメタミステリー二編でサンドイッチした構成になっていますが、いずれのアプローチも血気盛んな頃にはできなかったと思います。

久しぶりのシリーズ新作であることと、ややレイドバック気味の仕上がりになっていることから、今回は『法月綸太郎の消息』という気楽なタイトルにしてみました。「生存確認」と言い換えてもいいかもしれません。

以下、収録作品について若干のコメントを記しておきます（真相の一部に触れている箇所もあるので、本文未読の方はご注意を）。

*

「白面のたてがみ」（書き下ろし）
冒頭に記した通り、「シャーロック・ホームズにまつわる謎」への取り組みを小説化した作品。最後はうやむやにしてしまったが、こういう根も葉もない思いつきは、ホームズ・パロディやまっとうな評論にはそぐわないだろう。ちなみにG・K・チェスタトンとハリー・フーディーニの間に接点があったかどうか、にわか仕込みのリサーチでは確定できなかった。もしご存じの方がいたらご教示願いたい。
オカルト研究家の堤豊秋は、『犯罪ホロスコープII　三人の女神の問題』の「錯乱のシランクス」「引き裂かれた双魚」に登場した人物で、準レギュラーの阿久津宣子と飯田才蔵も一編ずつ顔を出している。本編はその後日談に当たるが、前の話を読んでいなくても特に支障はない。

コナン・ドイルと心霊主義の関わりについては、主にダニエル・スタシャワー『コナン・ドイル伝』(日暮雅通訳、東洋書林)の記述を参考にした(コナン・ドイルの名前の表記に関しては、同書の「解説とあとがき」を参照)。ホームズ作品からの引用、および邦訳タイトルも日暮雅通氏の『新訳シャーロック・ホームズ全集』(光文社文庫)に基づいている。ただし冒頭の引用箇所のみ、深町眞理子訳「〈三破風館〉」(『シャーロック・ホームズの事件簿【新版】』/創元推理文庫収録)を使用した。

南條竹則氏による新訳版『詩人と狂人たち』(G・K・チェスタトン、創元推理文庫)に付されたJ・G・ウッドに関する註がなければ、本編の着想は生まれなかっただろう。記して感謝を表したい。なお、チェスタトン『奇商クラブ』からの引用に関しては、同じ南條氏の新訳がすでに同文庫から刊行されているが、作中の時系列の都合で、中村保男氏の旧訳(創元推理文庫)を用いたことをお断りしておく。

「あべこべの遺書」(『7人の名探偵』講談社ノベルス、二〇一七年九月刊)
「新本格30周年記念アンソロジー」として刊行された文芸第三出版部編『7人の名探

偵』に書き下ろした短編。綾辻行人・歌野晶午・有栖川有栖・我孫子武丸・山口雅也・麻耶雄嵩の六氏との共著である。

法月シリーズを書くのは、前記「引き裂かれた双魚」以来、五年ぶりだったので、すっかり書き方を忘れていた。都筑道夫『退職刑事』もどきの安楽椅子探偵形式なら、どうにかなるだろうと高をくくって、見切り発車で書き始めたものの、なかなか着地点が定まらず、何度も投げ出しそうになった。前半がおずおずしているのはそのせいである。

かろうじて締め切りには間に合ったものの、初出バージョンはほうぼう穴だらけで、目も当てられない出来だった。今回の単行本化に当たり、全面的に加筆修正して、ようやく人前に出しても恥ずかしくない作品になったと思う。文字通り冷却期間を置くことで、推理のひずみを軽減したわけだが、そもそも安楽椅子探偵形式に向かないプロットを無理やり鋳型に押し込んだ感は否めない。

「殺さぬ先の自首」（「メフィスト」2018VOL.3・2019VOL.1）

「あべこべの遺書」のリベンジを期して、安楽椅子探偵形式に再挑戦した小説。「殺人が起こる前に犯人が自首する」という冒頭の謎は、都筑道夫『退職刑事5』（創元推理文庫）の「遅れた犯行」を下敷きにしたもので、四谷署に出頭する場面のやりとりが同作にそっくりなのは、本歌取りを明示するためにわざとそうした。容疑者の職業がグラフィック・デザイナーなのも「遅れた犯行」の設定にだいぶ寄せてある。

この小説を発表するのと前後して、今村昌弘『魔眼の匣の殺人』(東京創元社)、澤村伊智『予言の島』(角川書店)が刊行され、私はすっかり弱り果ててしまった。いずれも「予言」をテーマにした長編だったからである。ただ、本編のミソは「なぜ法月警視はいちばん重要なデータを出し渋っているのか?」というところにあるので、ネタかぶりは大目に見てほしい。なお、綸太郎の母親云々のくだりは『雪密室』に出てくるエピソードで、自分でもすっかり忘れていたのだが、こういう形で再来するというのは、やはり三十年の節目と関係があるのかもしれない。

閑話休題。これまで何度も触れてきたように、『退職刑事』シリーズは自分にとって短編本格ミステリーのお手本で、だからこそ人並み以上に、シリーズ後半のふらつきぶりに対してずっと煮えきらない思いを抱いていた。ところが「あべこべの遺書」と本編を書いている間、対話形式の推理がロジックの自重に振り回され、横道にそれていくことが何度もあって、ああ、これが『退職刑事』シリーズの後期作品に迷走をもたらした元凶だなと、後ればせながら実感したようなところがある。

都筑氏のような小説の達人と、私のようなボンクラの感想を一緒にするのはおこがましいけれど、『退職刑事5』のラストで、「推理だけでは、謎はとけないんだ」(「X

の喜劇」）と愚痴をこぼしたくなる気持ちもわかるような気がした。純粋な安楽椅子探偵形式を何度も使っていると、どうしても論理が機能不全に陥って、すっきりした解決を拒む方向に流されがちになるからだ。それでも、もうしばらくは「推理だけで謎を解く」ことにこだわって、ジタバタ悪あがきを続けるしかないと自分に言い聞かせている。

「カーテンコール」（「メフィスト」2018VOL.1・VOL.2）

アガサ・クリスティーの名探偵エルキュール・ポアロ論を小説仕立てにした中編。二百枚近い分量があり、作家論としてもかなり踏み込んだ内容になっていると思う。その分、多くの作品の真相に触れざるをえなかったが、できるだけの配慮はしたつもりだ。前半部分は、探偵小説研究会編の同人誌「CRITICA」第5号（二〇一〇年八月刊）に掲載した評論「なぜジョージに頼まなかったのか？」を元にしている。ギリシャ神話への言及が多いのは『犯罪ホロスコープ』の流れを汲むものだが、そもそも同連作は『ヘラクレスの冒険』を下敷きにしているので、こういう小説が派生するのはある意味必然だったかもしれない。

クリスティーに関しては、前にも「引き立て役倶楽部の陰謀」（『ノックス・マシン』収録）という短編でネタにしたことがあるけれど、一九三〇年代までの作品にしか触れられなかったのが心残りになっていた。今回、戦後のポアロ作品をまとめて読み直し、あらためてクリスティーの偉大さを再認識できたのは、霜月蒼『アガサ・クリスティー完全攻略』（講談社）の示唆に負うところが大きい。

劇団「アルゴNO.2」のロザムンド山崎と細川畝明は、『犯罪ホロスコープI 六人の女王の問題』（カッパ・ノベルス）の表題作に登場している。女装タレントのロザムンド山崎を引っぱり出してきたのは、クリスティー作品を口頭で議論する場に、翻訳小説特有の女性役割語を話す人物がいてほしかったから。この小説はいわゆる多重推理方式を採用しているが、三者三様の推理がすべて同じ結論にたどり着くところは、中井英夫『虚無への供物』（講談社文庫）の「終章」をほんの少しだけ意識した。

クリスティー作品からの引用は、現在流通しているクリスティー文庫（早川書房）の訳文に基づいている（詳しくは「おもな引用・参考文献」リストを参照）。ただし『五匹の子豚』のみ、旧版の桑原千恵子訳を参考にした。現行の山本やよい訳に差し替えることも考えたけれど、綸太郎なら旧訳を読んでいる方が自然だろう。

また冒頭の引用は、エドガー・アラン・ポー「モルグ街の殺人」（丸谷才一訳『ポー名作集』／中公文庫収録）のエピグラフに、若干の変更を加えたものである。トーマス・ブラウンの原典は『壺葬論』という古代の埋葬法を論じたエッセイなので、名探偵の墓を掘り返す話にはうってつけではないだろうか？

＊

本書をまとめるに当たっては、講談社の都丸尚史、泉友之の両氏、並びにカバーデザインの坂野公一氏とカバーイラストのvoco氏にお世話になりました。この場を借りて、感謝の辞を記します。

ではまた、次なる冒険でお会いしましょう。

二〇一九年七月

法月綸太郎

文庫版あとがき

本書の単行本は新型コロナウイルスが猛威を振るいだす前、二〇一九年九月に刊行された。この三年ほどで世の中はすっかり様変わりしてしまったが、一から十まで悪い方へ変わったわけでもない。たとえば二〇二一年には、「白面のたてがみ」でほんの少しだけ触れたチェスタトンの戯曲「魔術」が南條竹則氏によって初めて邦訳された。『裏切りの塔　G・K・チェスタトン作品集』（創元推理文庫）に「魔術――幻想的喜劇」という題で収録されている。実を言うと、ちゃんと読んだのは私もこの訳が初めてだ。

チェスタトンの翻訳といえば、今回「白面のたてがみ」の中で『ブラウン神父の秘密』（中村保男訳）の引用を一部変更した箇所がある。校閲から犀利（さいり）な指摘を受けて、同書の新版から旧版の訳文表記に改めたのだが（逆ではない）、作中の時系列に齟齬（そご）が生じるようなポカではないので念のため。

ところで、文庫版のゲラを読みながらもうひとつ気づいたことがある。「白面のたてがみ」の3章で、綸太郎は『シャーロック・ホームズの事件簿』と『ブラウン神父の秘密』が一九二七年に相次いで出版されたことに注目しているが、「カーテンコール」の鍵となるクリスティーの『ビッグ４』が出たのも同じ年ではないか。

「白面のたてがみ」では、長編本格探偵小説の台頭でシャーロック・ホームズとブラウン神父は「時代遅れの存在」になりつつあった、と決めつけているけれど、次世代のエースと目されていたクリスティーも、前年暮れの失踪事件の影響でスランプのどん底だったのを忘れてはならない。ホームズ・コンプレックスをこじらせたような『ビッグ４』は、旧作を性急にまとめた苦しまぎれの本で、けっして満足の行く出来ではなかったはず。無理に抑え込んだものは、いずれ再来するということである。

同じ一九二七年、禁酒法下のアメリカ、シカゴでジェイムズ・ヤッフェが生まれた。

ヤッフェは安楽椅子探偵（アームチエア・デイテクテイヴ）形式の最高峰と評される〈ブロンクスのママ〉シリーズの作者で、同シリーズを一巻にまとめた『ママは何でも知っている』（ハヤカワ・ミステリ文庫）は、都筑道夫が同じスタイルの『退職刑事』を書く際、お手本にした珠玉の短編集だ。長いブランクの後、ヤッフェは舞台と人間関係を一新して〈メサグランデのママ〉シリーズを再開、ドルリー・レーンの「悲劇四部作」の向こうを張って、四つの長編を完成させる。その最終作『ママ、嘘を見抜く』（創元推理文庫）はクリスティーの『カーテン――ポアロ最後の事件』とは異なる角度から、『レーン最後の事件』の真相超えに挑戦した野心作だったのではないか。
「殺さぬ先の自首」に綸太郎の母親云々の話が出てくるのは、ヤッフェのシリーズから『退職刑事』が消去したものについて考えていたせいもあるだろう。ここらへんの詳細は『法月綸太郎ミステリー塾　怒濤編　フェアプレイの向こう側』（講談社）に収録した「ママの名前を誰も知らない」「ヤッフェ覚え書き」に記しておいたので、興味のある読者は本書と併読されたい。

～Lee Konitz Nonet / Old Songs New（2019）を聴きながら

二〇二二年八月

法月綸太郎

おもな引用・参考文献

「白面のたてがみ」

アーサー・コナン・ドイル『シャーロック・ホームズの事件簿』（日暮雅通訳、光文社文庫）
アーサー・コナン・ドイル『シャーロック・ホームズの事件簿【新版】』（深町眞理子訳、創元推理文庫）
アーサー・コナン・ドイル『わが思い出と冒険――コナン・ドイル自伝』（延原謙訳、新潮社）
ダニエル・スタシャワー『コナン・ドイル伝』（日暮雅通訳、東洋書林）
J・K・バングズ『ラッフルズ・ホームズの冒険』（平山雄一訳、論創社）
ローズマリ・E・グィリー『妖怪と精霊の事典』（松田幸雄訳、青土社）
G・K・チェスタトン『詩人と狂人たち』（南條竹則訳、創元推理文庫）
G・K・チェスタトン『ブラウン神父の不信』（中村保男訳、創元推理文庫）
G・K・チェスタトン『ブラウン神父の秘密』（中村保男訳、創元推理文庫）
G・K・チェスタトン『ブラウン神父の醜聞』（中村保男訳、創元推理文庫）

G・K・チェスタトン『奇商クラブ』（中村保男訳、創元推理文庫）
G・K・チェスタトン『正統とは何か』（安西徹雄訳、春秋社）
G.K.Chesterton: *Irish Impressions*
G.K.Chesterton: *G.K.Chesterton's Sherlock Holmes* (Baker Street Irregulars Manuscript)
Harry Houdini: *Houdini on Magic* (Edited by Walter B.Gibson&Morris N.Young)
The Arthur Conan Doyle Encyclopedia (https://www.arthur-conan-doyle.com/)
G.K.Chesterton Web Site (http://www.gkc.org.uk/gkc/)

「あべこべの遺書」
江戸川乱歩『明智小五郎事件簿 Ⅶ「吸血鬼」』（集英社文庫）
KEGG MEDICUS (https://www.kegg.jp/kegg/medicus/)

「殺さぬ先の自首」
都筑道夫『退職刑事5』（創元推理文庫）

「カーテンコール」（＊付き作品はすべて、アガサ・クリスティー著、クリスティー文庫。括弧内の数字は、英コリンズ社版の原著刊行年）

＊『アクロイド殺し』（羽田詩津子訳、一九二六）
＊『ビッグ４』（中村妙子訳、一九二七）
＊『青列車の秘密』（青木久惠訳、一九二八）
＊『三幕の殺人』（長野きよみ訳、一九三五）
＊『雲をつかむ死』（加島祥造訳、一九三五）
＊『ＡＢＣ殺人事件』（堀内静子訳、一九三六）
＊『ひらいたトランプ』（加島祥造訳、一九三六）
＊『もの言えぬ証人』（加島祥造訳、一九三七）
＊『五匹の子豚』（桑原千恵子訳、一九四三）
＊『ゼロ時間へ』（三川基好訳、一九四四）
＊『ホロー荘の殺人』（中村能三訳、一九四六）
＊『ヘラクレスの冒険』（田中一江訳、一九四七）
＊『満潮に乗って』（恩地三保子訳、一九四八）
＊『マギンティ夫人は死んだ』（田村隆一訳、一九五二）

＊『死者のあやまち』（田村隆一訳、一九五六）
＊『複数の時計』（橋本福夫訳、一九六三）
＊『第三の女』（小尾芙佐訳、一九六六）
＊『ハロウィーン・パーティ』（中村能三訳、一九六九）
＊『象は忘れない』（中村能三訳、一九七二）
＊『カーテン』（田口俊樹訳、一九七五）
＊『アガサ・クリスティー自伝（上・下）』（乾信一郎訳、一九七七）
アガサ・クリスティー＆ジョン・カラン『アガサ・クリスティーの秘密ノート（上・下）』（山本やよい・羽田詩津子訳、クリスティー文庫）
モニカ・グリペンベルク『アガサ・クリスティー』（岩坂彰訳、講談社選書メチエ）
西村京太郎『名探偵に乾杯』（講談社文庫）
山室静『ギリシャ神話』（現代教養文庫）
川島重成『『イーリアス』ギリシア英雄叙事詩の世界』（岩波書店）
エドガー・アラン・ポー『ポー名作集』（丸谷才一訳、中公文庫）
等の記述を参考にさせていただきました。
また本書では、フリー百科事典『ウィキペディア（Wikipedia）』を始めとして、数多くのインターネット情報を利用しています。その範囲があまりにも多岐にわたるため、個別の言及は割愛せざるをえませんでしたが、この場を借りて、参照したすべてのテキストの著者に感謝の意を表したいと思います。

引用の誤り、その他の責任は、すべて作者（法月）に属するものです。

解説

琳　（ミステリ評論家）

法月ミステリにはいつも、加速衝突によって生じた粒子崩壊のような、危うさと熱量を感じている。知的遊戯と殺人悲劇。文学とエンターテインメント。フォーマルとカジュアル。これらの概念同士が衝突し、反応し、そうして生じたエネルギーで吹き飛ばされかけた世界は、物語の効用でかろうじて支えつなぎとめられたかのようだ。『ふたたび赤い悪夢』（一九九二年）で探偵を苦悩させ本格ミステリを自壊に誘（いざな）い、『生首に聞いてみろ』（二〇〇四年）で誤配を連鎖させスタティックな物語構造を宙づりにしたかと思えば、『ノックス・マシン』（二〇一三年）ではミステリ批評をSFの域にまで押し出し、「端正な本格」へ回帰した筈の『法月綸太郎の功績』（二〇〇二年）ですら、本格形式が地滑りし崩落し兼ねない、危うい鞍点（あんてん）に着地させられていく。

　これらはいずれも、娯楽小説を享受していた筈の我々の認識の根本に作用し揺さぶりをかける。崩壊により生じたエネルギーは読者の観念を励起し、やがて我々のミステリ観をも根こそぎ吹き飛ばしてしまうのだ。

法月的なミステリ観は今日、古典作品の受容態度もすっかり変えてしまった。その影響はあまりに大きすぎるため、かえって見えにくい。おそらく法月的なエラリー・クイーン観のもとに育った近年のミステリ・ファンにとって、本格ミステリとはフェアなゲーム小説と同義であって、その最上の作品が国名シリーズである事に異論を挟む余地は少ないかもしれない。ところがかつて、クイーンは『災厄の町』（一九四二年）あたりでようやくリアリズム小説的な書き方ができるようになったと評価された時代が確かにあったのだ。そうしたクイーン受容がかつてのファンのフェアプレイ認識の甘さにしかないと思うなら、それはまさにあなたが法月的なミステリ観に搦め捕られた証左なのだ。熱量高い批評は時に、その存在が自覚されなくなるまで徹底的に、ジャンル全体の空気を置換してしまう。法月らが生成したエネルギーで批評の世界に吹き飛ばされた筆者にとって、なによりそれが背景化した現実にこそ慄然とさせられるのだ。

本書『法月綸太郎の消息（The News of Norizuki Rintaro）』でもこの批評精神は決して衰えない。法月のキャリアを考えると、これ自体もまた驚異である。新本格ミステリは誕生からすでに三〇年を超え、かつてのムーヴメントの中心人物として伝説となった法月が、しかし今なおミステリ批評の先頭に立ち、アクチュアリティを維持し続けている事実は、ほとんど奇跡とすら思えてくる。

だからといって身構える必要もない。読者は本書を娯楽小説として読んで構わないのだ。そのように読まれる事は恐らく、誰より法月自身が望んでいる筈だ。ここに作者の矜持(きょうじ)がある。読者は本書をなにより娯楽作品として読み、作者のミステリ観に無自覚的に触れ、やがてちりばめられた膨大なコードを発見し魅入られ、気づけばいつしか、自分が遥か遠くにまで吹き飛ばされた事を知る。どこか晩年のクイーン作品を思わせるほどに、法月ミステリの近年の結構もまた、そのように奥床しくしつらえてあるものだ。ただ娯楽作品としてだけでなく、そこにひそむ作者の意図まで含めて味わいたい読者に向けて、ここで無粋ながら、本書の粒子崩壊をすこし実演してみたいと思う。

※以降で本書の核心に触れています。未読の方はご注意ください。

本書は安楽椅子探偵形式二編を、「名探偵の晩年」にまつわるメタミステリ二編でサンドイッチした短編集である。安楽椅子探偵とは、科学捜査で物証(エビデンス)を増やし犯人を絞り込む、シャーロック・ホームズ流の探偵科学とは対照的な捜査法であって、そもそも法月のこの形式選択が意表をついている。かつてホームズ探偵学を実践し、形式論理学のまなざしでクイーンと対峙し、手掛かりへの懐疑――後期クイーン的問題を患った筈の綸太郎が、本書では手掛かり集めを屈託なく父親に委ね、主観の混じった〝便り（News）〟から無邪気に推理（ストーリー）を組み立てているのだから。

法月がこうした形式を選択する必然は、本書でも言及される、チェスタトンや都筑道夫への接近にある。たとえば本書には「人間を外側から見ようと」するホームズを批判した、ブラウン神父の次の言葉が引用されている。

「わたしは内側を見ようとする……そのわたしが、殺人犯の考えるとおりに考えるのです。殺人犯のと同じ激情と格闘するのです。やがてわたしには、殺人犯のからだの中に自分がいるのがわかってくる」「わたしは本当に殺人犯になるのです」

人間は内側から見るべきとチェスタトンは言う。彼の人間観は、ブラウン神父譚を創始する二年前に上梓された批評『正統とは何か』（一九〇八年）のなかで詳細に解き明かされているので、法月ファンには一読をお勧めする。有名な「狂人とは理性を失った人ではない。狂人とは理性以外のあらゆる物を失った人である」という逆説が物語っている通り、チェスタトンはここで、クイーンがミステリを形式的に純化し隘路（あいろ）に至り、法月が理性の限界に煩悶（はんもん）する遥か以前に、すでにその病理を見抜き「狂人」と喝破し、処方箋までも論じていたのだから。

本書で『正統とは何か』を参照する法月の、かつての懐疑論との距離感は明解だ。「人間を内側から見る」とは、つまりは犯人の意図を察する行為であって、まるで作品から作者の意図を読み解く〝批評（ナラティヴ）〟のような探偵法である。これはまさに安楽椅子探偵のように、世界の輪郭が淡くなり、人物の奇妙な〝うわさ（News）〟にこそ焦点が結ばれた、どこかメルヘンの香気漂う謎物語においては威力を発揮する。チェスタトンの影響が色濃い都筑は、後にこれを「ホワイダニット」と呼び自身のミステリ観の基礎に据え、いわゆる「モダーン・ディテクティヴ・ストーリイ」論として深耕していく事になる。

さらに補助線を加えよう。かつて法月は「『黄色い部屋はいかに改装されたか？』について、もう少し」（二〇一三年、『法月綸太郎ミステリー塾　疾風編　盤面の敵はどこへ行ったか』所収）のなかで、「休暇中のメグレが『新聞にでる記事を読んで、一般大衆とおなじように、事件を推察しようとする』」作品に触れ、そこに向けられた都筑のまなざしから彼のミステリ観の分水嶺を読み解いた。この論考を今日改めて読み返すと、カフェのテラスで〝報道（News）〟に目を向けるメグレの姿は、『消息（News）』で古典ミステリを読み耽（ふけ）る綸太郎のそれに、どこか重なって見えてくる。「犯人は創造的な芸術家だが、探偵は批評家にすぎぬ」というブラウン神父のセリフを引くまでもなく、本書で綸太郎が行うテクスト批評は、メグレが新聞記事に対し行った安楽椅子探偵に限りなく近接して見えてくるのだ。

さらには晩年の名探偵たちが緞帳（どんちょう）の内側でカーテンコールを待つなか、綸太郎だけ何故かその外側に立ち、客席に背を向け舞台奥を眺める表紙絵を見る事で、いよいよスポット照明の向きが定まり、本書の核心も浮かび上がって見えてくる。

あらためて、本書で法月は、古典テクストを批評するメタミステリ二編を安楽椅子探偵形式二編の外側に配置したのだった。つまり本書は、「内側から見る」と安楽椅子探偵があたかも批評のように、そして「外側から見る」と批評があたかも安楽椅子探偵のように、まるで舞台と客席、演者と観客とが置換対称になったような、リバーシブルな「第四の壁」を形成しているのだ。探偵と批評家（ストーリーテラー）、世界とテクスト、対象レベルとメタレベルがルビンの壺の図地反転の如く転移し「カーテンコール」を迎える本書において、後期クイーン的懐疑の緞帳もまた、巻き上げられていく事になる。

かつて「人間が描けていない」と批判された新本格ミステリは、モダーン・ディテクティヴ・ストーリイとは水と油の関係のようでもあった。新本格を擁護する「初期クイーン論」（二〇〇七年、『法月綸太郎ミステリー塾　海外編　複雑な殺人芸術』所収）の風圧で、法月がジャンルの空気を置換してみせた後、近年の本格シーンにおいて都筑のミステリ論は、どこかアクチュアリティを失って感じられた。その法月が現代に至りチェスタトン、都筑のミステリ観を自身のそれに衝突させ新たな粒子崩壊を目論むのは、むろん「成熟と喪失」の帰結などではあり得ない。筆者の実感ではそれは、現代社会の変容と深く関係しているのだ。

近年SNSの普及によって、世界の輪郭は淡くなり、コミュニケーションは〝うわさ〟に基づくテクスト批評に変貌し、他者は内側を外側に剝き出したかのような〝キャラ〟に還元されつつある。そうした記号と実在、テクストと世界、内と外が置換対称になってしまった現代社会のリアリティの変容は、旧来のミステリ観も大きく揺さぶっている。本書がこうした、どこかメルヘンの香気すら漂う現代社会に向けた法月的応答に他ならない事は、テクスト批評でクラシカルな名探偵キャラをアップデートした綸太郎の推理が、まるで円居挽『丸太町ルヴォワール』（二〇〇九年）や城平京『虚構推理　鋼人七瀬』（二〇一一年）のように、推理の強度でキャラをアップデートする現代ミステリのそれを連想させる事からも察せられる。要するに法月は、キャラ立ちとテクスト批評に収斂していく現代的コミュニケーションを安楽椅子探偵形式に加速衝突させ、クラシカルなミステリコードを時代の最先端にまで押し出して見せているのだ。

　法月が娯楽作品に潜ませた、本書の核心とその圧力を体感いただけただろうか。もしあなたのミステリ観の地表が根こそぎ吹き飛ばされ、地中の断層までも剝き出しになり、そしてそうなってしまったからこそむしろ、断層のさらに奥深くまで掘り進みたくなっていたら、ひとまず休んで心身を整えたうえで、最新評論集『法月綸太郎ミステリー塾　怒濤編　フェアプレイの向こう側』（二〇二一年）に手を伸ばすのがよい。そこで、〝ポスト・ヒューマン〟としか言い表せられないほど異能化させられた実存をめぐって、作者との間に繰り広げられた知られざる名探偵の格闘を〝ケア〟する法月のまなざしに気付く事で、本書の別の側面もまた姿を現す筈だから。

　名探偵は時代から逃れられない。この言葉をなぞるようにして、時代の移ろいに自身のミステリ観を加速衝突させ崩壊させ、そうして生じた反応でジャンルの空気を置換する法月の思索は、今後も本格ミステリを生まれ変わらせ続ける事だろう。本書のあまりの熱量に、またもそれまでの持論を吹き飛ばされた筆者にとって、そうした期待は否が応でも抱かざるを得ないのだ。

本書は小社より二〇一九年九月に刊行されました。

|著者|法月綸太郎　1964年島根県松江市生まれ。京都大学法学部卒業。在学中は京大推理小説研究会に所属。'88年『密閉教室』でデビュー。'89年、著者と同姓同名の名探偵が登場する「法月綸太郎シリーズ」第1弾『雪密室』を刊行。2002年「都市伝説パズル」で第55回日本推理作家協会賞短編部門を受賞。'05年『生首に聞いてみろ』が第5回本格ミステリ大賞小説部門を受賞。他の著書に『赤い部屋異聞』(KADOKAWA)、本作『法月綸太郎の消息』など「法月綸太郎」シリーズ、「怪盗グリフィン」シリーズ、評論集『法月綸太郎ミステリー塾　怒濤編　フェアプレイの向こう側』(いずれも講談社)などがある。

法月綸太郎の消息
法月綸太郎

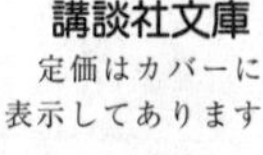

定価はカバーに
表示してあります

2022年10月14日第1刷発行

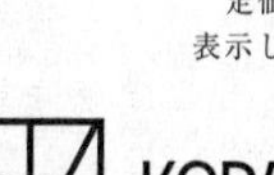

発行者——鈴木章一
発行所——株式会社　講談社
東京都文京区音羽2-12-21　〒112-8001
電話　出版　(03) 5395-3510
　　　販売　(03) 5395-5817
　　　業務　(03) 5395-3615
Printed in Japan

デザイン—菊地信義
本文データ制作—講談社デジタル製作
印刷———株式会社KPSプロダクツ
製本———株式会社国宝社

ISBN978-4-06-529607-3

講談社文庫刊行の辞

二十一世紀の到来を目睫に望みながら、われわれはいま、人類史上かつて例を見ない巨大な転換期をむかえようとしている。

世界も、日本も、激動の予兆に対する期待とおののきを内に蔵して、未知の時代に歩み入ろうとしている。このときにあたり、創業の人野間清治の「ナショナル・エデュケイター」への志を現代に甦らせようと意図して、われわれはここに古今の文芸作品はいうまでもなく、ひろく人文・社会・自然の諸科学から東西の名著を網羅する、新しい綜合文庫の発刊を決意した。

激動の転換期はまた断絶の時代である。われわれは戦後二十五年間の出版文化のありかたへの深い反省をこめて、この断絶の時代にあえて人間的な持続を求めようとする。いたずらに浮薄な商業主義のあだ花を追い求めることなく、長期にわたって良書に生命をあたえようとつとめるところにしか、今後の出版文化の真の繁栄はあり得ないと信じるからである。

同時にわれわれはこの綜合文庫の刊行を通じて、人文・社会・自然の諸科学が、結局人間の学にほかならないことを立証しようと願っている。かつて知識とは、「汝自身を知る」ことにつきていた。現代社会の瑣末な情報の氾濫のなかから、力強い知識の源泉を掘り起し、技術文明のただなかに、生きた人間の姿を復活させること。それこそわれわれの切なる希求である。

われわれは権威に盲従せず、俗流に媚びることなく、渾然一体となって日本の「草の根」をかたちづくる若く新しい世代の人々に、心をこめてこの新しい綜合文庫をおくり届けたい。それは知識の泉であるとともに感受性のふるさとであり、もっとも有機的に組織され、社会に開かれた万人のための大学をめざしている。大方の支援と協力を衷心より切望してやまない。

一九七一年七月

野間省一